CW00487262

Super ET

Degli stessi autori nel catalogo Einaudi

Una vita in gioco. Le Vendicatrici: Eva
Il prezzo della verità. Le Vendicatrici: Sara
Solo per amore. Le Vendicatrici: Luz

Di Massimo Carlotto nel catalogo Einaudi

Mi fido di te (con F. Abate)
Respiro corto
Cocaina (con G. Carofiglio e G. De Cataldo)

Massimo Carlotto e Marco Videtta
La sposa siberiana

Le Vendicatrici
Ksenia

Einaudi

Prima edizione «Stile Libero Big»

www.einaudi.it

ISBN 978-88-06-22371-7

La sposa siberiana

Per ogni altra cosa la donna è piena di paura,
rinuncia alla lotta, trema alla vista di un'arma:
ma quando l'ingiustizia ferisce la sua passione,
non c'è altro cuore che abbia piú sete di sangue.

EURIPIDE, *Medea*.

Le donne sono in posizione per sapere tutta la parte di frode che c'è nel racconto moderno del contratto sociale e nel principio del monopolio statale della violenza. Lo sanno per una duplice, opposta, competenza: quella che dà loro l'essere dentro-fuori dal contratto sociale e quella che dà loro la frequentazione intima della violenza sessuale, la violenza cioè che le colpisce a causa del fatto che sono di sesso femminile.

LUISA MURARO, *Dio è violent*.

Uno

Si sfilò la scarpa, chiuse gli occhi e fece scorrere la punta del piede sul parquet per saggiarne l'elasticità. Un gesto aggraziato che aveva ripetuto mille volte in allenamento e prima delle gare.

Suo nonno le aveva insegnato che quello era l'unico modo per capire se il legno era di qualità. Soddisfatta, si liberò anche dell'altra scarpa. Fletté le gambe, appoggiò le mani a terra e rotolò su sé stessa per ritrovarsi in piedi, schiena arcuata e braccia tese all'indietro. Un'uscita perfetta, da punteggio massimo. La «ribaltata» le riusciva ancora bene.

Si tolse il soprabito che Lello le aveva comprato in un bel negozio di un aeroporto dove avevano fatto scalo, lo distese con cura sopra una sedia e riprese a visitare l'appartamento. I pensieri si affastellavano confusi e veloci. Nessuna casa in cui aveva abitato era paragonabile a quell'appartamento cosí grande, ricco ed elegante. Stentava a credere che proprio lei avrebbe goduto di quel privilegio. Da quando aveva deciso di accettare la proposta aveva sperato che la sistemazione fosse accogliente, ma ora si rendeva conto che il destino era stato particolarmente benevolo concedendole di entrare a far parte di una famiglia antica e autorevole. I mobili, i tappeti, le librerie traboccanti di volumi, i quadri alle pareti, le fotografie racchiuse in cornici d'argento e disposte con studiata casualità sul coperchio del pianoforte a coda: ogni minimo dettaglio suggeriva la confortevole concretezza della borghesia, di cui lei aveva solo una vaga percezione letteraria.

Non osò oltrepassare la soglia della camera dove avrebbe dormito. Con lui. Un'occhiata fuggevole al grande letto dalle linee robuste e antiquate. Per un attimo rifletté sul fatto che doveva essere molto attaccato alle tradizioni e al passato. Non vi era nulla di moderno. Un vezzo, probabilmente. Si augurò che non fosse poi cosí rigido e che avesse considerazione dei suoi vent'anni e della lunga lista di oggetti che considerava irrinunciabili per sancire il passaggio a quella nuova fase della sua esistenza, che lei aveva iniziato a chiamare «felicità», una parola che ricorreva spesso nel romanzo che Lello le aveva regalato per continuare a familiarizzare con la lingua, dopo le lezioni offerte dall'agenzia matrimoniale. Si intitolava *Un uomo da sposare*. Era la storia di un uomo che con il suo amore aveva trasformato una donna in una regina e l'aveva resa felice. Come stava per accadere a lei.

Rimase stupita quando aprí ante di armadi e cassetti di mobili strapieni di biancheria e indumenti mai indossati, ancora conservati nella loro confezione. Molti erano da vecchia e lei non era certa di volerli indossare. Sperò con tutto il cuore che non si trattasse di un modo indiretto di imporle i propri gusti.

Anche la cucina riservò non poche sorprese. Non solo era piú grande degli appartamenti dove aveva vissuto, ma vi era cibo ovunque. Nei due enormi frigoriferi, nelle dispense. Fresco, surgelato, inscatolato, insaccato. E pentole, vasellame e attrezzi di cui non aveva mai nemmeno sospettato l'esistenza. A differenza del resto delle stanze, lí regnava un certo disordine. Non sapendo cosa pensare decise di illudersi che si trattasse di un altro vezzo. Aveva letto di famiglie altolocate abituate a banchetti eleganti, con molti invitati.

Sentí odore di fumo. Si girò. Lello Pittalis era appoggiato allo stipite della porta. Le rivolse un sorriso gentile e aspirò un'altra boccata.

– Allora, hai fatto bene ad ascoltarmi o no? – disse.

Lei annuí. – Non ho visto foto di Antonino. In verità non ce n'è una sola scattata di recente. Come se in questa casa tutto si fosse fermato a un certo punto, non so se capisci.

– Perfettamente, – rispose l'uomo. Si lisciò con una mano i capelli lunghi e ben pettinati, cosa che faceva quando voleva catturare l'attenzione prima di dire qualcosa di importante. – Antonino è una persona seria, per niente vanitosa. Questo non significa che non abbia una personalità forte, anzi. Scoprirai che è un uomo importante.

– Ma quando arriva?

– Sarà qui a momenti.

Eccitata e inquieta, uscí dalla cucina accennando qualche passo di danza.

– Beati i tuoi vent'anni, – ridacchiò l'uomo ad alta voce.

La ragazza si avvicinò a una grande finestra, attirata dal rumore della pioggia che batteva sul vetro. Dal cielo alla strada, lo sguardo vagò alla ricerca di risposte. Indugiò tra le alte finestre dei palazzi, sulle imposte marroni, gli eleganti decori di travertino e infine sulle insegne al neon dei negozi. Un bar, un'edicola, una farmacia, una profumeria. Allungò il collo per osservare i passanti che si affrettavano sotto la pioggia battente e fu in quel momento che udí la porta aprirsi con un rumore imperioso. Tenne a bada l'impulso di voltarsi e rimase a fissare la strada senza riuscire a mettere a fuoco un solo dettaglio. Contò fino a cinque, deglutí e si girò.

Non era lui. Sospirò di sollievo. Non si sentiva ancora pronta. Un sessantenne tozzo e bolso, con una calvizie incipiente, la osservava curioso tenendo la testa leggermente piegata. Mentre si sfilava il giaccone bagnato, i suoi occhi scuri come sassi di torrente e infossati in borse di grasso indugiarono sul suo corpo. Le ricordò uno di quei mercanti di cavalli che da piccola aveva visto a Novosibirsk. La ragazza spalancò la bocca per la sorpresa quando vide Lello precipitarsi ad abbracciarlo.

– Antonino bello! – disse con trasporto.

– È questa? – tagliò corto il nuovo venuto, sciogliendosi dall'abbraccio.

Pittalis distese il braccio con la solennità di un vecchio attore.

– Ti presento Ksenia Semënova, la tua sposa siberiana. Non è dolcissima?

«Sposa» era una parola che Ksenia conosceva perfettamente. Sperò di aver capito male.

– Lello, chi è questo signore?

Di nuovo Pittalis si toccò i capelli. – È Antonino. L'uomo che sposerai.

A Ksenia non sfuggí la soddisfatta perfidia con cui Lello aveva chiarito la situazione. Quel porco che la spogliava con gli occhi non era il quarantenne dai tratti delicati che le aveva mostrato in fotografia. Era stata ingannata.

La ragazza cercò di restare calma. – Sei una carogna. Restituiscimi il passaporto e in qualche modo mi arrangerò. D'accordo?

Il sorriso luminoso che l'aveva fregata si spense a comando. Le labbra divennero una fessura da cui uscí un sibilo minaccioso: – No. Tu adesso farai la conoscenza di Antonino e domani mattina passerò a ridiscutere la faccenda. Non ti permetterò di buttare via la tua vita per uno stupido capriccio.

Ksenia spalancò le braccia esterrefatta. – Ma cosa stai dicendo? Quest'uomo potrebbe essere mio nonno. Mi fa schifo!

– Ricordati il buco da cui ti ho tirata fuori, – sibilò Pittalis indispettito. – Sorridi e mostrati riconoscente, piccola ingrata.

Ksenia cercò invano le parole giuste per uscire da quella situazione mentre Lello si infilava l'impermeabile, parlottando fitto con il padrone di casa.

– Non andare via, – implorò disperata.

– Vedrai che starai benissimo, – ribatté Lello.

Ksenia e Antonino si fissarono in silenzio attendendo il rumore della porta che li avrebbe lasciati soli.

– Tu lo devi capire Antonino Barone, – disse con trasporto il promesso sposo.

– Voglio andare in albergo. Puoi prestarmi dei soldi? – farfugliò Ksenia.

Due mani grandi come badili ma molli e umide come spugne si impadronirono delle sue tette. – A' cosetta, famo a capisse.

Ksenia strillò e si ritrovò distesa su un tappeto antico, schiacciata dal peso dell'uomo. Gridò riuscendo solo a farlo ridere. Lui le leccò le labbra e gli occhi. Le infilò la lingua in un orecchio. Lei si oppose, poi rimase immobile, in una resa passiva. Tastandole il corpo con la cupida goffaggine di un adolescente, l'uomo iniziò un lungo sproloquio in romanesco stretto, di cui la siberiana afferrò un'unica frase che le penetrò nel cervello: – Lo devi capire Antonino Barone, lo devi capire.

Ksenia chiuse gli occhi, rassegnata al peggio. Ma dopo pochi istanti Antonino la lasciò libera, alzandosi di scatto come se il telefono stesse squillando. La ragazza rimase distesa cercando di pulire con la manica della camicia le scie di saliva sulla faccia e sui seni.

Qualcosa aveva intuito di quell'uomo: sotto il suo peso non aveva avvertito la minaccia di un'erezione. E nessun telefono stava suonando. Antonino era fuggito. La ragazza sospirò. Forse si sarebbe salvata. Dopo un paio di minuti Barone si ripresentò, ben pettinato e profumato.

– Annamo, va', – le disse, accennando al suo soprabito. La trascinò senza complimenti in strada. La pioggia era diventata un diluvio, l'acqua strabordava dalle buche nell'asfalto. Barone fece cenno a un taxi già in attesa.

«Ora mi manda via e sono salva», pensò Ksenia. Invece salí anche lui e bofonchiò un indirizzo. Il traffico era lento ma l'auto avanzava inesorabile. Antonino guardava dritto davanti a sé. Il rumore dei tergicristalli cadenzava il trascorrere dei minuti. La ragazza, il volto rigato dalle lacrime, scambiava occhiate col conducente attraverso lo specchietto retrovisore. Era giovane e sembrava avere soggezione di Barone. Si capiva che lo conosceva e che inspiegabilmente lo rispettava. Per i primi metri Ksenia si era abbandonata alla fantasia che il giovane la liberasse buttando fuori dalla vettura quello schifoso ammasso di lardo e la portasse via, lontano da quell'incubo. Invece il tassista smise di cercarla con lo sguardo e si limitò a destreggiarsi nel traffico, ignorandola per il resto del tragitto. Proprio come aveva fatto Lello Pittalis.

La corsa finí davanti a un elegante palazzo scurito dalla pioggia. Non era cosí che Ksenia aveva immaginato Roma. Credeva ci fosse sempre il sole, una luce accecante e tramonti violenti.

– Scendi! – ordinò Barone.

Un ultimo scambio di occhiate col tassista, che non si fece pagare. Ksenia scosse la testa e aprí la portiera, combattuta fra l'istinto di mettersi a correre e quello di arrendersi in attesa di un momento piú propizio. Richiuse e guardò la vettura che si allontanava. Sentiva la pioggia accanirsi sulla testa e sul viso.

– E sbrighete! – urlò Barone facendole segno di raggiungerlo all'asciutto di un portone. Le sarebbe bastato far scattare i muscoli delle gambe torniti da ore e ore di allenamento, cominciare a correre e non fermarsi piú. Ma poi? Priva di passaporto, senza un centesimo in tasca, non sarebbe andata lontano. Doveva stringere i denti e convincere Lello Pittalis a rimandarla in Siberia. D'altro canto non era nemmeno questo che voleva. Tornare a casa avrebbe significato smettere di sperare. Improvvisamente si sentí stanca. Avrebbe voluto distendersi sul marciapiede e addormentarsi sotto la pioggia.

La presa ferrea di Antonino la scosse da quell'attimo di indolente abbandono. Venne trascinata all'interno di un palazzo elegante, da veri signori, che le ricordò chissà perché la metropolitana di Mosca dove era stata con la squadra di ginnastica. L'ascensore aveva persino una panchina foderata di velluto rosso. Durante il tragitto, una piccola pozza d'acqua le si formò intorno ai piedi.

Si accorse che Antonino aveva cambiato atteggiamento. Ora appariva meno sicuro di sé. Spostava il peso del corpo da un piede all'altro, e a mano a mano che si avvicinavano alla meta un rossore diffuso si spargeva a chiazze sulle guance cascanti. Le mani giocavano irrequiete con una lunga chiave d'acciaio. Quando Barone si sbottonò il giaccone gocciolante, lo sguardo di Ksenia si posò sulla patta dei pantaloni gonfiata da un'evidente erezione. La ragazza si sentí percorsa da un brivido. Cosa lo stava eccitando? Perché la fissava con quegli occhi porcini che sembravano rovistarla dentro?

La voce di lui la punse come uno spillo: – Tu lo devi capire Antonino Barone. Lo devi capire.

Quell'uomo non era solo brutto e disgustoso, era anche pazzo. Ecco cos'era: un pazzo.

La chiave aprí la porta blindata di un appartamento silenzioso e semibuio. Barone la prese per mano e la condusse in un grande bagno di un marmo nero ingentilito da sfumature giallo oro. Le consegnò una sottoveste bianca e con un dito grosso e tozzo indicò un asciugacapelli.

Ksenia fece le cose con calma. Pur ignorando cosa l'aspettava, non riusciva ad avere paura. Il sonno e un'apatica tristezza avevano preso il sopravvento. Fece una doccia, si asciugò e si pettinò a lungo con la spazzola di legno di betulla che aveva portato da casa.

L'uomo apparve all'improvviso e le fece cenno di seguirlo. Ora indossava una veste da camera di foggia ottocentesca che a malapena nascondeva la pancia debordante. Sotto era nudo. Ksenia non ne fu affatto sorpresa. La consegna della sottoveste era stata un segnale piú che esplicito. Per non parlare dell'erezione in ascensore. Tutto era stato chiaro fin dall'inizio. Seguí Antonino docile e rassegnata come una vergine in processione, cercando di svuotare la mente con una canzoncina che le cantava la mamma per farla addormentare. Una cosa però l'aveva capita, di Antonino Barone: che aveva due case bellissime e che in quella piú vecchia gli piaceva mangiare mentre in quella moderna gli piaceva fare sesso.

L'uomo spalancò la porta della camera da letto e, con un inchino esagerato e beffardo, la invitò a entrare. Ksenia oltrepassò la soglia e si ritrovò in un mondo di broccati, fiori e candele profumate. Il letto era enorme. La ragazza pensò che tutto era sproporzionato nella vita di Antonino Barone. Con la coda dell'occhio notò un movimento alla sua sinistra. Si voltò di scatto. Una donna, languidamente sprofondata su una poltrona, le diede il benvenuto con un gran sorriso per nulla benevolo e alzando il calice di champagne che stava sorseggiando.

Fino a quel momento era stata una giornata densa di sorprese ma questa era senz'altro la piú stupefacente. Anche perché la sconosciuta era nuda eccetto che per le calze nere e le scarpe con un tacco d'acciaio non inferiore ai quindici centimetri. Aprí le gambe con un gesto volgare e le mostrò quella che una compagna di squadra, con cui aveva avuto una breve ma intensa esperienza prima che l'allenatrice le sorprendesse, chiamava «fatina». Ksenia si perse nei dettagli di un pelo pubico abilmente scolpito con un epilatore al laser. Quello della ragazza era invece particolarmente folto e per nulla curato, al punto che le sue compagne di squadra lo avevano definito «il marmottone».

Sentí la voce emozionata, quasi tremante, di Barone dire: – Il mio regalo per te.

Questo Ksenia lo aveva già capito e avrebbe voluto dire qualcosa di significativo se lo sforzo non le fosse parso superiore alle sue forze.

La donna si alzò. Doveva avere sui quarantacinque anni. Una cascata di riccioli rossi incorniciava un volto non bello. Naso e zigomi avevano tratti grossolani e le labbra erano molto pronunciate. Il corpo però non era male. Ben curato, pazientemente modellato. Palestra e centri estetici.

La mano di Antonino Barone artigliò una spalla della ragazza e la spinse verso il basso, obbligandola a inginocchiarsi. La donna si avvicinò e le strofinò la fatina sulla faccia. Ksenia, rassegnata, fece guizzare la lingua. Al solo tocco la donna si inarcò.

– Siediti, Antonino mio, – ordinò con voce roca. – Ora ti mostro come si possiede una femmina.

Afferrò la ragazza per i capelli e la trascinò sul letto. Le sfilò la sottoveste e la penetrò con le dita. La stessa mano si sollevò e si abbatté con cattiveria sulla guancia di Ksenia.

– Non sei ancora pronta e per me devi esserlo sempre, – urlò.

La siberiana offrí di nuovo la lingua e l'ira della donna si placò. Indugiò sui capezzoli, sul collo e ovunque lei potesse provare piacere. Poi decise di osare e iniziò a scendere lungo la pancia. La rossa lasciò fare. Ksenia si accorse che stava guardando Barone con occhi velati dal desiderio. Sbirciando senza farsi notare, vide che Antonino si masturbava con studiata lentezza e in quel momento capí che non avrebbe mai avuto rapporti con lui. Meglio cosí. Si concentrò sulla rossa e ne sentí il corpo che si arrendeva al piacere.

– Antonino mio, sto per godere, – sussurrò.

– Io pure.

Raggiunsero entrambi l'orgasmo in modo decisamente rumoroso. Barone si distese sul letto al posto di Ksenia, che fu costretta ad accucciarsi sul pavimento. I due si abbracciarono e rimasero cosí a lungo, lasciando alla siberiana il tempo necessario per progettare mille fallimentari piani di fuga.

Quando le si riaccese il desiderio, la rossa rimandò Antonino a cuccia e con Ksenia fu violenta e crudele. Si prese il piacere sul suo dolore.

Poi li liquidò entrambi con un gesto. Barone afferrò la ragazza per un braccio e la trascinò in bagno.

– Fai quello che devi, – borbottò.

Una volta tornati a casa, l'uomo la costrinse a sedersi a tavola con lui. Svuotò il frigorifero di piatti, pentolini e contenitori che ficcò nel forno a microonde. Vederlo mangiare fu uno spettacolo indimenticabile. Barone si ingozzava a crepapelle. Il primo boccone lo inghiottí a tradimento: Ksenia non riuscí a capire quando se lo fosse ficcato in bocca. Afferrava una fetta di prosciutto con una mano mentre si versava il vino con l'altra, il busto in avanti come un centometrista un attimo prima dello start. Versava il ketchup su un pezzo di cotoletta alla milanese già infilzato nella forchetta. Tagliava la carne con i gomiti sollevati come per tenere a distanza un invisibile avversario che potesse minacciare la sua tripla porzione. Visto da dietro sembrava mangiasse anche con la schiena. Il suo corpaccione massiccio era un bulldozer in piena attività.

Piú che schifata, la siberiana era impaurita. Barone era un animale pericoloso. Divorava il cibo come divorava le persone. Anche lei era destinata a essere ingurgitata e digerita come un pregiato pezzo di carne. Perché altro non era.

Non toccò nemmeno una briciola di pane. Era impietrita, le mani accartocciate sul seno dolorante.

Per dessert Barone spazzolò un enorme crème caramel accompagnato da diversi bicchieri di cognac. Finalmente si alzò. Si avvicinò alla ragazza, l'afferrò per le spalle e la scosse con forza.

– Lo devi capire Antonino Barone, – sussurrò con voce cavernosa. La ragazza tentò inutilmente di sottrarsi alla zaffata umida e calda di alcol e vaniglia.

– E se non l'hai capito, lo capirai, – concluse mentre usciva dalla cucina e infilava un corridoio buio.

Ksenia rimase immobile per alcuni minuti, svuotata di ogni volontà. Poi si alzò e cominciò a rassettare a casaccio, tanto per fare qualcosa. Bevve un bicchiere d'acqua e si chiese dove avrebbe dormito. Non certo con quella bestia. Ricordò di aver visitato una stanza con un letto singolo, quando ancora era convinta di vivere una favola. Aveva pensato si trattasse della stanza della serva. Ora si rese conto che sarebbe stata la sua. Vi si chiuse dentro a chiave e sprofondò in un sonno pesante, privo di sogni.

L'indomani si svegliò un po' prima delle dieci. La casa era silenziosa. Si avventurò in punta di piedi fino in bagno e poi in cucina, dove trovò Lello Pittalis che leggeva il giornale, fumando e bevendo caffè.

Ksenia notò subito che non era piú la stessa carogna melliflua e untuosa che l'aveva convinta a interpretare il ruolo della sposa siberiana. Aveva gettato la maschera. Non aveva piú bisogno di fingere.

– Dov'è lui? – chiese cauta.

– Intendi Antonino? È uscito. Ha detto che tornerà per pranzo, – rispose Lello con tono piatto.

La ragazza cercò del latte nel frigo. Vi inzuppò un pezzo di pane, sperando invano di ritrovare qualche sapore di casa.

– Vestiti, ti porto a fare un giretto istruttivo, – annunciò Lello senza sollevare gli occhi dal quotidiano aperto sulla tavola.

– Ridammi il passaporto, – ribatté Ksenia alzando la voce. – Nessuno mi può obbligare a restare qui.

L'uomo si degnò di guardarla. – D'accordo. Ma prima ti devo mostrare una cosa.

La ragazza non ebbe dubbi che volesse fregarla ancora una volta, ma non era il caso di arrivare a una rottura definitiva fino a quando quello stronzo non le avesse ridato la libertà restituendole il documento.

Lello le porse un casco e la fece montare su un potente scooter. C'era il sole, come Ksenia aveva immaginato nei suoi sogni. Attraversarono una Roma da cartolina: il Colosseo, i Fori imperiali, piazza Venezia. Lo stesso tragitto percorso da Audrey Hepburn nei panni di una romantica principessa in vacanza, in un vecchio film che aveva visto insieme alla nonna e alle sorelle.

Pittalis non rimase zitto un solo istante. Descrisse con dovizia di particolari tutte le zone che attraversavano.

– Questa è la città piú bella del mondo. Ti troverai benissimo, – continuava a ripetere.

La siberiana cercò di non farsi travolgere da quel flusso ininterrotto di parole. Sapeva cosa stava facendo quella carogna. L'aveva già ingannata una volta. Si disse che non doveva piú farsi trattare come una ragazzina. Anche se lo era. Di colpo si scoprí a rimpiangere di essere cosí giovane. E ingenua. Proprio come la principessa del film.

Lello parcheggiò la moto davanti a un edificio che le sembrò antico, con un ingresso a tre archi. Camminando lungo i viali alberati, Ksenia si sorprese a pensare che era il posto piú bello che avesse mai visto.

Come se le avesse letto nel pensiero, Lello domandò: – Ti piace, eh?

Ksenia annuí, affascinata da tutti quei monumenti, da quelle sculture piene di grazia. Una in particolare la colpí. Raffigurava un angelo caduto, riverso su un piano rialzato di marmo, le ali ricurve a proteggerlo dalle intemperie e le gambe da adolescente che penzolavano nel vuoto.

– L'hai capito che è un cimitero, sí? – la canzonò l'uomo. – Certo che voi russi la tristezza ce l'avete nel sangue. Cammina, va', tagliamo da questa parte.

Imboccarono un viale dove alcuni operai in tuta stavano rompendo l'asfalto con un martello pneumatico.

– Neanche da morti si può stare in pace, – scherzò Pittalis.

Dopo qualche minuto raggiunsero una palazzina bassa con un porticato. La porta era aperta e Ksenia intravide quattro o cinque bare disposte sui catafalchi una accanto all'altra. L'ambiente era illuminato da una doppia fila di lampadari a tre bracci e due manici. Alla siberiana ricordarono la lampada di Aladino. Le pareti erano rivestite di marmo e il fondo era affrescato con l'effigie della Madonna.

– Aspettami qui, – ordinò Lello, ed entrò nella camera mortuaria per confabulare con un inserviente che fece una telefonata. Prima di salutarlo, gli allungò un paio di banconote.

Tornarono alla moto e uscirono dal cimitero monumentale per raggiungere un edificio moderno sul lato opposto del grande piazzale. Il portone d'ingresso era contrassegnato da una targa che Ksenia si soffermò a leggere senza capirne il significato: «Istituto di medicina legale».

Una volta entrati impiegò poco a capire dove Lello l'avesse condotta. La gente moriva anche in Siberia.

– Perché siamo qui? – domandò.

Lello si lisciò i capelli con il suo gesto consueto. – È il posto ideale per il discorso che ti devo fare.

– Non capisco.

– Seguimi.

Bussò a una porta. Un tizio a cui Pittalis passò con noncuranza un altro paio di banconote li stava aspettando. Li scortò in una stanza vuota dalle pareti neutre. Poco dopo tornò spingendo una lettiga con un cadavere coperto da un lenzuolo bianco.

– Cinque minuti, – sussurrò a Lello prima di uscire.

– Voglio andare via di qui, – farfugliò la siberiana spaventata.

Pittalis diede uno strattone al lenzuolo facendolo cadere a terra. Ksenia si ritrovò a fissare una ragazza della sua stessa età, forse di un paio d'anni piú vecchia.

– Chi è? – chiese con un filo di voce.

– Volete andare via dalla Siberia e vi rivolgete alle agenzie matrimoniali perché non avete altro modo per dire ciao alla miseria, – attaccò Lello in tono tagliente. – Nelle schede scrivete che non vi interessa l'età dell'uomo che volete sposare perché sarà comunque meno stronzo di quelli di casa vostra.

– Antonino Barone è malato. Non sai quello che è successo ieri sera.

– Non mi interessa. Ora taci e ascolta, perché te lo spiegherò una volta sola, – sibilò indicando il corpo nudo disteso sulla barella. – Questa bella ragazza ha detto addio alla vita perché non è stata abbastanza furba da capire che non bisogna creare problemi a chi fa di tutto per aiutarti.

– Che cazzo dici? Mi hai ingannata.

Pittalis le mostrò un sorriso cattivo. – Tu hai permesso che lo facessi. Hai voluto credere a ogni panzana che ti ho raccontato.

Ksenia chinò il capo. Lello aveva ragione, non ci aveva messo molto a convincerla.

– Perché proprio io?

– Perché vieni da una famiglia di miserabili pezzenti, sei bella ma non abbastanza per fare la modella o la showgirl, potevi diventare una campionessa di ginnastica ma ormai sei fuori tempo massimo. Certo, se non ti fossi fatta espellere per omosessualità...

– È stato solo un episodio, – mentí la ragazza. – Con Katia eravamo amiche.

– Peggio per te, dato che è il motivo principale per cui sei stata scelta.

– Ma tu come fai a sapere di me e di Katia?

– Me l'ha detto Tigran.

Questa volta Ksenia ebbe davvero paura: Tigran Nebalzin era un noto capomafia di Novosibirsk.

– Lavora per me. È stato lui a selezionarti.

La siberiana cercò inutilmente di trattenere le lacrime: con quel criminale di mezzo non c'erano piú speranze.

Lello sbuffò spazientito. – Avrai tutto il tempo per frignare.

Lei annuí e si passò il dorso della mano sugli occhi. – Scusa.

– Corrispondevi perfettamente alle richieste di Antonino e ora sei sua, – spiegò Lello. – Non per sempre, forse. Ma per qualche anno dovrai stare al gioco, fino a quando Barone non si stancherà e non ne ordinerà un'altra. Se rifiuti, Tigran manderà i suoi uomini a trovare tua nonna, tua mamma e le tue sorelle.

Dopo aver visto suo padre ubriaco e suo fratello sfregiare una ragazza solo perché gli aveva risposto male, Ksenia si era convinta che non ci fosse niente di piú terribile del maschio siberiano. Laggiú gli uomini bevevano e picchiavano le mogli. Bevevano e si dimenticavano dei figli. Ma Pittalis e Barone erano peggio. Come aveva potuto essere cosí cieca? Come aveva fatto a fidarsi di quel bastardo che ora la osservava divertito davanti al cadavere di una disgraziata come lei? Si costrinse a studiare attentamente quel corpo livido e freddo, ne assorbí ogni macabro dettaglio. La morte è un viaggio senza ritorno. Dunque lei era come già morta, perché non sarebbe mai piú potuta tornare indietro.

– Come si chiamava? – domandò.

– Perché lo vuoi sapere?

– Perché non potrò mai scordarla.

– Olesya.

Ksenia sospirò. – Voglio uscire da questo posto.

– E farai la brava bambina?

– Sí.

In moto, mentre tornavano a casa di Antonino, Ksenia decise di fare una domanda a cui non aveva ancora trovato risposta.

– Che bisogno ha di sposarsi?

– Essere ancora signorini a sessant'anni spinge la gente a convincersi che sei frocio. E lui, giustamente, pensa che questo possa nuocere agli affari.

Ksenia finalmente capí. – E non c'è nulla di meglio di una straniera ricattata che non conosce nessuno.

– Allora non sei completamente cretina, – si congratulò Lello. – Cominciavo a preoccuparmi.

Quando giunsero a destinazione, Pittalis le disse che non sarebbe salito e le fece le ultime raccomandazioni.

– Perfeziona l'italiano. E impara a cucinare. È l'unico modo per fartelo amico.

Arrivata davanti al portone, una strana donna le bloccò il passaggio. Poteva avere cinquant'anni come cento, portava uno chignon alto che la rendeva antica come le prime fotografie dell'Ottocento e vestiva di nero, come una vedova. Teneva in braccio una bambola senza una gamba dai capelli bruciacchiati, e con una mano spingeva una vecchia carrozzina blu dalle ruote grandi e sottili. La donna parlava a vanvera, con gli occhi sgranati che forse non vedevano nessuno se non personaggi che esistevano soltanto nella sua testa. Urtando Ksenia si mise a urlare: – Siamo tutte pedine! Siamo tutte pedine! – e continuò a farlo anche quando la siberiana si attaccò al citofono per farsi aprire. Appena sentí lo scatto, Ksenia si precipitò all'interno inseguita dalla voce della pazza, che forse urlava solo a sé stessa. Salí le scale due gradini alla volta, per attutire col rumore dei suoi passi quelle grida insopportabili.

La porta di casa era aperta. Barone la accolse con un piatto di spaghetti in mano. Glielo cacciò sotto il naso, mugugnò alcune frasi che Ksenia non poté comprendere e poi tornò a sedersi davanti al televisore. La ragazza si avviò verso la sua stanza a passi lenti, misurati.

Sul letto trovò un vestito da sposa. Era usato e sembrava molto vecchio. Un modello antiquato in *duchesse*. Ksenia lo annusò. Puzzava di naftalina. Non dovette faticare a lungo per capire che era appartenuto alla madre di Barone.

Pensò che quell'uomo aveva un trogolo al posto del cervello e del cuore. Un sacco di letame che l'aveva privata del diritto di sognare e costretta a sopravvivere, giorno dopo giorno. Una schiava, ecco cos'era diventata. Sarebbe stata persino disposta a finire come la ragazza dell'obitorio, ma non avrebbe mai permesso che Tigran Nebalzin si vendicasse sulla sua famiglia.

Ksenia appoggiò i palmi a terra e spinse i piedi in alto. Rimase in verticale il piú a lungo possibile. «Sono davvero cretina come pensa Pittalis la carogna?»

Magari a Barone sarebbero scoppiate le coronarie. Con tutto quello che ingurgitava poteva anche succedere, cosí com'era capitato a quell'ubriacone di suo padre. Indossò il vestito da sposa. Era corto alle caviglie e largo sui fianchi. Le stava malissimo. Infilò i jeans e andò in cucina, dove trovò un avanzo di spaghetti sul fondo di una pentola. Li mise in un piatto e raggiunse il futuro marito in salotto. Provò ad arrotolare qualche filo con la forchetta, con il solo risultato di restare a bocca spalancata mentre gli spaghetti le scivolavano disastrosamente sui pantaloni.

Antonino scoppiò a ridere con la bocca piena di polpettone. Il boccone gli andò di traverso. Ksenia sperò che morisse soffocato. Invece con un potente colpo di tosse l'uomo sputò nel piatto un bolo di carne e si affrettò a bere un sorso di vino.

Piú tardi, dopo un sonnellino sullo stesso divano dove aveva consumato il pasto, Barone uscí di fretta, come se fosse in ritardo.

La siberiana, finalmente sola, consultò sul vocabolario tascabile il significato della parola «pedine».

> **Pedina** s. f. – 1. Dischetto usato nel gioco della dama. 2. Strumento, persona manovrata da altri: *essere una p. nelle mani di qualcuno*.

Forse quella donna non era cosí pazza come Ksenia aveva creduto.

Si concesse un bagno leggendo qualche pagina di *Un uomo da sposare*. Si soffermò su una frase: «La chiave della felicità sta nell'avere sogni realizzabili». Lasciò cadere il libro e sognò di essere la protagonista del romanzo.

Tornando in camera si rese conto che aveva ricominciato a piovere. Si avvicinò a una finestra e osservò la gente e i negozi. A un tratto alzò lo sguardo e incrociò quello di una donna che la fissava dal palazzo di fronte. Era mora, con lunghi capelli lisci. Le sembrò bellissima. La sconosciuta le sorrise. Poi tirò la tenda e scomparve.

Ksenia si sentí ancora piú sola.

Due

Ksenia si accertò che Antonino Barone dormisse per recuperare il cellulare di cui l'uomo ignorava l'esistenza. La notte era il momento in cui aveva bisogno delle parole dell'amore per sopportare la violenza che dominava la sua vita.

Quelle telefonate clandestine riuscivano a tenerla legata al filo della speranza, le consentivano di resistere disperatamente all'orrore. Un raggio di luce in quel buio che durava da sei lunghi mesi.

Sei lunghi mesi che aveva contato giorno dopo giorno, ora dopo ora.

Sei lunghi mesi che aveva misurato col suo dolore.

Sei lunghi mesi che non avrebbe scordato mai.

Qualche giorno dopo il suo arrivo la ragazza siberiana era diventata la signora Barone. Il matrimonio si era svolto in una chiesetta sconsacrata che il comune utilizzava in alternativa al Campidoglio. La cerimonia durò dieci minuti. Non c'erano invitati. Lello Pittalis si era prestato a fare da testimone insieme a un certo Sereno Marani, un sessantenne dall'aspetto triste e dimesso con cui Barone aveva confabulato per tutto il tempo. Per l'occasione Antonino aveva tirato fuori dalla cassaforte due fedi d'oro. All'interno di quella con cui aveva impalmato Ksenia c'era inciso il nome «Stefania» e una data: «13 giugno 1991». Chi era Stefania? Forse una ragazza che l'aveva preceduta? Al momento delle firme Barone si era immediatamente rimpossessato del passaporto di Ksenia con un gesto sprezzante. Dopo un frettoloso brindisi in un piccolo bar alle spalle di viale Aventino, Pittalis l'aveva presa in disparte.

– Vado in Siberia a raccattare qualche altra ragazza bisognosa delle amorevoli cure di un maschio italiano, – sghignazzò. – Non vorrei però ricevere lamentele da parte di Antonino proprio mentre sono in compagnia di Tigran.

– Non succederà.

– Brava. Vedrai che prima o poi ti abituerai a fare la signora.

Due giorni alla settimana Barone l'accompagnava dalla rossa dei Parioli, della quale Ksenia aveva imparato a conoscere a proprie spese ogni perversione sessuale. Per il resto la «sposa siberiana» passava ore e ore a guardare programmi di cucina alla televisione nel tentativo di migliorare il suo italiano, e soprattutto di apprendere i segreti dell'arte culinaria nostrana.

Barone spazzolava tutto quello che lei gli preparava ma non le faceva mai un complimento. C'era sempre poco sale, troppo aceto, il sugo era troppo denso o troppo diluito e la frase piú gentile era: «Ma che, ci hai messo la cipolla?» Divorava, ma nulla gli andava mai bene. Una sera Ksenia aveva trattenuto a stento un conato quando lui aveva affondato un ditone nel gorgonzola e l'aveva costretta a ciucciarglielo. Finito di ingozzarsi, Barone si alzava facendo strusciare la sedia sul pavimento con un rumore fastidioso e sinistro, e andava a «farsi una pennica» in camera da letto. Ma questo non dava pace a Ksenia perché in quell'ora le era proibito accendere la Tv, lavare i piatti, persino camminare. Il minimo rumore «gli rompeva il cazzo». Una volta che Ksenia si era messa a sfogliare un quotidiano, le era piombato addosso e le aveva strappato il giornale, pagina dopo pagina. Voleva un «silenzio di tomba», cosí diceva, e Ksenia aveva impiegato poco a capire che la tomba era la sua.

In tutte le altre cose, Barone era l'ignoranza fatta persona. Non ascoltava musica, non gli piacevano i film, passava le serate a fare conti trafficando nel suo studio con una chiave d'oro che portava giorno e notte al collo e che serviva ad aprire una cassaforte ben nascosta dietro un pannello di legno.

Persino la casa in cui vivevano era frutto dell'attività di strozzinaggio di suo marito, che non si era preso nemmeno la briga di togliere le foto e svuotare i cassetti degli anziani proprietari che aveva ridotto sul lastrico.

Ogni quindici giorni le ordinava di fargli il pedicure. Era un compito che non la disturbava particolarmente. A casa era abituata a tagliare le unghie dei piedi alla nonna che non poteva piú chinarsi. Ma non era la stessa cosa. Quando per sbaglio le strappava una pellicina, sua nonna si limitava a mormorarle di stare attenta e le faceva una carezza sui capelli, mentre Barone le mollava un ceffone chiamandola «deficiente».

In casa viveva in uno stato di perenne terrore. Antonino la lasciava sola per intere giornate, rientrava unicamente per i pasti. Eppure per Ksenia il terrore continuava anche in sua assenza. L'unica volta che era riuscita a rilassarsi, lui era comparso alle sue spalle chiedendole perché cazzo non si stesse dando da fare col bucato.

Con l'andare dei giorni, Ksenia aveva imparato l'italiano meglio di quanto desse a intendere a Barone. Questo le aveva permesso di venire a conoscenza del tipo di affari di cui si occupava. Molto spesso suo marito riceveva dopo cena Sereno Marani, il loro testimone di nozze, che si presentava con una valigetta di pelle sempre gonfia quando entrava e puntualmente vuota quando lasciava l'appartamento.

Di solito, in occasione di queste visite, Barone la sbatteva fuori di casa costringendola a interminabili passeggiate nelle strade semideserte del quartiere, ma una sera si era completamente dimenticato di lei.

La porta dello studio era rimasta accostata e Ksenia li aveva sentiti parlare di «riscossione» in vari negozi della zona e degli incassi di una decina di compro oro e di quattro sale giochi, oltre che del bar *Desirè* che Ksenia conosceva bene perché era proprio all'angolo della strada. Non aveva potuto ascoltare di piú, ma le era bastato per non avere dubbi sul fatto che Barone doveva essere uno degli uomini piú odiati della città.

Dopo piú di due mesi vissuti come in trance, per un'inaspettata intercessione della signora dei Parioli, evidentemente soddisfatta della sua docilità, Barone le aveva consegnato le chiavi di casa, affidandole il compito di fare la spesa, «come una vera moglie». Lungo il tragitto quotidiano supermercato-salumeria-panettiere-edicola nessuno osava chiederle di pagare ma tutti la guardavano con astio. Lei cercava di essere gentile, educata e si sforzava di esprimersi in un italiano sempre piú corretto, a tratti ingentilito da espressioni che andavano arricchendo il suo vocabolario, grazie ai libri Harmony di cui continuava a nutrirsi. Ma non serviva a niente. I negozianti del quartiere la tenevano a distanza. Sembravano rispettarla, persino temerla. Per lei, che al massimo aveva conosciuto gli applausi dei parenti a una gara di ginnastica, era una sensazione insolita che non le dava alcuna gratificazione. Aveva conosciuto gli apprezzamenti pesanti dei ragazzi piú grandi, l'invidia delle compagne di scuola piú bruttine, ma nella sostanza aveva attraversato i suoi vent'anni tra l'indifferenza del mondo. L'idea di incutere timore solo perché apparteneva a qualcuno era una cosa che sfuggiva alla sua comprensione e la metteva in imbarazzo. Anche perché era ben consapevole che dietro quel rispetto di facciata si nascondeva un profondo disprezzo, che la colpiva alla schiena ogni volta che usciva da un negozio. Era come un alito fetido che la spingeva oltre la soglia, un mormorio di rimprovero che rendeva piú pesante la busta della spesa. Un giorno quel vento di calunnia l'aveva investita in piena faccia quando era entrata da Giò, il parrucchiere vicino a casa dove si serviva ogni quindici giorni, sempre per volere della signora dei Parioli. Stavano sparlando di lei. Una cliente, la moglie del giornalaio, in piedi al centro del salone, i capelli pinzettati con la carta argentata per i colpi di sole, imitava il suo accento dell'Est dicendo qualcosa come: – No bello. Io venuta di lontano, non da montagna di sapone, mica scema. Se tu dà a me bottarella, tu dà a me regalia. Giusto, no?

Le risatine di approvazione delle altre clienti si erano subito smorzate al suo ingresso nel salone. Poi i sorrisetti e le occhiatacce ripresero furtivamente e le allusioni in romanesco la fecero sentire ancora piú estranea e indesiderata. Da allora aveva evitato di tornarci, e anche se la signora dei Parioli si era lamentata spesso, la messa in piega aveva imparato a farsela da sola, a casa. L'aspetto totalmente assurdo della sua condizione era che tutti la disprezzavano per colpa dell'uomo che piú odiava al mondo. Nemmeno in questo, nell'odio che nutriva per Barone, avrebbe potuto farsi degli alleati.

A onor del vero, non tutti covavano risentimento nei confronti di Antonino. Un giorno, mentre si recavano ai Parioli, lui aveva ordinato all'autista di fermare la macchina davanti a una grande bancarella che vendeva Cd a poco prezzo. Gli altoparlanti sparavano a un volume oltre la soglia della distorsione una canzone italiana che Ksenia conosceva bene fin da quando era bambina. La ballava con le amichette e con la nonna. Ripetevano a memoria i versi senza capirne il significato. Il testo diceva qualcosa come: «Questo è il ballo del qua qua | e di un papero che sa | fare solo qua qua qua | piú qua qua qua». Era stato un grande successo a Novosibirsk.

Barone non era nemmeno sceso dalla macchina mentre un omone dai tratti marcati e il passo pesante lasciava il banco incustodito per andare a salutarlo. Aveva lo stomaco dilatato e strabordante, da forte bevitore, che le aveva ricordato suo padre. Si era rivolto a Barone con l'eccessiva cordialità di un compare in affari. Parlava con un accento diverso da quelli che Ksenia aveva sentito fino a quel momento. L'ambulante aveva passato a Barone un pacchetto confezionato con la carta di giornale. Si erano fatti una grassa risata, poi l'uomo aveva salutato: – Statt' buono, Antoni', – e aveva battuto due colpetti con il palmo sul tettuccio della macchina per segnalare all'autista che poteva partire.

La scena si era ripetuta una decina di volte lungo il percorso: chioschi di fiorai, caldarrostai bengalesi, banchi di frutta e verdura, un camion-bar di cui Barone aveva approfittato per divorare in due bocconi un panino con la porchetta. A ogni sosta corrispondeva un pacchetto piú o meno alto, sempre arrotolato nella carta di un quotidiano.

Ksenia, annoiata a morte, osservava con invidia le ragazze che passeggiavano sui marciapiedi e con cupidigia le vetrine dei negozi di moda. Costretta a indossare abiti che erano frutto dell'attività di usuraio del marito, si vestiva senza nessun gusto e piacere.

Ma a forza di stare seduta nella Mercedes, fingendo di non capire niente di quel continuo passaggio di soldi, la ragazza si era resa conto che era un'attività diversa dalle altre. Gli ambulanti sembravano addirittura soddisfatti di affidare i loro incassi a suo marito, come se fosse il loro banchiere di fiducia. Ksenia aveva immaginato che il periodico raccolto in concomitanza con le visite alla signora dei Parioli non fosse casuale. Ma era solo un'intuizione: non aveva mai notato nulla che potesse collegare l'attività di Barone alla sua aguzzina dai capelli rosso fuoco.

Del resto quei due erano convinti che Ksenia fosse totalmente senza cervello, una specie di giocattolo, un pony da cavalcare a loro piacimento. Non sapevano, non potevano certo immaginare che ciò che le aveva consentito di resistere e di tornare a sperare era una grande novità, nata durante il monotono percorso supermercato-salumiere-panettiere-edicola.

Non potevano nemmeno sospettare che Ksenia custodisse un segreto, qualcosa per cui era disposta a rischiare tutto pur di tornare a vivere, a essere felice.

Questo segreto aveva un nome: Luz, che in spagnolo significa luce.

Luz Hurtado era la bella ragazza colombiana che abitava nel palazzo di fronte. Per mesi avevano reciprocamente spiato la loro intimità, le loro diverse prigionie. Luz gestiva con discrezione un continuo via vai di uomini di ogni età: sessantenni che prima di suonare al citofono si guardavano intorno circospetti, ventenni che parcheggiavano il motorino a una certa distanza e non si sfilavano il casco finché non sentivano lo scatto del portone, quarantenni in grisaglia con eleganti borse da lavoro che sfruttavano la pausa pranzo. Quando non era di fronte al televisore, o non era fuori a fare la spesa, o impegnata nei suoi esercizi di ginnastica, Ksenia se ne stava alla finestra a osservare quel furtivo andirivieni. Sapeva che Luz ne era consapevole, ma nei sorrisi che le rivolgeva prima di oscurare la visuale con una pesante tenda di velluto era sottintesa una muta complicità. Era come se, con quei fuggevoli sorrisi, volesse farle intendere che non temeva alcun male da lei, la sconosciuta del palazzo di fronte, nessuna delazione o denuncia.

Questa peculiare complicità era andata avanti per almeno tre mesi, finché un pomeriggio di febbraio si erano incontrate. Quel giorno Ksenia era in preda a una forte agitazione. Per la prima volta si era allontanata dal quartiere ed erano piú di dieci minuti che passava e ripassava davanti a un sex shop. Non si decideva a entrare, si vergognava a morte. Avrebbe voluto perdere i soldi consegnati da Barone insieme a una lista di accessori che la signora dei Parioli le aveva dettato, con la stessa annoiata noncuranza di una padrona con la servetta nel compilare la lista della spesa. Alla fine si decise a varcare la soglia: fingere di smarrire i soldi avrebbe avuto conseguenze molto dolorose. Il negozio era situato sotto il livello stradale e per accedervi bisognava scendere quattro o cinque scalini e spingere una porta di vetro smerigliato.

L'interno era un labirinto di stanze stipate di Dvd porno e bacheche in cui erano esposti vibratori di ogni dimensione e colore e molti altri oggetti di cui Ksenia non riusciva a immaginare l'utilizzo. Al bancone c'era un sessantenne con folti baffi brizzolati che le rivolse un sorriso carico di professionale allusività, facendola immediatamente arrossire. Con una rapida sterzata a sinistra, la ragazza si infilò in una sala la cui scarsa illuminazione aveva lo scopo di far risaltare il rosso e il viola delle vetrine dentro le quali erano esposti completi in pelle nera, maschere di cuoio, collari borchiati, fruste, manette, guanti con le dita mozzate, in un effetto scenografico che voleva essere conturbante ma che a lei metteva solo tristezza. Finalmente individuò l'articolo che cercava e consultò il post-it rosa su cui aveva scritto il nome per essere sicura di non sbagliare: «Strap-on totally satisfied black. Diametro quattro centimetri». Alzò lo sguardo sulla vetrina e si trovò davanti a una gamma di falli in lattice collegati a una imbracatura. Su tutte le confezioni c'erano ragazze nude o in déshabillé che lo indossavano come una protesi, in una posizione analoga a quella dei genitali maschili. Ce n'erano di vari tipi, ma il modello che la signora dei Parioli aveva scelto era di dimensioni spropositate. Per un istante Ksenia immaginò l'uso che ne avrebbe fatto su di lei. Il cuore cominciò a batterle forte ed ebbe un capogiro che la costrinse a chiudere gli occhi annaspando nel buio in cerca di un appoggio.

Si rese conto che qualcuno le aveva preso delicatamente la mano e aveva sussurrato con un caldo accento sudamericano: – Devi stare attenta con questa roba. E con i matti che la usano.

Ksenia aprí gli occhi e la riconobbe: la ragazza della finestra di fronte. Da vicino era ancora piú bella. I capelli scuri le cadevano con noncuranza sulle spalle e un minuscolo neo le punteggiava la guancia destra, alla base del naso piccolo e regolare.

Travolta dalla vergogna, Ksenia riuscí solo a balbettare una laconica giustificazione: – Sono per mio marito.

– Certo, Antonino Barone.

La colombiana aveva pronunciato il nome con un velato disprezzo che non sfuggí a Ksenia.

– Sí, è anziano... Però è... Non posso parlare di lui.

Ksenia era nel pallone, continuava a guardarsi intorno imbarazzata.

Luz aveva notato un livido verdastro che correva da sinistra a destra sul collo della siberiana.

– Non farti mettere sotto, chiunque sia il bastardo che ti tratta cosí.

Lo aveva detto con una tale durezza, una tale rabbia da indurre Ksenia a lasciarsi sfuggire una giustificazione che a Luz era sembrata incomprensibile: – Lui non c'entra –.

Poi la siberiana si fece coraggio: – Potresti comprarlo tu per me? – le chiese.

– Certo. Quale vuoi?

Ksenia ne indicò uno con le vene violacee in rilievo. Luz non fece commenti.

– Aspettami fuori, – disse prima di dirigersi alla cassa.

Dopo una breve attesa, Luz fece capolino dalle scale del negozio, infilandosi un paio di occhiali da sole. Ksenia guardò dentro la busta e si accorse che lo strap-on era di dimensioni piú ridotte. Si rivolse sconcertata alla sudamericana: – Non è quello giusto.

– E invece è giustissimo. Vedrai che andrà bene lo stesso. E non dovrai farti ricoverare in ospedale, dopo.

Ksenia abbassò lo sguardo: – Va bene. Grazie.

E senza aggiungere altro, si allontanò.

Vedendola andar via con le spalle curve e il capo chino, Luz scoprí sorpresa di essere preoccupata per lei.

Dopo uno sbrigativo incontro con l'innocuo Mantovani, un professore in pensione che non voleva tradire la memoria della moglie e per questo si accontentava di masturbarsi mentre lei gli mostrava la sua «rosa», Luz salí al secondo piano. Aveva bisogno di parlare con Felix.

Felix Cifuentes era un infermiere cubano. Si era diplomato presso la famosa Scuola di medicina latino-americana dell'Avana.

In un passato ormai remoto, era stato un fedelissimo di Fidel Castro. Aveva creduto alla causa fino al giorno in cui, partecipando a un'assemblea di medici e paramedici, aveva espresso il proprio dissenso in merito all'organizzazione dell'assistenza a domicilio. Il suo era un parere squisitamente tecnico, eppure aveva ricevuto un richiamo ufficiale. In occasione di una visita di Fidel all'ospedale di Santa

Clara, era riuscito ad avvicinare il líder máximo e gli aveva espresso liberamente la sua opinione. Castro aveva apprezzato la passione e la schiettezza del compagno infermiere, le cui parole non erano però sfuggite a un gruppo di meschini burocrati: un mese dopo Felix era stato invitato ad abbandonare l'isola.

Da quello che aveva raccontato a Luz, viveva in Italia da trent'anni. Aveva rifiutato lo status di dissidente politico ed era entrato come clandestino. I primi anni si era adattato a ogni tipo di lavoro, «senza mai perdere la *dignidad*», come amava ripetere. Finché era tornato a svolgere il suo ruolo di infermiere prima in ospedale e poi, raggiunta l'età pensionabile, come badante. Si era specializzato nell'accudire anziane signore che accompagnava fino all'estremo saluto con competenza professionale e, a detta di tutti i parenti, con grande dolcezza. Era molto richiesto e aveva ricevuto offerte estremamente remunerative. Ma aveva rifiutato. Per deontologia professionale non abbandonava mai le sue assistite fino a quando queste non abbandonavano il mondo. Da tre anni era l'angelo custode della signora Angelica Simmi, e in tutto quel tempo non si era mai allontanato dall'appartamento al secondo piano, nemmeno per un giorno.

Nonostante i settant'anni Felix era ancora un bell'uomo. A Luz ricordava Harry Belafonte, il cantante preferito di sua madre, che aveva fatto conoscere al mondo il calypso. A dispetto dell'età, Felix aveva braccia robuste, mani forti e un portamento eretto che ispiravano un senso di rassicurante solidità. In casa indossava sempre e soltanto un camice immacolato, pantaloni neri morbidi e zoccoli olandesi. Solo una volta che si era presentata la sera tardi per un'emergenza, Luz lo aveva sorpreso in canottiera bianca, e in quell'occasione aveva potuto notare le belle spalle muscolose e la pelle scura incredibilmente liscia.

Quel giorno, dopo averle aperto la porta, Felix la fece entrare chiedendole di avere dieci minuti di pazienza, perché stava facendo il bagno ad Angelica. Poco dopo uscí tenendo in braccio una donnina gracile e minuta, senza capelli, dall'aspetto sofferente ma dal sorriso gentile. Era infagottata in un accappatoio troppo largo per lei e cingeva il collo possente di Felix con lo stesso fiducioso abbandono di una bambina con il suo papà. Felix, da parte sua, la sosteneva senza il minimo sforzo.

– Buonasera, signora Simmi, – la salutò Luz con un caldo sorriso.

– Ciao, tesoro. In cucina c'è qualcosa per te.

– Noi andiamo a metterci la camicia da notte, – disse Felix rivolto a Luz. – Puoi aspettarmi in camera, se vuoi.

La stanza del badante era piccola ma accogliente. Davanti alla finestra c'era un'asse da stiro con sopra una camicia bianca di popeline. Le mensole alle pareti traboccavano di libri: testi di medicina in italiano e in spagnolo, saggi di politica, soprattutto sulla rivoluzione cubana, volumi di poesia e qualche romanzo. Sul comodino accanto al letto singolo campeggiava un tomo da mille pagine ingiallito dal sole e rabberciato sul dorso con nastro adesivo trasparente. Era una vecchia edizione dei *Miserabili* di Victor Hugo. Luz provava sgomento soltanto a guardarlo. Ne sfogliò alcune pagine, contrassegnate da orecchie, asterischi e sottolineature a penna e a matita. Senza leggere una parola, lo ripose con perplessa delicatezza.

Felix entrò portando in trionfo una torta rustica. – Fatta con le mie mani su ricetta di Angelica. Ha sempre paura che tu mangi poco, – disse in spagnolo, come faceva sempre quando erano soli.

– Gliel'ho detto: mi accontento del necessario. Sai com'è, per conservare i clienti devo mantenermi al dente. Nessuno vuole pagare una puttana dalla carne scotta.

Felix scosse la testa, enfatizzando la sua disapprovazione: – Quando sento una ragazza intelligente come te parlare cosí, mi rendo conto di quanto sia stata inutile la mia esistenza.

– Che idiozia. Non conosco persona al mondo piú utile di te, – rispose Luz addentando un pezzetto di torta.

– Ti sbagli. Come dice il vecchio Victor Hugo: «Ho combattuto per mettere fine alla prostituzione delle donne, alla schiavitú per l'uomo e all'ignoranza per i bambini». E devo ammettere che ho fallito su tutti i fronti.

– Leggi troppi libri.

– Al contrario. Ne ho letti pochi in gioventú e ora che sono vecchio la vista non è piú quella di una volta.

– E non solo la vista... – aggiunse Luz con un sorriso allusivo, divertendosi a stuzzicare la sua vanità.

– Ho settant'anni suonati, tesoro.

– Posso procurarti certe pilloline blu. Fanno miracoli.

– Ah, no, grazie. Una delle cause della totale confusione in cui viviamo è l'uso delle pilloline blu da parte di vecchi caproni come me. Ma li vedi? Comprano spider da centomila euro e poi non le sanno guidare. Hanno due o tre ex mogli, amanti che potrebbero essere loro figlie, partono in branco per quegli inutili tour «tutto compreso» invece di starsene a casa a giocare con i nipotini.

Luz si era seduta sul letto mentre Felix faceva scaldare il ferro da stiro.

– Oggi ho parlato con la ragazza del palazzo di fronte.

– La siberiana?

Luz annuí. – Sono preoccupata per lei.

– Senti senti.

– È sposata con lo strozzino.

– Questo lo sanno tutti, nel quartiere. È la prova di quello che stavo dicendo: un lardoso di sessant'anni con una ragazzina di venti.

– È spaventata. Ho paura che possa succederle qualcosa di brutto.

– Vuoi dire di *ancora* piú brutto?

Di nuovo Luz annuí, corrugando la fronte.

– Come mai questo improvviso interesse?

Luz non rispose.

Il cubano la scrutò strizzando gli occhi, con fare inquisitorio.

– Che c'è di male? – chiese la ragazza sulla difensiva.

– Niente. Tutti dobbiamo prenderci cura di qualcuno. La domanda è: perché proprio lei?

– Ha un brutto livido sul collo e lo strozzino la manda a comprare cose che fanno male.

Dalla stanza accanto la voce flebile della signora Simmi chiamava l'infermiere.

– Arrivo! – rispose Felix alzando la voce per farsi sentire. Poi si rivolse a Luz: – Dobbiamo saperne di piú. Vedi di incontrarla ancora, in modo diciamo cosí… casuale. E cerca di portarla qui.

– Avrei voluto conoscerti quando avevi trent'anni. Dovevi essere un vero fico.

– Non credere. Ero un tipo noioso. Pensavo solo a cambiare il mondo.

Dal giorno successivo gli incontri «casuali» tra Luz e Ksenia si erano infittiti: dal salumiere, al supermercato, in farmacia. Luz faceva in maniera di trovarsi sul binario tracciato per la siberiana dal suo marito padrone. Ksenia era sorpresa e lusingata da quell'attenzione, non riusciva a credere che una donna cosí bella e sicura di sé potesse interessarsi a lei. Da quando Pittalis l'aveva consegnata a Barone aveva smesso di pensare a sé stessa come a una persona libera di scegliere qualsiasi cosa, soprattutto chi frequentare.

Una mattina, mentre comprava il solito romanzetto, sentí la voce profonda di Luz che la prendeva in giro.

– Hai mai letto un libro che non abbia la parola amore nel titolo?

– Consigliami tu qualcosa.

– Io non ho bisogno di leggere. Mi basta ascoltare Felix.

– E chi è Felix?

– Vieni, cara, – disse il cubano, – ti faccio conoscere Angelica.

La prima cosa che colpí Ksenia entrando nella stanza da letto della signora Simmi fu il buio. Luz, che frequentava la casa da troppo tempo ed era ormai assuefatta, aveva dimenticato di avvertirla. Quanto a Felix, probabilmente aveva voluto metterla alla prova, vedere come avrebbe reagito alla vista di una sofferenza di gran lunga superiore alla sua.

La seconda cosa che notò, non appena le pupille si furono abituate alla penombra, fu il viso dell'ammalata che sembrava coperto da una mascherina rossa a forma di farfalla. A Ksenia ricordò la macchia bianca che hanno i lupi sul muso. Angelica le chiese di sedersi sul bordo del letto e volle sapere il suo nome. Scostandole una ciocca di capelli notò un profondo graffio, ennesimo ricordo lasciatole dalla signora dei Parioli.

– Sei fidanzata?

– Sposata, – rispose la siberiana trattenendo un singulto.

Angelica fissò gli occhi azzurri in quelli nocciola di Ksenia e annuí, muovendo il capo con cautela: – Scappa finché sei in tempo.

Quando uscí dalla stanza, Ksenia non aveva la minima idea di quanto vi fosse rimasta.

– Allora, – le chiese Felix porgendole una tazza di tè, – che ne pensi di Angelica?

– Non so... Che ha un corpo che non corrisponde alla sua anima.

Felix scambiò uno sguardo compiaciuto con Luz.

– Cos'ha sul viso? – chiese Ksenia.

– Un eritema, il marchio di fabbrica della sua malattia. Male subdolo dal nome pittoresco: lupus eritematoso sistemico, – rispose l'infermiere. – Detto anche «il grande imitatore» perché è maledettamente difficile da diagnosticare. È una malattia prettamente femminile, colpisce simultaneamente i centri nervosi e il sistema circolatorio. Angelica l'ha contratta col manifestarsi della menopausa. Non ci sono cure efficaci. Non si guarisce dal Les.

– E lei lo sa?

– Sí, certo.

– È una vecchina molto coraggiosa.

– Angelica non è vecchia. Ha quarantacinque anni. È la malattia che l'ha ridotta cosí, – disse Felix. Poi posò una mano sulla spalla della siberiana. – E ora, ragazza mia, parlaci di te.

E Ksenia raccontò tutto, finché riuscí finalmente a piangere.

Nelle settimane successive, la siberiana era diventata bravissima a sottrarre tempo alla spesa quotidiana per andare a trovare Felix e Angelica insieme a Luz. Con loro riusciva persino a ridere e a dimenticare Barone, Pittalis e la signora dei Parioli. Ksenia si incantava spesso a contemplare ogni gesto, a esaminare ogni movimento, a immaginare ogni pensiero di Luz. Lo faceva fingendo di guardare altrove, in modo che Luz non se ne accorgesse.

Una mattina di marzo, mentre Angelica riposava, Felix e Luz si stavano accalorando in una discussione su Cuba. Felix, fieramente laico, sosteneva che dopo la visita del papa e la morte di Fidel sarebbe arrivata la mafia e la sua isola avrebbe aperto le gambe ai *gringos*. I soliti furbi si sarebbero arricchiti e la gente comune avrebbe continuato a morire di fame, senza nemmeno un ospedale dove andare a crepare.

Luz, che all'ingresso del suo appartamento teneva sempre una candela accesa davanti alle immaginette sacre della Madonna di Lourdes e di Gesú, era arrabbiatissima. – Però potrai tornarci.

– Io a Cuba voglio tornarci soltanto da morto.

– Ah, no. Io a Cali voglio tornarci da vera signora.

Per tutta la discussione, Luz aveva ignorato Ksenia. Era da giorni che con lei si mostrava indifferente, addirittura impacciata per quanto potesse esserlo una femmina altera e spregiudicata come lei. Guardandola di sottecchi, con un interesse furtivo e vigile, la siberiana avrebbe potuto descrivere con l'accuratezza di un entomologo ogni angolo del viso e del corpo, i riflessi luminosi dei suoi capelli corvini, i denti bianchi e proporzionati, gli occhi scuri e accesi, la pelle creola, la voce profonda e sensuale, le movenze ferine.

Assorta nella contemplazione, si era dimenticata di dissimulare lo sguardo o forse Luz era stata piú rapida a notarlo, perché le chiese, innervosita: – E tu che hai da guardare?

Ksenia non si era accorta che nel frattempo Felix aveva lasciato la stanza.

Proprio come aveva letto in *Bufera d'amore*, i loro occhi si incontrarono e si dissero, in un battito di ciglia, tutto ciò che solo lo sguardo riesce a dire e che solo il cuore, con un tuffo, riesce a capire. L'indifferenza di Luz fu smascherata come menzogna e sostituita dalla verità profonda del loro primo bacio. Si presero per mano, uscirono dall'appartamento senza salutare, correndo per le scale fino all'ammezzato di Luz.

Liberandosi dei vestiti e senza smettere di baciarla, Ksenia sospinse Luz verso il grande letto su cui tanti uomini l'avevano posseduta.

– No, non qui, – disse la colombiana e, guardandola negli occhi, le mani nelle mani, indietreggiò verso un'altra stanza, piú piccola, arredata senza orpelli lussuriosi, con un letto singolo, semplice come il suo cuore.

Quello che era accaduto subito dopo aveva sovvertito tutte le sicurezze di Luz. Era la prima volta con una donna, ed era stato piú bello che con tutti gli uomini che l'avevano avuta. Ksenia aveva condotto il gioco con passione e abilità, assecondando ogni accenno, aprendo con attenzione e trasporto la strada per il piacere. Nessun uomo l'aveva fatta sentire cosí. Da anni non si abbandonava alle proprie sensazioni senza controllarle, senza tenerle a freno per concentrarsi su quello che piaceva al maschio di turno. Si era riappropriata del piacere della passività, dell'egoismo del prendere dopo tutti quei rapporti basati sul denaro.

– Che bello, – aveva esclamato Ksenia interrompendo i suoi pensieri.

– E non c'è stato nemmeno bisogno di usare lo strap-on.

Erano scoppiate a ridere per poi baciarsi teneramente sulle labbra.

– Ti sta molto bene, – aveva detto Luz appoggiando il capo sul seno bianco di Ksenia.

– Cosa?

– Quella tuta verde smeraldo che usi per fare ginnastica. Ti dona. Si sposa con il colore dei capelli.

– Anch'io ti guardo sempre dalla finestra.

– Lo so.

– Almeno fino a quando non chiudi le tende.

Luz aveva sospirato.

– Parlami di loro, – aveva avuto il coraggio di chiedere Ksenia girandosi su un fianco per guardarla negli occhi. – Degli uomini che salgono da te.

Un lampo di rabbiosa fierezza passò negli occhi della colombiana.

– Vuoi tutto l'elenco? Però ricordati, questa è la prima e ultima volta che rispondo a una domanda del genere, – chiarí sistemando bruscamente il cuscino. – C'è il sessantenne che gli puzza l'alito, il ventenne che non si lava l'uccello, quello nervoso con l'ascella sudata.

– Ma come fai?

Luz alzò le spalle. – Penso ai soldi. Ai soldi e a farlo durare il meno possibile. Ti concentri sulla loro eccitazione e quando senti quel grugnito è fatta. Gli sfili il preservativo tanto per essere carina, ti alzi, ti lavi, ti fai il collutorio e pensi ai soldi che ti mettono sul letto. Loro non vedono l'ora di filare e tu di accompagnarli alla porta. Sempre carina e educata però, altrimenti se ne accorgono e non tornano piú. Farli tornare, questo è il segreto di una vera professionista. Convincerli che sei calda e pronta per loro anche quando vorresti solo farti un pisolino abbracciata a tua figlia.

– Hai una figlia?

– Si chiama Lourdes. Ha sette anni. Sta in un collegio di suore. Domani vado a trovarla, ti va di accompagnarmi?

– Sí, certo. Ma chi è il padre?

– Uno che mi aveva chiesto di sposarlo e che il giorno dopo si è sparato un'overdose di eroina.

– Io invece sognavo il principe azzurro e ho incontrato l'orco.

Ksenia si alzò dal letto e cominciò a raccogliere i suoi vestiti.

– Devi proprio andare?

– Non posso rischiare, magari è già tornato e ha fame, – rispose Ksenia sbirciando dalla finestra. Ma si ritrasse di scatto. – Eccolo lí affacciato, che parla con la pazza.

Incuriosita, Luz si alzò a sua volta per andare a guardare.

In strada c'era la vecchia vestita di nero con la carrozzina blu che tanto aveva spaventato Ksenia quando era tornata con Pittalis dall'obitorio. Stava comunicando a segni con Barone.

– Che fanno? – chiese Luz.

– Non lo so.

– Chi è? Mi sembra di averla già vista in giro.

– Lui la chiama la Vispa Teresa, non so perché. Un giorno che gli rodeva meno del solito me l'ha anche spiegato, però non ci ho capito niente e allora lui si è messo a ridermi in faccia e a recitare una cosa tipo: «La Vispa Teresa in mezzo all'erbetta aveva preso una farfalletta», o roba del genere. Mi sono vergognata senza nemmeno sapere perché.

– Quell'uomo è proprio pazzo.

– Guarda, ora Antonino le cala un paniere. Lei prende qualcosa, lo ficca nella carrozzina e se ne va. Ogni volta cosí.

Mentre Teresa si allontanava spingendo la carrozzina blu, Luz commentò: – Odio le vecchie.

– Che vuoi dire?

– Non so. Mi fanno impressione. Forse perché una *puta* vecchia non la vuole piú nessuno.

– Tu non diventerai mai una *puta* vecchia, – disse Ksenia prima di baciarla sulla bocca.

Era stato difficile per la siberiana staccarsi da lei e correre a casa dal marito-padrone.

Il giorno dopo, la siberiana era uscita di buon'ora a fare la spesa e per la prima volta non si era curata degli sguardi del salumiere, del fornaio, delle cassiere al supermercato. Per la prima volta da quando era arrivata a Roma le capitava di guardare in alto, senza un motivo preciso. Era uno splendido mercoledí di aprile. Il cielo era terso, spazzato da un vento frizzante. La ragazza osservava le nuvole bianche che brillavano e correvano allegramente come se fossero appena state messe in libertà.

Si erano date appuntamento alla fermata della metropolitana di via Ottaviano per evitare di farsi vedere insieme. Luz le aveva spiegato come fare: aveva raggiunto a piedi la stazione Termini e aveva imboccato il sottopassaggio che conduceva ai treni. Era emozionata, non si era mai spinta da sola oltre i confini del quartiere. Luz l'attendeva nel punto convenuto. Indossava jeans, scarpe basse, una camicetta e un giubbottino di pelle bianco. Vestita in modo cosí semplice riusciva a essere ancora piú bella. Giunsero in una grande piazza per ritrovarsi davanti al colonnato della basilica di San Pietro. Per Ksenia era tutto nuovo. Dal suo arrivo a Roma si era sentita schiava e una schiava teneva lo sguardo basso. Luz invece conosceva bene la città e si muoveva con disinvoltura. In sua compagnia, Ksenia camminava a testa alta, senza paura di essere colpita alle spalle da uno schiaffo o da una frase cattiva. Fino a quella mattina non aveva avuto nessuna curiosità nei confronti di un luogo che l'aveva sopraffatta invece di accoglierla. Ora tutto le sembrava degno di essere ricordato.

Passarono sotto la famosa finestra del papa confondendosi tra greggi di turisti stranieri in bermuda e canottiera, suore dagli abiti bianchi o grigi o blu, pullman parcheggiati con i motori accesi, scooter che sfrecciavano con manovre ardite. Era confusa, accaldata ma raggiante.

Luz si girò e le chiese, visibilmente emozionata: – Come sto?

– Sei una bella mamma.

Varcarono la soglia del collegio delle Ancelle misericordiose del divino insegnamento, un edificio austero e incredibilmente fresco rispetto alla temperatura esterna. Una suora in abito nero accolse Luz con un pio sorriso. La colombiana conosceva la strada e all'improvviso, colta dalla frenesia, accelerò il passo al punto che Ksenia si ritrovò in pochi secondi una decina di metri indietro. In fondo a un corridoio con ampie vetrate che davano su un giardino interno, la colombiana imboccò la porta che conduceva alla sala della ricreazione, dove avvenivano gli incontri.

Tre suore africane, molto giovani, facevano giocare una ventina di bambine che indossavano grembiulini rosa con un fiocco di *gros grain*. La piú bella, dalla carnagione creola e i capelli scuri e lisci, corse incontro a Luz che si era accovacciata per accoglierla in un lungo abbraccio. Ksenia la immaginò scalza con un vestitino a fiori e vide Luz bambina.

La colombiana presentò Ksenia come una collega. Alla bambina aveva raccontato che faceva la hostess sugli aerei e che per questo era spesso lontana. La siberiana regalò alla piccola una scatola di caramelle e Lourdes le domandò se era fidanzata. Ksenia ricacciò indietro un groppo alla gola. – E tu?

Lourdes annuí serissima e disse a bassa voce: – Però mi tira sempre i capelli.

La siberiana le aveva lasciate sole per il resto della visita. Mentre parlava con la sua bambina, Luz la toccava in continuazione: le sfiorava i capelli, aggiustava il fiocco del grembiule, controllava le manine, le faceva soffiare il naso, se la teneva in braccio, le allacciava le scarpe.

Terminata la visita con la promessa di rivedersi la settimana successiva, Luz chiese a Ksenia se avesse ancora un po' di tempo. La siberiana rispose che Barone sarebbe tornato solo per l'ora di cena.

– Bene, prendiamo il tram.

Venti minuti dopo erano a Villa Borghese, dove nemmeno Luz era mai stata, e salivano sul trenino insieme a un gruppo di mamme con bambini, attraversavano il parco in bicicletta, raggiungevano un romantico laghetto e noleggiavano una barca a remi, dove si baciarono in mezzo a una pioggia di pollini bianchi.

– Ucciderò qualunque uomo tenti ancora di metterti le mani addosso, – le sussurrò Luz all'orecchio.

– E io ucciderò qualunque altra *donna* ti metta le mani addosso, – ribatté Ksenia.

Ksenia spalmò la pomata che le aveva dato Felix sul livido che le doleva di piú. L'aguzzina dai capelli rossi aveva voluto festeggiare in modo molto particolare il sesto mese da quando Antonino le aveva fatto dono della sposa siberiana.

La violenza della sua fantasia malata aveva superato ogni limite. La ragazza era stata umiliata, imbrattata, ferita. Trascinata in basso, fino in fondo.

Le ferite del corpo avrebbero impiegato molti giorni per rimarginarsi. Quelle dell'anima forse non si sarebbero mai cicatrizzate del tutto.

I suoi padroni erano certi della sua docile rassegnazione.

Invece Ksenia provava rabbia e covava speranza.

Il disinteressato affetto di Felix accendeva in lei la voglia di un destino diverso.

L'esempio di Angelica le dava la forza di resistere alla sofferenza.

L'amore di Luz era la cura di ogni male.

Forse non ci sarebbe riuscita e ancora non sapeva come avrebbe fatto, ma di sicuro avrebbe lottato fino in fondo per riprendersi la sua vita.

Tre

Luz entrò da *Vanità*, la profumeria del quartiere, proprietà di Eva D'Angelo. Grazie ai suoi consigli non aveva mai sfigurato, nemmeno con i clienti piú esigenti e *high level*. Eva era una tipica signora romana, mora, non molto alta, sempre in ordine, con un bel viso intelligente e in leggero sovrappeso, per colpa dei fornitori che la stressavano e di suo marito che «la mandava ai pazzi», come usava ripetere. Nonostante professasse idee tradizionaliste da «bottegaia», era di vedute aperte, molto piú di quanto credesse lei stessa. Conosceva il mondo attraverso i suoi clienti che negli ultimi anni, diceva, erano cambiati in fatto di gusti e non sempre in meglio. La maggior parte delle donne non cercava piú la delicatezza ma l'aggressività. Quanto agli uomini, non entravano piú in profumeria solo per fare un regalo alla compagna, ma si erano trasformati in ottimi acquirenti delle linee create appositamente per loro. «Sono diventati piú vanitosi di una soubrette, – era il suo lapidario commento. – Ma pochi se ne intendono davvero, in genere si fidano della pubblicità».

Eva era una professionista di alto livello, si teneva continuamente aggiornata, nel suo negozio non mancavano mai le novità, non soltanto quelle strombazzate dalle riviste femminili ma anche certi raffinati prodotti di nicchia. La profumeria andava molto bene e attirava clienti anche da altri quartieri. Divideva la gestione con il marito, Renzo, che però passava la maggior parte del tempo al bar di fronte.

Quando Luz aprí la porta facendo tintinnare la campanella dal suono *old fashioned*, Eva stava perdendo la pazienza con Sonia, la commessa diciannovenne dai capelli biondo platino che Renzo aveva voluto assumere anche a costo di litigare. Eva non la sopportava, diceva che quella cretinetti le creava un sacco di impicci. Passava le giornate a spennellare smalti, a riparare unghie, le proprie, a contemplarsi allo specchio con la scusa di provare un nuovo ombretto o a camminare obliqua su tacchi Mary Jane alti venti centimetri.

– Ma che combini? – stava dicendo Eva. – Quelle sono creme solari!

E Sonia, indolente: – Co' sti nuovi arrivi nun ce sto a capi' piú gnente.

– E quando mai... – fu il commento di Eva mentre accoglieva Luz con un sorriso di benvenuto. – Fai una bella cosa. Vai a recuperare quel gran lavoratore di mio marito.

Sonia non se lo fece ripetere due volte e si avviò leggermente inclinata in avanti per via dei supertacchi.

La campanella salutò il vistoso didietro della cretinetti.

Eva sospirò prima di rivolgere uno sguardo gentile a Luz, non per dovere professionale ma perché la colombiana le era davvero simpatica. Ne apprezzava l'intelligenza e il naturale buon gusto e non le era mai importato se faceva la mignotta. In un modo o in un altro, pensava, una donna sola deve pur arrangiarsi. Inoltre Luz pagava sempre e in contanti e non aveva mai chiesto lo sconto, motivo per cui Eva glielo faceva puntualmente. Insomma, secondo Eva quella Luz poteva anche essere una professionista, ma era molto piú signora di tante altre.

– Stamattina sei raggiante, – disse la D'Angelo.

– Grazie.

– In cosa posso esserti utile?

– Ecco, vorrei fare un regalo.

Eva rimase piacevolmente sorpresa. Luz di solito comprava solo per sé stessa. Immaginò che avesse conosciuto un uomo e, senza fare commenti, ne fu lieta.

– Perfetto. E a cosa pensavi? Un'acqua di colonia, un dopobarba, un profumo?

– Un profumo.

– Benissimo.

Eva si avviò verso il reparto maschile invitando Luz a seguirla.

– Posso chiedere che tipo è? Sportivo, elegante, carnagione scura...

– Sportiva. Di carnagione molto chiara.

Eva si girò, presa in contropiede: – Oh, scusa. Si tratta di un'amica, allora.

– Sí. E vorrei qualcosa di speciale.

– Sai quali fragranze preferisce? Cosí, per orientarmi.

– No. Però...

– Sí?

– Posso descriverti com'è.

– Splendido, aiuterebbe molto.

– Ha vent'anni, atletica, occhi verdi, dolce ma passionale, romantica, pelle chiara e morbida, capelli color miele, labbra carnose come ciliegie...

Eva non ebbe bisogno d'altro per capire. Luz l'aveva spiazzata ma non aveva scalfito la sua riservatezza professionale. Senza altri commenti scelse tra i nuovi arrivi una confezione sportiva ma al tempo stesso di classe.

– Posso? – disse Eva girando delicatamente il polso di Luz per spruzzarvi il profumo. – È un'essenza di mora selvatica, muschio pulito, germogli di mirtillo e agrumi. Fresca, classica, elegante, giocosa e... sexy.

Luz si portò il polso al naso e chiuse gli occhi.

Eva spruzzò ancora un po' di profumo nell'aria.

Luz sorrise e quando riaprí gli occhi disse: – Sembra creato apposta per lei. Sei un genio.

Eva prese una confezione sigillata e avviandosi alla cassa si limitò a dire: – Su questo posso farti il venti per cento di sconto. Confezione regalo, giusto?

Da quando la signora Desirè Guarguaglini da Pola e suo marito Umberto da piazza Vittorio lo avevano inaugurato nel 1951 investendo tutti i loro risparmi, il bar *Desirè* aveva nutrito di cappuccini e maritozzi almeno tre generazioni di romani. Con gli anni erano cambiate le gestioni ma non la destinazione d'uso: era il classico bar-tabaccheria con ricevitoria Sisal dove dal lunedí al sabato si parlava di Roma e Lazio, di quanto fosse ladro il governo di turno e dell'ultimo varietà del sabato sera. Era andata cosí per decenni fino al 2010, quando l'ultimo proprietario, il sor Mario, si era indebitato al poker e si era visto portar via il bar da Antonino Barone a botte di interessi del sessanta per cento.

Cosí il sor Mario da padrone era diventato prestanome e dipendente mal pagato, e l'amarezza lo aveva invecchiato e incattivito.

I vecchi habitué erano stati rimpiazzati – dalla mattina all'ora di pranzo – da una clientela prevalentemente femminile, grande consumatrice di caffè, cappuccini, cornetti, insalatone e slot machine. Dal pomeriggio alla chiusura, invece, il bar era appannaggio di una clientela maschile dedita a bere amari e limoncelli e allo stesso vizio del gioco. In pratica il bar funzionava per Barone come una tonnara: le prede, chiamate in gergo «bombardieri», venivano attirate dal miraggio di una vincita fortunata e giorno dopo giorno, euro dopo euro, finivano con lo sputtanarsi la pensione, lo stipendio, l'incasso della giornata sino a necessitare di un prestito. A quel punto

Barone era pronto a entrare in gioco nella persona del factotum Sereno Marani, assiduo frequentatore del bar.

Quando un giocatore voleva rifarsi delle perdite e aveva esaurito i quattrini, Marani lo arpionava, e a un tasso d'interesse «piú che ragionevole» gli offriva la possibilità di riscattarsi e di non sentirsi un povero sfigato. Il bombardiere continuava a perdere e il debito a ingrossarsi, lo stipendio passava direttamente nelle tasche di Barone e cosí il negozio, la casetta a Maccarese e infine l'appartamento a piazza Dante o in via Cavour. Era cosí che Antonino era entrato in possesso della casa dove viveva con Ksenia. Per legge, oltre il dodici per cento degli incassi avrebbe dovuto essere diviso in parti uguali fra lo stato e il venditore della macchinetta. Ma Barone aveva «dimenticato» di collegare le slot machine ai monopoli di stato e, tanto per andare sul sicuro, le aveva fatte taroccare. Cosí, si assicurava il cento per cento degli incassi, per non parlare degli introiti provenienti dallo strozzo.

Uno dei piú assidui frequentatori del bar era Renzo Russo, il marito di Eva.

Quando Sonia, la commessa della profumeria, entrò per ricondurlo in negozio, Renzo aveva appena cambiato l'ultima banconota da cinquecento euro. La nuova barista, una ragazza di ventisette anni con cui Sonia non era riuscita a trovare argomenti in comune perché Monica, cosí si chiamava, non usava né trucco né smalto e portava solo scarpe da ginnastica un po' coatte, gli consegnò un secchiello pieno di monete da un euro. Renzo, ridacchiando, cercò di toccarle le orecchie a sventola a mo' di scaramanzia, ma Monica scostò bruscamente la mano.

«Si vede che ci ha il complesso», pensò Sonia, stupita da quella reazione ostile nei confronti del signor Russo, che secondo lei non era certo un tipo da respingere in quella maniera. Anzi, era proprio un quarantacinquenne fichissimo: sportivo, con un culetto bello tosto e muscoli scolpiti da anni di windsurf a Ostia, abbronzato trecentosessantacinque giorni all'anno e senza un capello bianco. Sonia sospettava che se li tingesse, ma secondo lei non c'era nulla di male a darsi un aiutino. Renzo profumava sempre, indossava camicie con le cifre, maglioncini attillati in primavera e pullover di cachemire in inverno. Poteva permetterseli, con il fisico che si ritrovava. Sempre sbarbato e con le unghie curate: un dettaglio fondamentale, per Sonia. Si erano conosciuti al circolo dello squash a Lanciani, dove il fustacchione riusciva a odorare di lavanda nonostante la maglietta intrisa di sudore. Sonia stravedeva per lui e non le importava se era tanto piú grande di lei. Non le importava nemmeno che fosse sposato con «quella»: nella sua testa era cosí che chiamava la sua datrice di lavoro. «Quella» non voleva che si portasse a casa neanche un campioncino di profumo o un tester. Renzo, invece, era tanto, tanto generoso, le passava una cifra di mance extra. Come la moglie usciva dal negozio, le ficcava in borsa un Dior o uno Chanel e le strizzava l'occhio in un modo che le faceva venire la pelle d'oca. Peccato per quel vizietto del gioco, ma del resto tutti gli uomini di un certo carisma hanno un lato oscuro, «ce lo devono ave'», altrimenti non sarebbero cosí carismatici, per l'appunto. Perciò se Renzo gliel'avesse chiesto lei non gli avrebbe certo risposto di no.

La barista aveva messo la musica a palla, tanto nessuno dei clienti ci avrebbe fatto caso. Nemmeno Sereno Marani, quello che faceva l'amministratore di condominî e non si separava mai dalla cartella in finta pelle dove teneva un computer portatile antidiluviano, che probabilmente gli serviva a fare tutti quei conti che solo a pensarci a Sonia veniva un attacco di nervi. Non che non avesse studiato, aveva fatto l'istituto alberghiero, ma di matematica nun ce capiva proprio gnente. Cosí come nun je diceva gnente la musica che ascoltava quella coatta: roba che a Sonia faceva venire il mal di pancia mentre evidentemente a quel Marani metteva fame, visto che erano le 11,30 e già stava pranzando: la solita pasta in bianco da ulceroso nella solita vaschetta di plastica che si faceva preparare lí al bar.

Sonia spostò lo sguardo schifato da Marani, che masticava a bocca semiaperta, al suo Renzo, che infilava a ripetizione monete nella macchinetta. Sculettando sui tacchi vertiginosi e carezzandosi voluttuosamente il collo come aveva visto fare all'ultima campionessa di *Amici*, la commessa bionda platino andò ad appoggiarsi languida alla slot machine con un chiaro intento seduttivo.

– Ciao, principale.

– Ciao, bella. Che, sei venuta a pija' er caffè pe' mi' moje?

– No, sono venuta per te.

– Niente niente me portassi un po' de fortuna, – disse Renzo schiacciando convulsamente il penultimo pulsante a destra della consolle. Sullo schermo apparvero in rapida successione una, due, tre, quattro more e… un limone!

– E magnamose 'st'artro limone… – commentò Renzo senza scoraggiarsi. – Vie' qua, fatte tocca'.

Allungò la mano destra, quella che manovrava i pulsanti, verso l'orecchio sinistro di Sonia e le strinse delicatamente il lobo tra indice e pollice.

– Vero che è carnoso? Dicono che è segno di sensualità, – buttò lí, vezzosa.

Ma l'uomo aveva già infilato un'altra moneta.

– Fai la brava, – esortò la macchinetta.

Sullo schermo le icone si bloccarono una dietro l'altra: una fragola, due fragole, tre fragole e…

– 'Sti cazzo de limoni! – sbottò Renzo tirando un pugno alla consolle.

– Oh, piano! – urlò la barista per farsi sentire al di sopra della musica.

Marani alzò uno sguardo interrogativo su Russo, poi si pulí gli angoli unti della bocca con un tovagliolo di carta.

Renzo mandò tacitamente a cacare la barista, quindi infilò un'altra moneta e un'altra ancora, e quando non era un limone a farlo andare in bestia, veniva il turno di un lampone o un'arancia.

Sonia stava cominciando a stufarsi perché, come le aveva insegnato sua mamma, il gioco è bello quando dura poco. Oltretutto era passata mezz'ora e non voleva che «quella» se la prendesse con lei, che nun c'entrava proprio gnente. Provò in tutti i modi a distogliere Renzo da quella stupida macchinetta. Diede fondo al suo repertorio di moine, fu suadente, insistente, cercò di colpevolizzarlo, di distrarlo, di farlo ridere, di responsabilizzarlo, finché non s'azzardò a sequestrargli, come faceva con la PlayStation di suo fratello minore, il secchiello con le monete. Fu un errore. L'uomo reagí in maniera scomposta, le diede uno spintone che le fece sbattere la testa contro lo spigolo della macchinetta accanto. Uscí anche del sangue, e mentre Sonia si tamponava la ferita, piú che altro per non sporcarsi il vestitino finto Dolce & Gabbana, Monica la barista, che al di là delle orecchie a sventola era un tipo cazzuto, intervenne con decisione dicendo a Renzo, a brutto muso, che non doveva azzardarsi mai piú a picchiare una donna.

L'uomo si scusò con la barista e con Sonia promettendo a quest'ultima un Dolce & Gabbana vero, poi si rimise a giocare, come se niente fosse.

Monica staccò la spina alla macchinetta: – E falla finita! L'hai capito o no che sono tutte taroccate? – gridò esasperata.

Per Renzo fu come una secchiata di acqua gelida. Chiese di cambiare le monete superstiti in banconote, le regalò a Sonia per scusarsi e uscí dal bar cingendo le spalle della ragazza, che non aveva esitato un momento a perdonarlo.

Sereno Marani aveva seguito tutta la scena senza intervenire, preoccupandosi solo di mettere il laptop al riparo nella cartella in finta pelle. Di quel misero dramma una cosa sola aveva suscitato il suo interesse: la frase della barista. Non si doveva permettere, Antonino andava informato al piú presto. Si ripromise di disturbare il capo subito dopo un paio di riscossioni urgenti.

L'esattore di solito si recava da Barone sul tardi, per verificare gli incassi e i conteggi legati alle molteplici attività dell'organizzazione. Per questa ragione Antonino non nascose un certo fastidio quando se lo vide piombare in casa di sabato alle tre del pomeriggio, ora consacrata alla pennica. Del resto Marani era un collaboratore solerte e coscienzioso e doveva esserci una buona ragione se si era preso quella libertà. Conoscendo l'irritabilità del suo capo, Marani venne subito al dunque e riferí in poche parole quanto aveva origliato al bar *Desirè*: la nuova barista, quella che avevano assunto da un paio di mesi, si era permessa di insinuare con uno dei loro migliori clienti, Renzo Russo, che le slot machine fossero truccate.

– Che faccio, la licenzio? – domandò Sereno.

Barone si allacciò con cura la vestaglia, arraffò da una ciotola una manciata di noccioline tostate e scosse la testa.

– Non basta. Famoje 'na guantanamata.

Marani non ebbe bisogno di altre spiegazioni. Recuperò l'inseparabile cartella e si congedò, scusandosi per il disturbo.

Renzo Russo parcheggiò l'Audi vicino allo svincolo del Grande raccordo anulare che si trovava all'altezza di Spinaceto. Era il punto migliore per sintonizzarsi su Radio Circe, l'unica emittente locale che dava in diretta i risultati del campionato di Eccellenza. Aveva scommesso ventimila euro sulla Vigor Cisterna vincente contro l'Ostia Mare e ci aveva aggiunto altri cinquemila su un over: 3-1, azzardando che la somma dei gol sarebbe stata maggiore di 3. Il ragionamento non faceva una grinza: l'Ostia Mare era già qualificata per i play-off e avrebbe messo in campo le riserve per far risparmiare energie ai titolari. La Vigor, dopo una stagione deludente, non aveva piú niente da chiedere al campionato e quindi avrebbe giocato in scioltezza, con l'unico scopo di salutare in grande stile il pubblico di casa. La vittoria della Vigor era data a 9, l'over a 15. In tutto facevano duecentocinquantacinquemila euro, la soluzione a tutti i suoi problemi. Si mise in ascolto della radiocronaca sorseggiando una bottiglietta di Chivas Regal.

Al 16′ del primo tempo venne assegnato un rigore alla Vigor. Al dischetto andò Scarzulli, un autentico specialista, che spiazzò il portiere con un'abile finta. 1-0 per la Vigor.

– E vai! – urlò tra i denti Renzo battendo un pugno sul volante.

Al 44′ l'Ostia Mare pareggiò. Poco male, si disse. Nel secondo tempo avrebbero sicuramente tirato i remi in barca e quelli della Vigor si sarebbero scatenati. Scese dall'Audi per accendersi una sigaretta. A Eva la puzza di fumo in macchina dava fastidio e non aveva voglia di litigare con lei nel giorno in cui avrebbe portato a casa tutti quei soldi. Avrebbe appianato i debiti con Barone e ne sarebbero avanzati per una crociera di lusso sul Nilo. Magari Sonia sarebbe potuta andare con loro.

Per i primi venti minuti del secondo tempo nessuna delle due squadre tentò l'affondo. Renzo aveva cominciato a sudare e a mordicchiarsi le unghie curatissime. Poi Fusco della Vigor Cisterna, già venduto a una squadra di serie B, volle dimostrare che avevano fatto un affare a comprarlo e partí dalla destra ubriacando mezza squadra avversaria. Arrivato davanti al portiere, lo scavalcò con un cucchiaio alla Totti. Renzo aveva già urlato al gol ma il pallone andò a rimbalzare contro il palo. – Puttana Eva! – urlò senza volere minimamente offendere sua moglie.

Nei restanti venticinque minuti non successe piú niente. L'Ostia Mare rinunciò a ogni velleità di vittoria, come Renzo aveva previsto. Il problema fu che anche quelli della Vigor si adeguarono alla non belligeranza. La partita rimase inchiodata sull'1-1. Renzo non ne aveva azzeccata una: risultato, over, un cazzo di niente. Avesse almeno scommesso sul rigore segnato da Scarzulli! Con la gola secca appoggiò la testa al volante. Era fottuto. Rovinato.

Dalla radio lo speaker invitò gli ascoltatori a «giocare responsabilmente». Renzo sputò contro la sua immagine riflessa nello specchietto retrovisore. Fumò nervoso un altro paio di sigarette e telefonò a Sonia.

Eva rientrò a casa dopo un cocktail organizzato da una nota casa di cosmetici. Naturalmente Renzo non aveva voluto accompagnarla, nonostante fosse il suo quarantesimo compleanno. D'altra parte, se non avesse potuto seguire la partita per colpa sua le avrebbe tenuto il muso per tutta la sera. Sapeva bene com'era fatto. Avrebbe trovato il solito mazzo di rose, con il solito bigliettino su cui da dieci anni c'era scritto «Per sempre». Da molto tempo ormai l'imprevedibilità e la capacità di sorprenderla non erano piú il forte di suo marito. «Comunque, – pensò aprendo la porta di casa, – i fiori fanno sempre piacere, sono cose che tutte le donne apprezzano. Dànno sicurezza».

Le rose erano lí, nel vaso di cristallo che campeggiava sul tavolo basso del salotto. Eva se la prese comoda. Si sfilò lo spolverino e le scarpe. Si buttò a sedere sul divano per massaggiarsi i piedi gonfi dopo un'intera settimana in negozio, dietro il banco. Accese una sigaretta, la terza della giornata da quando aveva «quasi smesso». Infine si decise ad allungare la mano per prendere il biglietto. Aprí la piccola busta. Prese gli occhiali da lettura dalla pochette per decifrare le illeggibili zampe di gallina di Renzo. Del resto sapeva già cosa c'era scritto: e invece no, non era quello che si aspettava.

«Addio. Tieniti il negozio», era scritto in stampatello.

Eva corse in camera da letto per controllare l'armadio del marito. Vuoto. Provò a chiamarlo sul cellulare. Staccato. Si affacciò alla finestra. La macchina non c'era. Rilesse il biglietto. Non si trattava di un atto di generosità dettato dal senso di colpa, dato che la profumeria non era sua e Renzo in realtà si era sempre fatto mantenere. Ma a lei non era mai importato. Lo aveva sempre amato. E lo amava anche in quel momento, con la disperazione che le attanagliava la gola e le impediva quasi di respirare.

«Perché?» si chiese per la milionesima volta, anche quando si accorse che s'era portato via la scatola dei gioielli e tutta l'argenteria.

Il giorno dopo in profumeria non si presentò nemmeno la cretinetti che Renzo aveva voluto assumere «per attrarre la clientela maschile». Di maschi, evidentemente, aveva attratto solo lui: quel testa di cazzo di suo marito. L'assenza di Sonia era la conferma di un sospetto che aveva da mesi. I due stronzi erano scappati insieme, lasciandola sola in un mare di guai, come apprese dalla telefonata del dottor Savelli, il direttore dell'agenzia di cui erano clienti da anni.

– Bisogna rientrare dallo scoperto, signora D'Angelo, – disse il funzionario in tono comprensivo. – Come ho detto a suo marito, avete superato da un bel po' il limite e continuo a ricevere pressioni dalla sede centrale.

Eva si precipitò in banca e scoprí che la situazione era peggiore di quanto accennato da Savelli.

Non solo erano in rosso, ma ben piú grave era l'esposizione con le rate del fido, per non parlare del mutuo che il signor Russo aveva voluto accendere e delle ipoteche sul negozio e sulla casa. La banca aveva urgente bisogno di una dimostrazione di solvenza, altrimenti si sarebbe presa quel poco che restava. D'altronde erano tempi duri: gli istituti di credito erano piú che mai impegnati nello sforzo titanico di salvare il paese, e proprio per questo non potevano avere riguardo per nessuno.

Eva si sentiva morire. Era stata tradita, ingannata e abbandonata con una montagna di debiti. Rischiava di finire in mezzo alla strada e raggiunse il negozio cercando disperatamente una via d'uscita. Non la trovò e poco dopo la situazione precipitò con l'arrivo di Sereno Marani.

La visita non era casuale: il dottor Savelli l'aveva prontamente informato del colloquio con la signora D'Angelo.

L'esattore salutò guardandosi intorno come se già stesse facendo una stima di massima sul valore del negozio. Poi tirò fuori uno di quei vecchi registri contabili con le colonne tracciate in rosso. Eva non li vedeva dai tempi in cui suo nonno gestiva la profumeria. Piú di una volta aveva notato Marani armeggiare con un computer. Ne dedusse che il registro gli serviva solo per fare scena.

In effetti l'esattore aveva inforcato degli occhialetti rettangolari da presbite e ora faceva scorrere una matita rossa e blu lungo una pagina piena di cifre compilate con una scrittura minuta e regolare. Sembrava uno di quei vecchi professori che godevano nel terrorizzare gli allievi, tenendo sospeso fino allo stremo il momento dell'interrogazione.

A dispetto del sorriso sprezzante che aveva esibito per non dare soddisfazione al maledetto galoppino di Antonino Barone, Eva si accorse di avere le mani sudate.

Marani cominciò a scuotere la testa, come un medico che avesse sott'occhio le ultime analisi di un malato terminale.

– Andiamo male. Ma proprio male male male, – si decise a sentenziare poggiando il registro sul bancone e girandolo verso Eva. – Se ha bisogno di chiarimenti, sono qui per questo.

– Effettivamente con tutte queste cifre non si capisce niente.

– Lei dice? Eppure è chiaro come il sole, – replicò Marani mentre si sfilava gli occhiali. Dopo una pausa ben studiata durante la quale si limitò a scrutare la donna come un avvoltoio appollaiato su un albero: – Erano trenta e mo' sono cinquanta, – disse a bruciapelo. – E suo marito è sparito nel nulla, al bar nessuno l'ha visto, non risponde al telefono eccetera eccetera.

– Lo so. Se n'è pure andato di casa. Guardi –. Eva tirò fuori dalla borsetta il biglietto che aveva trovato in mezzo alle rose. – È tutto quello che mi ha lasciato.

– Eh, no, signora cara. Qui dice in stampatello che le ha lasciato il negozio.

– Veramente è sempre stato mio!

– Meglio ancora. Che problema c'è? Il negozio è suo, il marito è suo e i debiti pure. Dico bene?

– Si sbaglia di grosso.

Marani la ignorò. – Per l'esattezza sarebbero cinquantamila e sessantasette. Però, data la situazione, mi sento autorizzato a farle un piccolo sconto. Un po' di galanteria non guasta, dico bene?

– Io non li ho, cinquantamila euro.

Il galoppino di Barone fece spallucce: – Piú di cosí non posso.

– Datemi almeno un po' di tempo. Un paio di mesi. Mio marito mi ha lasciato in questa situazione. Io non ne sapevo niente, lo giuro. Sono debiti suoi, non dell'attività. Il negozio va bene.

– E questa è una buona notizia. Se l'attività non è in perdita, possiamo garantirle una valutazione generosa. Vogliamo fare pari e patta? Lei ci lascia la proprietà, intesa con le mura e tutto, e noi annulliamo il debito. Piú di cosí...

Eva lo fissò con gli occhi sbarrati.

– Il negozio appartiene alla mia famiglia da tre generazioni, – balbettò.

– Le cose cambiano, – tagliò corto Marani. – E poi è proprio sicura di farcela? Una donna sola, con tutti gli avvoltoi che ci sono in giro. Creda a me. Molli tutto prima di perdere pure la casa. Perché la casa è intestata a lei, giusto?

– Come fa a saperlo? – chiese Eva.

Marani allargò le braccia: – Signora mia, io sono solo un impiegato, un esattore. Ci sono persone importanti come Antonino Barone che sanno molte cose, e altre come me che sanno solo quello che devono sapere.

Eva notò che l'uomo si divertiva mentre giocava a fare l'umile subalterno.

– Ho bisogno di qualche giorno per riprendermi dallo shock.

Marani sbuffò rumorosamente, facendo tremare le labbra. Mentre si avviava alla porta, emise la sua sentenza: – Una settimana, non di piú. Dopodiché io non posso farci piú niente e verranno altri a riscuotere, meno gentili e comprensivi del sottoscritto.

Eva maledisse Renzo, che l'aveva gettata nelle braccia di gente viscida e minacciosa come Sereno Marani. L'esattore era solo un galoppino e per risolvere quella situazione doveva parlare direttamente con Barone, supplicarlo se necessario, anche se quell'uomo le faceva ribrezzo e paura. Conosceva la sua fama, ma forse sarebbe stato comprensivo. Forse.

In fondo le faccende importanti le aveva sempre risolte lei mentre Renzo se ne restava un passo indietro, prodigo di consigli ma senza alcuna voglia di confrontarsi con gli altri e soprattutto con i problemi veri. Per questo nell'ultimo anno e mezzo Eva aveva accettato di buon grado che fosse lui a occuparsi dei rapporti con la banca e dei conti con i fornitori.

«Sei troppo brava ed esperta per perdere tempo con i conti, – le aveva detto Renzo una domenica mattina tra le lenzuola. Avevano appena fatto l'amore e lei si sentiva felicemente appagata, la testa leggera appoggiata sul petto del suo uomo. – Ci penserò io. Lo sai quanto mi costa, ma tu ti devi occupare delle linee dei prodotti. Solo la qualità può permetterci di reggere la concorrenza delle profumerie di catena».

Eva aveva pensato che finalmente Renzo avesse deciso di assumersi delle responsabilità da uomo di casa. Invece non aveva fatto che indebitarsi ed escluderla dalla gestione delle finanze: una mossa studiata per ritardare il momento in cui lei avrebbe scoperto la verità, e cioè quanto debole e infame fosse suo marito.

Era stato molto furbo nel costruire l'inganno e ora lei era costretta ad andare a implorare un cravattaro di non portarle via il negozio. Qualcosa le si spezzò dentro. Renzo era stato cosí inetto e vigliacco da costringerla a umiliarsi. Ma come aveva potuto farle questo? E poi, fuggire con quella ragazzina che avrebbe potuto essere sua figlia!

«Non me lo merito». Non riusciva a smettere di ricordare i gesti, le parole con cui suo marito aveva sostenuto la recita, senza trascurare il minimo dettaglio. Si era sempre dimostrato affettuoso e non le aveva fatto mancare nulla, soprattutto a letto. Aveva fatto in modo che non potesse avere il benché minimo sospetto. Eva sospirò. Doveva trovare la forza di concentrarsi sulle priorità. E la prima era salvare il salvabile. Al vuoto profondo come un baratro che sentiva dentro avrebbe pensato dopo.

La sera chiuse la profumeria ripassando a mente il discorso con il quale avrebbe cercato di muovere a pietà Barone.

Passando di fronte al bar *Desirè*, vide due energumeni che sbraitavano con quella tonalità cavernicola, gutturale e arrochita tipica delle bande di teppisti che mettevano a ferro e fuoco gli stadi.

Uno dei due teneva al guinzaglio un rottweiler. Li riconobbe. Erano i fratelli Fattacci, e come tutti nel quartiere ne aveva una paura maledetta.

Non si capiva se stessero litigando o cercassero di eccitare la bestia, che continuava a ringhiare e a mostrare le zanne. Ma forse stavano solo scherzando. Per vertebrati di quella stazza un cazzotto sulla spalla poteva anche equivalere a un virile gesto di amicizia.

Con un tuffo al cuore si rese conto che, se non fosse riuscita a convincere Barone a darle fiducia, presto avrebbe ricevuto la loro visita, come le aveva fatto intendere quel verme di Marani. Erano i Fattacci che andavano a riscuotere dai clienti difficili, recalcitranti o cocciuti. E alla fine tutti pagavano.

Erano arrivati insieme, un giorno che non ricordava piú con esattezza. Barone, Marani e i Fattacci avevano iniziato a farsi vedere in giro nei locali e nei negozi. E in poco tempo avevano messo radici e cominciato a divorare il quartiere, boccone dopo boccone. Avevano i loro informatori tra gli stessi disperati che strozzavano. In questo modo sapevano sempre tutto di tutti e ciò li rendeva ancora piú temibili.

La donna rabbrividí e accelerò il passo per allontanarsi. Strano, però: la serranda del bar era abbassata a metà e l'insegna spenta, in discreto anticipo rispetto al consueto orario. Per un attimo le sembrò di intravedere in chiaroscuro l'agile figura della barista, quella coattella dall'aria sveglia che ogni mattina le serviva cappuccino e cornetto, di solito tenendo la musica troppo alta. Forse i due urlatori steroidati erano amici suoi e stavano facendo a gara per «avere il privilegio di accompagnarla a casa», come si sarebbe espresso la buonanima di suo padre. Papà. Chissà se la stava guardando da lassú. Meglio di no, altrimenti gli sarebbe venuto un secondo coccolone. E pensare che aveva sposato Renzo proprio per fargli dispetto.

«Povero papà, – pensò Eva. – Che direbbe a vedere la sua profumeria in mano al peggior strozzino di Roma? *Cosí non va, ciccina mia. Cosí non va*». E invece era proprio cosí che andava.

Quel cagnaccio che continuava ad abbaiare le metteva angoscia. Mentre si allontanava, inghiottita dal tratto di strada piú buio, le sembrò di sentire un urlo di donna seguito dal fracasso della saracinesca abbassata con forza. Tirò dritto senza voltarsi, convinta che quei tre avessero deciso di spassarsela in assenza del sor Mario, magari scroccando qualche birra: a quanto si diceva, era di Antonino Barone pure il bar. Pensò che la birra le aveva sempre fatto schifo. Troppo amara per lei.

Luz Hurtado stava parcheggiando la sua city car, di ritorno da una prestazione a casa di un cliente facoltoso ma ignorante, volgare e infinitamente stupido.

Mentre frugava nella borsa in cerca delle chiavi di casa, riconobbe Eva che avanzava sul marciapiede opposto, a passo svelto e a capo chino. Le fece un cenno di saluto chiamandola per nome. La D'Angelo la riconobbe, di questo Luz fu certa, ma continuò a incespicare con i tacchi sui sampietrini, ignorandola di proposito. Giunta davanti al portone del palazzo di fronte, quello dove abitavano Ksenia e Barone, si soffermò a studiare le targhette illuminate del citofono.

«Strano», pensò Luz, entrando nell'androne di casa sua.

In ascensore schiacciò il pulsante del secondo piano. Le era venuta voglia di vedere Felix, anche se si era fatto tardi.

L'infermiere la accolse con l'indice poggiato sulla bocca per farle capire che la signora Simmi stava dormendo. Poi la invitò a entrare rivolgendole il suo ineffabile sorriso. La guardava sempre cosí quand'erano soli, con affettuosa ironia, e questo la faceva sentire meravigliosamente bene. Era lo sguardo di un nonno bonario che stravede per la nipotina ma per pudore trasforma ogni intenzione di bacio in una battuta pungente.

Felix si accorse alla prima occhiata dell'arrabbiatura di Luz. – Un altro cliente insopportabile?

La colombiana si limitò ad annuire stancamente. Cinque minuti prima gli avrebbe raccontato tutto per filo e per segno, ma nella mente le si era insinuato un tarlo piú fastidioso che di lí a non molto le avrebbe fatto scoppiare un terribile mal di testa. Era sempre cosí. Ogni volta che stava per accadere qualcosa di grave, un guaio, un incidente o una brutta notizia, lei si ritrovava a massaggiarsi la tempia sinistra. Quando era bambina, a Cali, sua madre diceva che aveva un dono. Però a lei non era servito mai a nulla. I guai li presagiva, ma non per questo era mai riuscita a evitarli.

– Brutte notizie? – chiese Felix, che era a conoscenza del «dono» di Luz.

Continuando a massaggiarsi la tempia, la ragazza andò alla finestra, scostò la tendina e gettò uno sguardo in strada: Eva non c'era piú.

– Non so. Ho appena visto Eva. Sai, – aggiunse girandosi verso Felix, – la D'Angelo, quella della profumeria. Non l'avevo mai vista citofonare al palazzo di fronte. Non credo che conosca qualcuno, a parte...

– Credi che sia salita da Barone? – la interruppe Felix.

Luz scosse la testa: – Non lo so.

– Ha problemi col negozio?

– Non siamo cosí in confidenza. Però mi è sembrata tesa, nervosa. Non mi ha nemmeno salutata ed è strano, perché è sempre molto gentile.

Felix sospirò: – Sai cosa diceva Victor Hugo? «Uno strozzino è peggio di un padrone, perché un padrone non possiede che la tua persona, mentre un creditore possiede anche la tua dignità».

– Dio, che mal di testa, – esclamò Luz, premendosi la tempia sinistra.

– Vieni, ti faccio uno shampoo.

– A quest'ora?

– Non c'è niente di meglio per il dolore alla testa. Chiedilo ad Angelica, se non ci credi. Quando le massaggio la testa non vuole nemmeno prendere le medicine. «Felix, – mi dice, – tu hai la magia nelle mani».

Mentre il cubano faceva scorrere l'acqua calda nel lavandino, Luz entrò in bagno sciogliendosi mollemente i capelli.

Se Eva D'Angelo non avesse tirato dritto, troppo turbata dai pensieri che l'angosciavano e dalla presenza dei fratelli Fattacci, forse avrebbe capito che qualcosa di grave stava accadendo all'interno del bar *Desirè* e che la tragedia incombente la riguardava, perché Monica, la barista coattella dalle orecchie a sventola, stava per pagare l'avvertimento che aveva dato a Renzo quando gli aveva sbattuto in faccia l'evidente verità che le slot machine erano truccate.

Del resto la paura che Eva e tutti i negozianti del quartiere nutrivano per quei due energumeni non era ingiustificata. Nativi del quartiere Prenestino, fin da piccoli si erano distinti per furti, aggressioni e atti di teppismo. Dopo due condanne, la prima con la condizionale e la seconda senza, avevano cominciato a frequentare un pub caratterizzato da una parete su cui campeggiava una grande mappa dell'Europa colorata di nero. Sotto la gigantografia del dittatore siriano Assad, avevano sentito parlare di complotto demoplutocratico dei banchieri di origine sionista, di negazionismo, di identità-tradizione-rivoluzione, di europeismo nazionalsocialista. Non ci avevano capito un cazzo ma avevano sfruttato la vantaggiosa convenzione con la palestra *Primo Carnera* a Montesacro, dove avevano imparato tecniche di arti marziali. Dopo un paio d'anni di militanza gratuita che tutt'al piú gli aveva consentito di rimediare qualche lavoretto come buttafuori, Graziano si era rotto le palle e aveva proposto al fratello di arruolarsi come *contractor* in Iraq. Fabrizio era stato scartato a causa di una rara disfunzione plantare. Aveva le dita dei piedi attaccate l'una all'altra da una membrana cartilaginea, il che gli impediva di correre secondo gli standard richiesti. Per questo il fratello maggiore, quando era in vena, lo chiamava Paperino. Graziano invece era stato ingaggiato con uno stipendio di trecento dollari al giorno. Prima di allora non si erano mai separati, motivo per cui al momento della partenza del fratello maggiore Fabrizio aveva pianto come un vitello.

Tuttavia l'esperienza di Graziano era stata piuttosto breve perché, nell'unico conflitto a fuoco in cui si era trovato coinvolto, si era fatto prendere dal panico e aveva abbandonato al suo destino il cliente che avrebbe dovuto proteggere, un ingegnere di una ditta italiana di costruzioni. Per sua fortuna il professionista se l'era cavata con una ferita al braccio. Oltre a una serie di racconti delle sue gesta che nessuno si era disturbato a verificare, della parentesi irachena gli erano rimasti la passione per i fuoristrada Hummer, i pantaloni mimetici e Terminator, un rottweiler che il «reduce» aveva addestrato nei parchi pubblici della città a scapito di jogger, barboncini e cani randagi. A quel punto i fratelli erano stati raccomandati da Sereno Marani, mezzo imparentato con la famiglia Fattacci, ad Antonino Barone, che aveva bisogno di un braccio armato per imporre la sua legge. Nella riscossione crediti i due avevano trovato la loro realizzazione e, in cinque anni, Barone li aveva plasmati a suo piacimento e non aveva mai dovuto lamentarsi del loro operato.

Graziano aveva mutuato l'uso del rottweiler per spaventare i debitori dalle tecniche di tortura adottate nelle prigioni di Abū Ghraib e di Guantánamo. Di qui il termine «guantanamata» con cui Antonino Barone aveva ordinato la punizione dell'incauta barista che aveva osato trasgredire le sue regole.

La sevizia prevedeva che Fabrizio aizzasse il cane tenendolo per il guinzaglio in modo da terrorizzare la vittima e distoglierla da Graziano che, con tecnica da manuale, l'avrebbe immobilizzata da tergo.

In questo caso però la manovra non era riuscita alla perfezione perché Monica, imprevedibilmente, aveva mollato un fulmineo calcio sul muso della bestia, che aveva accusato il colpo. Il guaito di dolore di Terminator aveva scatenato la furia di Graziano. Fottendosene dei manuali si era messo a pestare alla cieca la ragazza, colpendola ripetutamente al volto e allo stomaco fino a farla stramazzare sul pavimento. Poi l'aveva afferrata da dietro costringendola a mettersi a quattro zampe e le aveva abbassato jeans e mutandine scoprendole il culo. Nonostante l'umiliazione, gli occhi pesti e il sangue misto a muco che le colava dal naso, la ragazza continuava a ringhiare minacce.

– Ve la farò pagare, bastardi, figli di puttana. Vi farò cosí male che vi passerà la voglia di violentare le donne.

Graziano, che le stava dietro con le braghe calate e il cazzo duro, le tirò uno schiaffo sulla testa. – Anvedi questa. Non c'è verso di farla stare zitta, e poi ci ha 'ste chiappe strette...

Fabrizio, accarezzando Terminator, sentenziò con un tono da esperto: – Polmonella. Guantanamata con polmonella. Non ti puoi sbagliare, Grazia'.

Monica si sentí colpire con precisione e forza calibrata al fianco sinistro, tra costole e rene. La ragazza si afflosciò, soffiando fuori tutta l'aria che aveva nei polmoni, e l'uomo approfittò del momento per penetrarla.

– Cosa ti avevo detto? – sbottò soddisfatto Fabrizio tornando a coccolare il cane.

Monica scoppiò a piangere di disperazione e di rabbia. Aveva fatto di tutto per tenere testa a quelle bestie anche se aveva capito subito che non sarebbe uscita indenne da quella situazione. Il sor Mario era stato avvertito dell'arrivo dei fratelli Fattacci e si era allontanato con una scusa, dopo aver cacciato i pochi clienti che si accanivano sulle macchinette. E quando lei li aveva visti entrare e abbassare la saracinesca non era riuscita ad avere cosí paura da non vendere cara la pelle. Si era battuta, ma quei due si erano solo divertiti a pestarla. Ora quel porco la stava sodomizzando e il dolore era insopportabile.

– Sbrigati, – ordinò Fabrizio al fratello. – Questa troietta è una lagna e poi ho fame.

– Un attimo, – ansimò l'altro. – La stronza deve imparare a tenere la bocca chiusa.

– L'ha capito, – ribatté Fabrizio alzandosi e avvicinandosi a Monica. Incollò la bocca al suo orecchio e urlò come un pazzo: – È vero o non è vero che hai capito?

La ragazza cercò inutilmente di spostare la testa ma l'uomo le afferrò con forza il viso e continuò a urlare fino a quando il fratello non raggiunse l'orgasmo.

– Non c'è niente da fare, Fabri', – disse Graziano in tono estasiato. – Me fa 'mpazzi' quando gridi co' 'ste troie.

Monica crollò sul pavimento e loro si concessero una birra prima di lasciare il locale.

– Una cosa non ho capito, però. Perché so' sempre io a sfonna' le recchie e te i culi, – commentò Fabrizio.

– Perché te ci hai 'na bella voce da papero.

Il sor Mario, chiuso nella sua macchina, li vide uscire e riabbassare la saracinesca. Quando i due fratelli scomparvero dietro un angolo, l'ex proprietario del *Desirè*, ora semplice prestanome di Barone, si guardò bene dal precipitarsi a soccorrere la sua barista. Accese un'altra sigaretta.

«Aspettiamo che si riprenda», pensò.

Eva aveva fissato la lucida targhetta d'ottone con inciso il nome dello strozzino a cui quel farabutto di suo marito si era rivolto. Tutto il discorso che si era preparata le sembrava ineccepibile, vincente. Forse Barone le sarebbe venuto incontro. Sentiva le gambe molli e il cuore battere forte. Aveva respirato profondamente prima di suonare il citofono di Antonino Barone.

– Chi è? – aveva chiesto una voce femminile.

«La siberiana è in casa», aveva pensato Eva prima di rispondere con voce sicura: – Sono Eva D'Angelo. Devo parlare con il signor Barone.

– Sta per sedersi a tavola.

– Purtroppo si tratta di una faccenda urgente e non posso rinviare.

– Un attimo che chiedo, – aveva detto Ksenia prima di sparire per un paio di minuti.

Quando era tornata al citofono si era limitata a schiacciare il pulsante di apertura e a biascicare un laconico: – Salga.

Ora Eva stava in piedi di fronte al cravattaro, seduto a tavola, che la fissava con due occhietti divertiti ingollando prosciutto crudo e carciofini sott'olio.

– Che vuoi? – domandò bonario con la bocca piena.

– Sono la signora D'Angelo, la proprietaria di *Vanità*, la profumeria...

– So chi sei, – la interruppe l'uomo cambiando tono. – Ti ho chiesto perché sei venuta a rompermi i coglioni mentre sono a tavola.

Eva respirò a fondo e andò dritta al punto. – Ho bisogno di una dilazione per rimettermi in piedi. Non sapevo nulla dei conti in rosso e tantomeno che Renzo si fosse indebitato con lei. Quel vigliacco è fuggito con la commessa e io sono rimasta sola.

– Mica scemo Renzo tuo a scappare con la fichetta. E adesso, per le corna tue, vuoi che io rinuncio ai soldi miei per chissà quanto, eh?

– Solo il tempo di sistemare i conti, – spiegò la donna in tono ragionevole. – Credo che convenga anche a lei...

Barone diede una manata sulla tavola. – Che cazzo ne sai di quello che mi conviene?

Eva allargò le braccia, sconsolata. Il discorso ineccepibile che si era preparata non le sarebbe servito a nulla con uno come Antonino Barone. A corto d'argomenti, si ritrovò a fissare la bocca del cravattaro che divorava il cibo come gli orchi delle favole.

– E allora? – la pungolò lo strozzino sputacchiando frammenti di insaccato sulla tavola.

Le venne in soccorso la siberiana, che arrivò reggendo una grande padella strapiena di pastasciutta fumante. L'uomo allungò la mano armata di forchetta e con un guizzo si impadroní di un boccone che masticò, deluso.

– È cosí che se fa la cacio e pepe? Ma che ci hai messo, er lupo della steppa?

Inforcò un'altra manciata di pasta e la porse a Eva. – Assaggia un po' e dimmi se non ho ragione!

La donna, intimorita, non poté che obbedire e aprire la bocca. Mentre masticava pensò che quella non sapeva proprio cucinare. Lei a Renzo non aveva mai rifilato una simile schifezza. Ecco cosa succede a mettersi in casa una straniera: poi non ti puoi lamentare. E all'improvviso si ascoltò sorpresa mentre diceva: – La «cremina» è sbagliata. Non c'è equilibrio tra il pecorino e l'acqua di cottura. E poi il pepe non è macinato fresco. E per dirla tutta, anche i tonnarelli non vanno bene. Sono troppo spugnosi. Ci vogliono gli spaghetti.

Il volto di Barone si trasformò e un barlume di umanità si fece largo tra le pieghe di grasso da cui spuntavano gli occhi. – Anche mamma mia usava gli spaghetti, – gongolò con evidente nostalgia. Poi puntò l'indice verso Eva. – Adesso vai in cucina a preparare 'na cacio e pepe come dio comanda.

Eva intravide una possibilità nel desiderio del cravattaro. Magari un buon piatto di pasta lo avrebbe ammorbidito. Se non altro non la stava mettendo alla porta.

– D'accordo, – disse con il sorriso che riservava alle clienti migliori, e si precipitò ai fornelli.

Ksenia, che fino a quel momento era rimasta in silenzio, l'afferrò per un braccio. – Se vuoi cucinare per lui accomodati, ma non farti illusioni, poi si prenderà tutto quello che hai.

Eva la fissò per un attimo. La siberiana le aveva parlato in tono calmo, ragionevole, ma non era lei a rischiare di perdere il lavoro di una vita.

La profumiera si divincolò con un gesto quasi rabbioso. – E lasciami perdere, – sibilò riempiendo una pentola d'acqua calda.

La ragazza si sedette. Osservò la signora D'Angelo con interesse, ma senza riuscire a invidiare la sua manualità priva di esitazioni. – *Vanità* mi piace, – disse. – Vendi buoni profumi.

– Ma se non sei mai entrata, – sbottò l'altra salando l'acqua di cottura.

– Guardo la vetrina, – si giustificò la ragazza. – Non ho soldi da spendere e vado solo nei negozi dove Antonino ha il conto aperto.

– Se non cambia idea potrai venire anche da me e portarti via tutti i profumi che vuoi.

Ksenia abbassò il capo. – A me dà fastidio fare la spesa senza pagare, ma non posso fare altro.

– Te lo sei sposato, però.

Ksenia cercò le parole giuste ma non le trovò. Era troppo lungo da spiegare. E doloroso. E poi quella donna aveva già i suoi pensieri. «Poveretta», disse tra sé e sé. Antonino avrebbe divorato prima gli spaghetti e poi la cuoca. Era una storia già scritta.

Eva frugò nel frigorifero alla ricerca del pecorino, borbottando sull'ordine incerto che regnava in cucina. La siberiana le allungò la grattugia. Nel prenderla Eva percepí vagamente il profumo che aveva addosso la moglie del cravattaro. Si concentrò e lo riconobbe. Costoso, di nicchia. Ne aveva venduta solo una boccetta: a Luz, qualche giorno prima. Eva capí tutto all'improvviso: Luz e la siberiana. La moglie di Barone era l'amichetta della professionista che abitava proprio di fronte. Ne fu sorpresa, ma aveva ben altro a cui pensare e tornò a concentrarsi sul compito che le aveva assegnato lo strozzino.

– Dove sono gli spaghetti? – domandò.

Ksenia si alzò e spalancò le ante di una credenza. Pacchi di pasta di tutti i formati e delle marche piú diverse erano ammucchiati in modo caotico.

– E che ve ne fate di tutta 'sta roba? – chiese Eva, esterrefatta. – Manco una bottega è cosí fornita.

Ksenia sorrise e iniziò ad aprire tutti gli sportelli. Ovunque cibo, scatolame, bottiglie. Il freezer a pozzetto straripava di salsicce e di enormi bistecche sparse alla rinfusa. – Lo devi capire Antonino Barone, – disse, facendo il verso al marito.

– Lo devi capire… E tu ancora non lo hai capito, – la rimproverò Eva bonariamente.

La signora D'Angelo si chiuse in un silenzio concentrato mentre lavorava la cremina e il mezzo chilo di pasta raggiungeva la cottura ideale.

Qualche minuto piú tardi fece il suo ingresso in sala da pranzo reggendo con fierezza una grande zuppiera. L'appoggiò con cura davanti a Barone, che si riempí le narici del profumo. Un attimo dopo stava già masticando rumorosamente un'abbondante forchettata.

– Bona, – gorgogliò.

Afferrò la signora D'Angelo per la vita e la costrinse a sedersi sulle sue ginocchia. – Imboccami! – ordinò divertito mettendole in mano la forchetta. – E daje, che c'è di male? Imboccami. Come faceva mamma mia.

Eva era agghiacciata. Guardò Ksenia cercando aiuto ma la ragazza alzò le spalle. L'aveva avvertita. Barone pensò bene di infilarle le mani sotto la gonna. Eva tentò di alzarsi ma lui glielo impedí con la forza e le minacce. – Che fai, te ne vai? Non vuoi piú parlare del tuo bel negozietto con Antonino?

La mano sinistra dello strozzino si impadroní di una tetta. La donna scoppiò a piangere e fece cadere la forchetta a terra. Barone la sculacciò ridendo di gusto. – Se piangi mi rovini la poesia. E te che ci hai da guarda'? – chiese poi a Ksenia. – Te piace er culo della signora? Je voi da' un bacetto?

La siberiana decise: era arrivato il momento che qualcuno si ribellasse a quel pezzo di merda. Raccolse da terra la forchetta, la rigirò negli spaghetti fino a raccogliere una notevole quantità di pasta e poi, come se stesse impugnando Excalibur, la infilò nella bocca semiaperta di suo marito, trafiggendogli la lingua. L'uomo grugní di dolore e per un attimo i suoi occhietti fissarono sorpresi quelli della giovane moglie. Di certo non era abituato a subire l'ira delle sue vittime.

Schizzò in piedi, strappandosi la forchetta dalla bocca, ma non riuscí a liberarsi dell'enorme matassa di spaghetti che gli ostruiva la gola. Le donne, spaventate, arretrarono di qualche passo. Barone sembrava un dinosauro in agonia. Si afferrava il collo, si strappava la camicia, emettendo versi patetici e orribili. Crollò sulla sedia e nel tentativo di rialzarsi cadde all'indietro battendo violentemente la testa sul bordo di un tavolino di cristallo. Rimase immobile, mani e piedi spalancati, mentre una pozza di sangue si allargava sotto la nuca.

– È morto, – sussurrò Eva dopo un paio di minuti in cui entrambe non avevano nemmeno osato respirare.

– Non volevo, – si difese Ksenia. – E adesso cosa facciamo?

La D'Angelo si avvicinò con circospezione e timore al corpo inanimato di Barone, strinse tra il pollice e l'indice la lunga chiave che gli pendeva dal collo e iniziò a tirare, ma senza successo. La catenina d'oro a cui era assicurata si dimostrava piú robusta del previsto.

Eva D'Angelo ripensò alle mani del cravattaro che frugavano tra le sue cosce e cambiò approccio. Fino a quel momento era sempre stata una signora dai modi misurati, e piú di qualcuno si sarebbe sorpreso guardandola piantare la scarpa nel petto di Barone e strappare la chiave con fare piratesco.

– Dov'è? – chiese.

– Cosa?

– La cassaforte. Tutti nel quartiere sanno che ce n'è una bella grossa in questa casa, con l'elenco degli strozzati.

– È nello studio, dietro un pannello di legno. Ma perché lo vuoi sapere?

Ksenia mise a fuoco la chiave nella mano di Eva e capí. Lo stato confusionale in cui era precipitata dopo la morte del marito si stava lentamente dissolvendo, ma era ben lontana dall'aver recuperato quel minimo di lucidità necessaria a fronteggiare la situazione. Luz. Doveva assolutamente chiamarla. Aveva bisogno di lei.

Corse in camera a prendere il cellulare segreto con cui comunicavano nottetempo. Passando accanto allo studio vide Eva che infilava la chiave nella serratura della cassaforte.

– Ho bisogno di aiuto, Luz. Vieni qui subito. Ti prego, – implorò Ksenia.

– Che è successo?

– Non fare domande. Vieni.

– A casa tua? Ma sei sicura? – chiese la sudamericana, ma la ragazza aveva già riattaccato.

Luz era ancora in compagnia di Felix, che la guardò con apprensione. – È successo qualcosa? – domandò.

Luz scattò in piedi, in preda a un'ansia che l'anziano infermiere non le aveva mai visto prima.

– Vuoi che venga con te? – chiese Felix alzandosi dalla sedia dello scrittoio.

– Meglio di no. Aspettami qui, – concluse la colombiana prima di precipitarsi giú per le scale con il cuore in gola e suonare al citofono di casa Barone. Si guardò attorno. C'era poca gente in giro, a quell'ora quasi tutto il quartiere se ne stava seduto a tavola. Il portone si aprí con uno scatto e la donna scivolò dentro.

Ksenia l'attendeva sull'uscio e l'abbracciò forte, coprendola di baci e piangendo senza ritegno.

Luz le afferrò il viso. – Cos'è successo?

– È morto, – rispose tra i singhiozzi.

– Chi è morto?

La siberiana la prese per mano e la condusse in sala da pranzo. Luz si ritrovò a fissare il cadavere di Barone senza grandi emozioni. Veniva da un paese dove i morti ammazzati facevano parte della quotidianità, e il primo lo aveva visto all'età di cinque anni.

– Sei stata tu? – chiese la colombiana con un filo di voce.

– È stato un incidente. Quando Antonino ha cominciato a palpare Eva...

– Eva D'Angelo? Quella della profumeria?

– Sí. Proprio lei. Adesso è di là, nello studio.

– È morta anche lei?

– No, ha aperto la cassaforte.

La sudamericana uscí dalla sala da pranzo e infilò il corridoio a passo deciso. Eva era seduta a terra come una bambina occupata a giocare con le bambole. Solo che al posto dei balocchi aveva una montagna di banconote e gioielli che dalla pancia debordava verso le cosce e poi giú fino al tappeto. In mano teneva una grossa agenda che scorreva, pagina dopo pagina.

Alzò lo sguardo e incrociò quello di Luz. – Strozzava mezza Roma 'st'infame. 'Sto pezzo di merda. 'St'impunito.

Ksenia notò nel mucchio il suo passaporto e si precipitò a prenderlo. – Sono libera, – mormorò commossa.

Eva trovò un quaderno dalla copertina nera con il bordo rosso. Lo aprí e vide colonne di sigle e cifre scritte in modo stranissimo, incomprensibile. – E questa che roba è? – borbottò.

La colombiana non riusciva a distogliere gli occhi dai soldi e dai gioielli. Non aveva la minima idea di come sarebbero uscite da quella situazione, ma aveva ben chiaro che sarebbe stato un grave errore separarsi da quel tesoro consegnandolo alla polizia. Di diritto spettava a Ksenia, che in quanto moglie ereditava i beni del marito defunto, ma difficilmente ne sarebbe entrata in possesso dato che derivavano senza dubbio da attività illecite. Insomma, era il momento di farsi venire delle idee e l'unica che avesse senso era chiamare Felix.

– Dammi il tuo cellulare, – disse a Ksenia.

Quando Luz gli spiegò la situazione pregandolo di raggiungerle, Felix Cifuentes non disse niente. Poggiò il telefonino sullo scrittoio e affondò il volto nelle mani. Dopo aver visto tante morti, violente o naturali che fossero, essere stato torturato a diciassette anni dalla polizia politica di Batista ai tempi della rivoluzione cubana, aver subito ogni sorta di interrogatorio dalle autorità di mezza Europa, essere stato espulso, accolto, di nuovo espulso e infine «italianizzato», aveva sperato di chiudere la sua irrequieta esistenza in pace. La pace che aveva trovato in quel silenzioso appartamento, in compagnia di Angelica Simmi. Ma ora la morte dello strozzino lo richiamava alle armi e non era affatto sicuro di voler essere coinvolto. Anzi, era decisamente spaventato. Staccò il viso dalle mani e si accorse che tremavano.

– Felix?

Era Angelica.

– Eccomi, – rispose avviandosi verso la stanza dell'ammalata.

– Accendi la luce, per favore.

Felix esitò: sapeva che il brusco passaggio dal buio alla luce le procurava fitte dolorose agli occhi.

– Accendi. Per favore.

Angelica sapeva essere gentilmente perentoria.

L'infermiere obbedí e si affrettò a oscurare l'abat-jour con un foulard azzurro.

Angelica picchiettò ritmicamente con la mano sul bordo del letto. Era il suo invito a sedersi accanto a lei.

– Ho sentito sbattere la porta.

– Era Luz.

– Luz non sbatte mai la porta. Doveva essere molto agitata…

– Un po'.

– È per quella ragazza, Ksenia? Le è successo qualcosa?

– No. Non proprio.

– Quel farabutto le ha fatto del male?

– No.

– Sei cosí reticente perché non vuoi farmi agitare?

– Sí.

– Temi un episodio ischemico?

– Sí.

– Sei molto caro. Nel caso, puoi sempre farmi un'endovena di Midazolam. Ora però dimmi che cazzo sta succedendo e perché puzzi di sudore nervoso, tu che sei l'uomo piú profumato del mondo.

Istintivamente Felix si annusò le ascelle: puzzavano di paura. Decise di dire tutto, come sempre aveva fatto con Angelica.

– Le ragazze sono nei guai. Lo strozzino è morto, non so ancora come.

– Pensi che Ksenia l'abbia ucciso?

– Non lo so. Forse dovrei chiamare la polizia.

– In tutta la tua vita la polizia ti è mai stata di aiuto?

– No.

– E allora perché vuoi chiamarla proprio adesso? Vuoi rovinare quelle povere ragazze?

– Luz vuole che vada da lei.

– E cosa aspetti, che ti accompagni?

Felix sorrise. Se Angelica non aveva paura, come poteva averne lui? Prima di alzarsi si chinò su di lei e la baciò sulla fronte.

La voce dell'ammalata lo raggiunse sulla soglia della stanza.

– Felix?

– Sí?

– Speriamo che una volta tanto la vita non sia una fregatura, almeno per quelle simpatiche ragazze.

Felix annuí e fece per uscire.

– Felix?

L'infermiere tornò sui suoi passi.

– Puoi spegnere la luce, se vuoi.

Un minuto dopo, l'anziano cubano fece il suo ingresso in casa Barone. Indossava un paio di pantaloni neri e un dolcevita dello stesso colore. Si chinò su Antonino, gli tastò la carotide e osservò le ferite. Raggiunse lo studio e si rivolse a Eva e a Ksenia.

– So che non è facile, – disse pieno di comprensione. – Ma ora dovete sforzarvi di raccontarmi cosa è successo, nei minimi dettagli.

Le due donne, nonostante l'impegno, raffazzonarono una ricostruzione decisamente confusa, ma sufficiente comunque per escogitare un piano.

– Ecco cosa faremo, – disse Felix in tono pratico. Puntò l'indice verso Eva. – Tu torni a casa, e qualsiasi cosa ti chiedano, qui oggi non ci sei mai stata. Ieri sí, però, perché dobbiamo essere pronti a giustificare le impronte.

– Giusto! – esclamò ammirata Eva, che stringeva fra le mani l'agenda con la lista degli strozzati e il quaderno nero come se fossero reliquie.

Felix si rivolse a Ksenia: – Tu vieni con me e Luz a casa della signora Simmi. Tra un paio d'ore tornerai qui e fingerai di scoprire solo in quel momento il cadavere di tuo marito. Saremo noi il tuo alibi.

– E il denaro? E i gioielli? – chiese Luz.

– Vanno messi al sicuro in attesa di tempi migliori: direi che la cantina di Angelica al momento può andare bene, – rispose Felix in tono saggio. – Sarebbe giusto restituirli ai legittimi proprietari, ma questo atto di generosità diventerebbe un'ammissione di colpevolezza –. Prese il passaporto dalle mani di Ksenia. – E questo va rimesso al suo posto per lo stesso motivo.

– Senza quel documento sono costretta a rimanere qui, – si disperò la siberiana.

Felix le mise una mano sulla spalla. – Ma riprenderlo significherebbe far sapere al mondo intero che la cassaforte l'hai svuotata tu. Gli uomini di Barone lo capirebbero subito. Dobbiamo confondere le acque. Devono trovarla chiusa con la chiave al suo posto, al collo di Barone.

– La catenina s'è strappata, – intervenne Eva.

Il cubano indicò i gioielli sparsi sul tappeto, tra i quali spiccavano diversi girocolli d'oro. – Una qualsiasi andrà bene.

Eva porse l'agenda e il quaderno a Felix. – Mi sa che queste sono le cose piú preziose.

Il cubano sbirciò il contenuto. – E le piú pericolose.

– Ecco perché è meglio che le tenga lei.

Dovettero attendere che i coniugi Pica del primo piano ultimassero la conversazione sul pianerottolo con i loro compagni di burraco, e poi poterono lasciare la casa.

Eva fu la prima a imboccare le scale, seguita da Luz e Ksenia con la borsa in cui avevano trasferito il contenuto della cassaforte. Felix uscí per ultimo, dopo aver sistemato ogni dettaglio per far sembrare che Antonino avesse cenato da solo e si fosse infilzato con la forchetta. Un ulteriore tentativo, probabilmente maldestro, di cumulare elementi a sostegno della tesi dell'incidente. In effetti di incidente si era trattato, ma era meglio far credere che non ci fossero altre persone al momento del boccone fatale.

Il sor Mario alzò la saracinesca cercando di non fare troppo rumore. I fratelli Fattacci erano usciti da un bel po' e lui era rimasto in macchina a racimolare la dose di coraggio necessaria per guardare in faccia la ragazza che avevano violentato con la sua complicità. Si sentiva una merda e un vigliacco. Ma piú che con sé stesso ce l'aveva con la barista, che l'aveva messo in quella situazione. Alla sua età la vergogna era piú dura da mandare giú.

– Monica, – chiamò con voce incerta e colpevole.

La barista non rispose. Il rumore dell'acqua gli rivelò che si trovava in bagno. Passò dietro il bancone e si preparò un caffè. Stava lavando la tazzina quando si ritrovò davanti la ragazza che lo fissava.

– Ma che t'hanno fatto? – sbottò guardando il viso pesto e stravolto. – T'hanno rapinata?

La ragazza tirò su col naso. – Mi hanno stuprata, sor Mario, – rispose gelida.

– Mi spiace, – borbottò l'uomo sempre piú a disagio. – Se vuoi andare a casa qui ci penso io.

– Ma non mi dica, sor Mario! Sarebbe davvero cosí gentile da lasciarmi la serata libera dopo che sono stata massacrata in questo cazzo di bar di cui lei finge di essere ancora il proprietario, mentre sappiamo bene che è solo un prestanome di Antonino Barone?

L'uomo non riusciva a comprendere l'aggressività della ragazza e tantomeno perché parlasse di cose di cui non doveva essere a conoscenza. – Va' a casa, va'. Torna quando ti senti meglio.

– Ci ha proprio ragione, sor Mario. Ti spaccano il culo, ma poi passa, ti senti meglio e torni qui a farti ridere in faccia da quelle merde dei fratelli Fattacci, – disse Monica girando intorno al bancone.

Sferrò un pugno che raggiunse il sor Mario al naso e un altro alla bocca dello stomaco. All'uomo, preso alla sprovvista, cedettero le gambe, e la ragazza ne approfittò per colpirlo sotto il mento con una ginocchiata che lo mandò al tappeto.

– Brutto pezzo di merda, – gridò Monica. – Lo sapevi che sarebbero venuti e te ne sei andato senza avvertirmi. Bastava una parola per salvarmi.

– Non potevo.

– Sí, che potevi, – lo incalzò la ragazza, continuando a colpirlo con la punta delle grosse scarpe da ginnastica. – Ma in fondo non era cosí importante. Una ripassata ci poteva stare, vero?

Per Monica ogni movimento era doloroso, e fu costretta a fermarsi. Prima di andarsene, raccomandò al sor Mario di trasmettere un messaggio ai fratelli Fattacci: – Non è finita qui.

Raggiunse la macchina e lasciò il quartiere. Attraversò Roma in direzione nord e dopo una buona mezz'ora parcheggiò nel cortile di un elegante condominio residenziale. Aveva pianto lungo tutto il tragitto. Anche mentre parlava al cellulare. L'ascensore la condusse all'attico. L'appartamento era grande, buio e immerso nel silenzio, ma dopo qualche attimo la voce di Mary J. Blige si fece sentire ovunque, diffusa da piccole casse seminate ad arte nelle varie stanze.

Monica si spogliò e piena di rabbia esaminò con uno specchietto le lacerazioni prodotte dallo stupro. Non erano cosí gravi da ricorrere alle cure di un medico. Si infilò sotto la doccia e cercò di riflettere con freddezza su quanto era accaduto. Aveva commesso un errore mettendosi in mostra. Si era imposta di recitare il ruolo della barista coatta e menefreghista ma alla fine il suo carattere l'aveva tradita. Ora si trattava di capire come tornare nel quartiere senza troppi rischi. Quella merda del sor Mario avrebbe certamente riferito il suo messaggio ai fratelli Fattacci, e non aveva la minima intenzione di finire un'altra volta in mano a quelle bestie. Il loro prossimo incontro sarebbe avvenuto in ben altre condizioni.

«Today I'm not feelin' pretty | see I'm feelin' quite ugly | havin' one of those days | when I can't make up my mind | so don't even look at me», cantava Mary J. Blige. Monica uscí dalla vasca e rimase a lungo a guardarsi allo specchio. La faccia era un disastro, i lividi ci avrebbero messo un po' a sparire. Per fortuna non le avevano rotto il naso. Lei, invece, si era accanita con precisione su quello del sor Mario ed era maledettamente fiera di averlo fatto.

Il grande armadio della camera da letto era pieno di vestiti. Aveva bisogno di coccolarsi e scelse il suo preferito, un modello degli anni Quaranta, rosso a pois bianchi, che aveva comprato in un negozio di vintage a New York. Le stava bene. Si truccò con cura, ma non fece nulla per nascondere i segni dell'aggressione. Il rossetto si abbinava perfettamente all'abito. Indossò un paio di sandali bianchi creati da Ferragamo quando lei non era ancora nata e si sedette sul divano ad aspettare.

Come convenuto, il campanello suonò tre volte. Monica controllò comunque l'identità del visitatore attraverso il videocitofono. Si trattava proprio di Rocco Spina e lo attese sulla porta: voleva che vedesse subito come l'avevano gonfiata. L'uomo uscí dall'ascensore e la fissò con tristezza.

– Mi dispiace, – sussurrò.

– Me lo ha detto anche il sor Mario, – commentò risentita. – Tutti molto dispiaciuti oggi per questa povera ragazza.

Rocco sospirò. – Almeno io sono sincero, – ribatté. – E comunque non mi viene in mente altro da dire.

– Sforzati, – disse la ragazza, e si fece da parte per lasciarlo entrare.

L'uomo si tolse la giacca e come sempre la gettò sulla panca che arredava una parete dell'ingresso. Andò dritto in cucina, aprí il frigorifero e prese una birra. – Cos'è successo? – domandò a voce bassa.

La ragazza raccontò con dovizia di particolari. Aveva bisogno di farlo e Rocco era la persona giusta, anche se era un uomo. Lui ascoltò in silenzio, trattenendo la voglia di correre al *Desirè* e sparare in bocca ai fratelli Fattacci. Ma era un atto di giustizia che non gli competeva, e poi la faccenda era ben piú complessa.

– Non è che ti sei calata troppo nel personaggio, Sara? – chiese chiamandola col suo vero nome.

– Che cazzo vuoi dire?

– Quei due sono delle bestie ma tu avresti potuto rendergli la vita difficile, lo sappiamo entrambi, – rispose afferrandole la mano.

La ragazza abbassò lo sguardo. Come sempre Spina capiva le cose al volo. Si conoscevano da diversi anni ormai e per lui era un libro aperto.

– Ho tirato un calcio al cane ma poi mi sono bloccata, – sussurrò. – Quando ho capito che mi avrebbero violentata non sono piú stata in grado di reagire sul piano fisico. Li ho solo minacciati e insultati.

Spina non le diede tregua. Era fatto cosí, pensava che i problemi andassero affrontati subito. Era solo quattro anni piú grande di lei ma aveva un modo di fare da saggio burbero che si confaceva a persone piú anziane. – E adesso cosa farai? O rinunci oppure devi sbrigarti a fare i conti con quello che ti è successo, perché non avrai tempo di leccarti le ferite e dimenticare.

– Non ne ho la minima intenzione. Lo stupro finisce archiviato alla voce «incidente di percorso», – disse lei in tono glaciale.

L'uomo terminò la birra. – Sei sotto pressione da troppo tempo. Inutile dire che la cosa migliore sarebbe lasciar perdere, tanto non mi daresti ascolto.

– Non lo vuoi nemmeno tu, – ribatté Sara.

Rocco annuí. – È vero. È troppo tardi, ma pezzi di merda come i Fattacci il cazzo lo tirano fuori appena ne hanno l'occasione. Ormai ti considerano una preda facile e quando ci riproveranno cosa farai?

– Non permetterò piú a nessuno di violentarmi, – ribatté in tono deciso. – Nessuno.

Rocco prese dalla tasca una chiavetta Usb e l'appoggiò sul tavolo. – Ho recuperato la copia di alcuni rapporti che troverai davvero interessanti.

– Grazie, – disse Sara. – Li leggerò domani. Ora ho solo voglia di distendermi sul divano e ascoltare un po' di buona musica.

– Vuoi che resti? – chiese Spina, non sapendo che risposta aspettarsi.

– Mi farebbe piacere, – rispose lei rifugiandosi tra le sue braccia. Rocco non era alto ma aveva un fisico asciutto e scattante, e a Sara piaceva appoggiare la testa sul suo petto e farsi coccolare. Si sentiva protetta. – Ce la farò, – disse. – Ci vorrà del tempo ma arriverò fino in fondo e poi ricomincerò a vivere.

– Lo so, piccola, lo so.

Quattro

Ksenia trovò il coraggio di tornare a casa solo verso le undici. Dopo aver nascosto soldi e gioielli in fondo a un armadio polveroso nella cantina della signora Simmi, Felix l'aveva istruita sulle cose da dire e soprattutto su quelle da non dire, e Angelica aveva dimostrato, una volta di piú, di essere una persona straordinaria. Aveva voluto rimanere sola con la siberiana.

– Prendimi la mano e racconta col cuore.

Ksenia si era lasciata andare e le parole erano uscite una dopo l'altra.

– Povera cara, – aveva detto Angelica, – ora dovrai mentire per evitare mali peggiori. E dovrai farlo bene.

Poi Luz l'aveva coccolata. Aveva preparato un bagno caldo, l'aveva massaggiata con un olio creato da lei, fatto di mandorle, muschio, cannella, vaniglia, arancia. Aveva indugiato sulle caviglie, dietro le ginocchia, lungo l'attaccatura delle cosce, alla base della spina dorsale, sotto i seni, sui polsi, nell'incavo dei gomiti, sulla gola, dietro le orecchie e in mezzo agli occhi finché il crampo allo stomaco era sparito e la tensione si era sciolta in un piacevole torpore.

– Sei pronta? – aveva chiesto Luz sfiorandole delicatamente le labbra.

– Sí, credo di sí.

Ora se ne stava là, di fronte al cadavere di Antonino Barone. Con quella forchetta che spuntava dalle labbra insanguinate sembrava uno squalo bianco troppo ingordo per non abboccare all'amo che lo aveva fottuto per sempre.

La ragazza chiamò il 113 e in un italiano stentato per l'emozione lanciò l'allarme. Dopo pochi minuti arrivò l'equipaggio di una volante, che accertato il decesso decise di avvertire gli esperti della omicidi.

In attesa dei rinforzi, gli agenti interrogarono la vedova sommariamente ma ponendo le domande giuste. Dopo aver chiarito le circostanze e i tempi, attaccarono con la fase piú insidiosa.

– Andava d'accordo con suo marito?

– Sí.

– Aveva delle amanti?

– Non credo.

– E lei?

– No!

– Conosce qualcuno che ce l'aveva con suo marito?

– Era benvoluto da tutti.

Il piú anziano alzò la testa dal taccuino su cui appuntava le risposte e la fulminò con lo sguardo. – Non esageri, signora Barone: la fama del defunto non è quella di un santo, – precisò. Poi passò ad altro. – Le sembra che manchi qualcosa?

– No.

– Avrei bisogno dei suoi documenti per registrare i dati.

– Non so dove siano. Li conservava Antonino.

– E perché? Lei è tenuta a portarli sempre con sé. È la legge.

– Il fatto è che sono molto sbadata. Mio marito temeva che li perdessi.

– Allora dovrà essere identificata in questura. Ma ci penseranno i colleghi della mobile.

Con gli investigatori in borghese giunse anche il medico legale. Senza troppi complimenti relegarono la siberiana in cucina, piantonata da un'agente in divisa, e si chiusero in sala da pranzo a esaminare cadavere e luogo del presunto delitto.

Il dottor Zanuppelli di delitti se ne intendeva. Non a caso era ospite fisso delle trasmissioni specializzate dove esperti e giornalisti fingevano di risolvere celebri casi di cronaca nera.

Con le mani protette da guanti in lattice estrasse la forchetta dalla bocca di Barone. – Fammi una foto del bolo che ostruisce la gola, – disse all'assistente.

– Allora, dottore, come è morto questo Barone? – chiese il commissario Paolo Mattioli, che conduceva le indagini. – Non mi dica che si tratta di omicidio. Siamo sotto organico e un'altra rottura di coglioni aumenterebbe il grado di nervosismo del questore.

– Tranquillo, Mattioli, – disse Zanuppelli esaminando la ferita alla nuca. – Questo tizio è vittima della sua stessa ingordigia. Si è infilato in bocca la forchetta stracarica di spaghetti con tale violenza da ferirsi la lingua. Il dolore lo ha spinto ad alzarsi in piedi di scatto ed è caduto all'indietro battendo la testa sul tavolino. L'autopsia non potrà che confermare: si tratta di un incidente.

– Lo strozzino s'è strozzato, – ridacchiò un sottoposto, scatenando l'ilarità generale.

Zanuppelli si tolse i guanti. – Mai morte fu piú appropriata, allora.

– Sono solo voci, – si affrettò a puntualizzare il commissario. Conosceva il medico e voleva evitare di ritrovarsi intervistato da una troupe di cronisti a caccia di dettagli sulla vita di Barone.

– Il cadavere è tutto vostro, – annunciò Zanuppelli imitando i coroner delle serie americane, e si allontanò seguito dal suo assistente che una cosa aveva di buono: non apriva mai bocca.

Per prima cosa Mattioli indossò dei guanti in lattice e sfilò la chiave dalla catenina d'oro che penzolava dal collo del morto.

– La catenina gliela lasciamo, cosí evitiamo le lamentele dei parenti.

Seguito dal codazzo di collaboratori, il commissario entrò in cucina.

– Cosa apre? – chiese a Ksenia mostrandole la chiave.

La ragazza continuò a girare il cucchiaino nella tazza di tè fino a quando non colse un lampo di impazienza negli occhi del commissario. – C'è una cassaforte nello studio.

– Mi accompagni.

La siberiana si limitò a indicare il pannello di legno che la nascondeva.

Un poliziotto giovane col codino lo aprí e Mattioli esclamò ammirato: – Una Conforti Luxury rivestita di radica! State ammirando la regina delle casseforti.

La chiave girò nella serratura senza il minimo rumore e il commissario spalancò lo sportello. Ksenia notò la delusione farsi strada sui volti di tutti. Il forziere di uno strozzino evocava denaro, gioielli e segreti imbarazzanti o inconfessabili. Invece quella fuoriserie della sicurezza conteneva solo un passaporto russo intestato alla moglie del defunto e i documenti relativi al matrimonio. Scartoffie. Si scambiarono un'occhiata. Sembrava proprio che fosse stata ripulita del suo contenuto, ma non vi era il minimo elemento che suggerisse l'ipotesi del delitto e Mattioli non aveva alcuna intenzione di perdere tempo sulla pista, anzi sulla suggestione di una cassaforte «troppo» vuota. Lo strozzino si era strozzato e nessuno avrebbe sentito la sua mancanza, forse nemmeno la vedova. Il poliziotto si chiese quali meschinità si celassero dietro quell'unione. «Teniamo a freno la curiosità», si disse, ripetendo a sé stesso il ritornello: «Siamo a corto di organico

| manca persino la benzina per le volanti | il questore raccomanda di essere selettivi nelle priorità».

Diede un'occhiata veloce ai documenti e interrogò ancora Ksenia sul suo alibi. Felix l'aveva già avvertita che i poliziotti chiedevano e richiedevano all'infinito le stesse cose.

– Vado a parlare con questa signora Simmi, – annunciò il commissario, e la siberiana si ritrovò nuovamente piantonata in cucina.

Bevve un altro tè giusto per fare qualcosa. L'agente che le faceva compagnia la osservava con attenzione. Ksenia era certa che si stesse chiedendo se era stata lei ad ammazzare Barone.

Mattioli tornò dopo una ventina di minuti. Consegnò alla ragazza i documenti. – Il corpo di suo marito è stato prelevato dalla polizia mortuaria per essere trasportato all'obitorio ed essere sottoposto a un esame autoptico. Le faranno avere loro il nullaosta per i funerali, – disse in tono piatto. – L'aspetto domani mattina per la deposizione.

Le afferrò la mano e la strinse borbottando confuse condoglianze, quindi se ne andò.

– Che ne facciamo del cellulare della vittima? – domandò un agente.

– Lascialo dov'è, – tagliò corto il commissario.

Il poliziotto guardò i colleghi stupito, ma la totale assenza di reazioni lo convinse ad appoggiare il telefonino su una mensola.

A uno a uno uscirono e Ksenia rimase sola. Per la prima volta quell'appartamento non le era ostile. Antonino non poteva piú farle nulla. Girò da una stanza all'altra assaporando uno strano senso di libertà. Strano per le circostanze, ma reale. Luz era alla finestra. La loro finestra. Rimasero a fissarsi, a sorridersi, a desiderarsi. Avrebbe voluto stare con lei in quel momento ma ancora non poteva. Felix era stato chiaro: la parte piú difficile non era convincere i poliziotti ma i complici di Barone. Ora doveva attendere il loro arrivo. Ksenia sapeva che avrebbe dovuto avere piú paura ed essere concentrata ma aveva la testa leggera: la libertà di non essere piú la schiava di Antonino la faceva sentire bene.

Luz le mandò un bacio e scomparve. La siberiana cucinò una bistecca che accompagnò con mezzo bicchiere di vino rosso. Mangiò con appetito davanti al televisore sintonizzato su un canale che trasmetteva solo vecchie fiction. Si addormentò, annoiata dalle vicissitudini amorose di una vecchia contessa.

Eva era tornata a casa piegata in avanti, nel tentativo di non vomitare per strada, consapevole di non dover dare nell'occhio. Inciampò in un clochard che si era organizzato un giaciglio di cartoni davanti all'ingresso degli uffici comunali, cambiò due volte direzione per non incrociare nessun passante e fu costretta ad accovacciarsi dietro un'auto parcheggiata per evitare di essere riconosciuta dal figlio di una cliente, impegnato a prendere a calci una minicar che aveva preso fuoco pochi minuti prima. Il ragazzo, probabilmente imbottito di metanfetamine e birra, urlava disperato: – E ora chi cazzo glielo dice a papà? Quello mi rompe il culo!

Il padre era il proprietario del negozio di ferramenta, anche lui inguaiato con Barone. Eva avrebbe voluto tranquillizzare il ragazzo dicendogli che l'indomani il genitore sarebbe stato incline al perdono, ma ovviamente preferí tirare dritto e in gran fretta prima che le fiamme e le urla del giovane risvegliassero l'intero vicinato.

Quando entrò in casa, si tolse le scarpe per non farsi sentire da quelli del piano di sotto e corse in bagno, dove finalmente poté vomitare tensione e orrore. Sconquassata, senza forze, con i capelli sudati, il trucco sfatto, la camicetta sgualcita, rimase al buio non solo per ragioni di prudenza ma anche per evitare di incrociare la sua immagine in qualche specchio. A tentoni, orientandosi alla luce dei lampioni stradali, raggiunse la camera da letto. Si liberò dei vestiti e s'infilò sotto il copriletto ricamato, residuo del corredo che sua madre buonanima le aveva regalato in occasione del matrimonio con Renzo.

Dondolandosi sul fianco, le braccia intrecciate sullo stomaco, mugolò tutto il suo strazio. Non si voleva riconoscere in quella donna che si era precipitata a strappare la chiave di una cassaforte dal collo di un morto.

Brividi di febbre la scossero, ma ormai non aveva piú forze.

– Renzo, bastardo, – piagnucolò. – Dove sei?

Fu l'odore di fumo a svegliare Ksenia. Aprí gli occhi e si trovò di fronte Pittalis che la osservava torvo, la sigaretta all'angolo della bocca e le braccia conserte. Il porco che l'aveva venduta a Barone non era solo. Accanto a lui c'era la donna con i capelli rossi con cui suo marito la costringeva ad avere rapporti sessuali. Il volto senza trucco era un disastro, gli occhi gonfi, rossi di pianto, le labbra ridotte a una fessura.

La siberiana alzò l'indice lentamente e lo puntò contro la donna.

– Cosa ci fa lei qui? – domandò a Pittalis.

– E a te che cazzo te ne frega? – ribatté l'uomo in malo modo. – È Assunta, la sorella di Antonino. Questa è casa sua.

La sorella. Ksenia ammutolí cercando disperatamente di capire il significato di quella rivelazione. Barone andava a letto con sua moglie e con sua sorella. Era finita nelle mani di una banda di mostri. Antonino, Assunta, Lello.

– Alzati, – ordinò la donna.

La ragazza obbedí.

– Cos'è successo? – chiese Assunta in tono deciso, venato da un dolore profondo.

– Non lo so, – rispose Ksenia. – Antonino mi ha mandata via. Lo faceva sempre se doveva incontrare qualcuno, e quando sono tornata era morto.

– E chi doveva incontrare?

– Non ne ho idea. A me non diceva mai nulla.

– Chi ha aperto la cassaforte?

– La polizia.

La mano di Pittalis si abbatté come un maglio sul volto della siberiana.

– Prima della polizia.

– Non lo so, – gridò Ksenia terrorizzata. – Io non sono stata, lo giuro.

– Abbassa la voce, troia, – ordinò Assunta. – Non è che hai trovato Antonino morto e ne hai approfittato per sfilargli la chiave e rubare quello che non ti appartiene?

– No.

– Magari volevi solo riprenderti il passaporto, – intervenne Lello. – Poi hai visto i soldi e hai pensato che fosse l'occasione della tua vita.

– No.

– E il passaporto dov'è? – la incalzò l'uomo.

– Lo ha preso la polizia, – mentí Ksenia.

Pittalis e Assunta si scambiarono un'occhiata. Erano propensi a crederle. Lello afferrò la siberiana per i capelli e la costrinse a inginocchiarsi. – Antonino è morto ma tu sei sempre mia, – sussurrò minaccioso. – Adesso te ne stai buona qui a recitare la parte della vedova fino a quando non avrò deciso a chi rivenderti. Altrimenti lo sai cosa succederà, vero? Chiamo Tigran Nebalzin e la tua famiglia è fottuta, finisce a pezzettini. Hai capito?

Ksenia tacque. Lello strinse piú forte. – Rispondi!

Ma dalla bocca non le uscí un suono. L'uomo la schiaffeggiò fino a quando Assunta non gli disse di smetterla.

– Cosí le lasci i segni in faccia.

Pittalis si lisciò i capelli. – Vedrai che fine ti faccio fare.

La sorella di Barone fece un passo in avanti e le piantò il tacco sul dorso della mano. – È stato un piacere conoscerti, – sibilò. – Ora ascolta bene. Di Antonino mi occuperò io, non sforzarti di fare la vedova inconsolabile.

Ksenia continuò a rimanere chiusa nel suo silenzio ostinato ma sfidò lo sguardo di Assunta. Il suo sorriso beffardo non sfuggí a Pittalis il quale, non sapendo bene come interpretarlo, si scagliò ancora su di lei ripetendo minuziosamente le sue minacce.

Finalmente se ne andarono. La siberiana si rannicchiò sul divano per calmarsi. Pittalis si sbagliava. Non era affatto di sua proprietà, e non l'avrebbe rivenduta a nessun altro. E Lelluccio bello avrebbe smesso di ripetere che Tigran si sarebbe occupato dei suoi cari. Non aveva capito che, morto Barone, era lui il problema urgente da risolvere. Allungò una mano sotto il divano dove aveva nascosto il «cellulare segreto», chiamò Luz e le raccontò tutto: che il dolore e la rabbia la rendevano lucida, come quando in palestra riusciva a dare il meglio per dimostrare a quell'ubriacone di suo padre che non era, come le diceva sempre, *khu'in'a*, una merda, capace solo di *lysogo v kulake gonyat'*, far passare l'elegante pelato attraverso il pugno, cioè fargli una sega. Era cosí che le parlava, suo padre. Giurò a Luz che nessun uomo, mai piú, avrebbe alzato un dito su di lei. Nessun maledetto *mandavoshka*, nessun parassita del cazzo le avrebbe calpestato la dignità. Nessun *byk* di merda, nemmeno Tigran, avrebbe fatto del male a lei e ai suoi cari. Aveva dormito per troppo tempo ma ora era pronta a combattere, a vincere la finale olimpica, a riprendersi la vita.

– Io cosa posso fare, *mi amor*? – chiese Luz dolcemente.
– Stammi vicina, *moyo zolotse*, – ribatté decisa Ksenia.
– Che significa *moyo zolotse*?
– Mia dorata, ricoperta d'oro.
– Bello. Dimmi qualcos'altro in russo.
– *Ne magu zhit' bes tebya*.
La colombiana ridacchiò: – Sembra una bestemmia.
– Significa: «Non posso vivere senza di te».
– Come si dice «neanch'io»?

Assunta Barone era distrutta dal dolore. Andare in casa del fratello a parlare con la troia siberiana era stato uno sforzo enorme, ma aveva dovuto farlo. In quel ramo di affari non bastava dichiarare il lutto e tirare giú la serranda. E poi anche la vendetta, di cui sentiva il bisogno assoluto, aveva il suo prezzo. Occorreva indagare, scoprire. Punire in modo esemplare il responsabile, o i responsabili, l'avrebbe ripagata solo in parte, perché niente e nessuno avrebbe potuto restituirle Antonino, l'unico vero amore della sua vita. Abbassò il finestrino dell'auto e si riempí i polmoni di aria fresca.
– Secondo te quella Ksenia ci nasconde qualcosa? – chiese con una certa fatica.

Lello se la prese comoda. Trafficò con sigarette e accendino prima di rispondere. In realtà stava riflettendo sul fatto che Ksenia e Assunta si conoscevano. La reazione della ragazza non lasciava dubbi in proposito. Pittalis era perplesso, e si ripromise di interrogare la siberiana. Sarebbe stato costretto a farle male e la cosa non gli dispiaceva. Anzi. Avrebbe voluto farlo spesso con la moglie, ma quella stronza non la poteva toccare nemmeno con un dito. Si sarebbe lamentata e il padre e i fratelli gliel'avrebbero fatta pagare. – No. È troppo stupida ed è all'oscuro di tutto, – disse. – La conosco, si è fatta abbindolare come l'ultima delle sprovvedute.

– Controlla comunque se è stata veramente dalla vicina.

– Ci avevo già pensato.

– Poi falla sparire, – ordinò Assunta. – E in fretta.

– Non è cosí facile. Fra l'altro vale un bel po' di soldi, e conviene aspettare l'occasione giusta.

– Non mi interessa. Subito dopo il funerale la devi trasferire.

– Ma cosí ci rimetto il guadagno.

– Ho appena perso mio fratello e non voglio la sua vedova tra le palle.

– D'accordo, – si arrese lui, sempre piú perplesso. – Farò come desideri.

– Lello.

– Sí?

– Allora, chi è stato?

– Non lo so.

– Marani?

– Non ci ha le palle.

– I fratelli Fattacci?

– Lo escludo.

– Però qualcuno ha ammazzato Antonino e ci ha derubati.

– Alla mobile sono convinti che si sia trattato di un incidente. Il mio contatto mi ha garantito che per loro il caso è chiuso. Forse è stato davvero un incidente e chi si trovava con tuo fratello ha approfittato della situazione.

– È tutta una messinscena. Antonino mio l'hanno ammazzato.

Lello Pittalis si passò una mano sulla faccia. Era stanco e preoccupato. Qualcuno li stava sfidando e questo rischiava di compromettere seriamente gli affari. Non era certo in lutto per Barone. Quello era sempre stato uno stronzo capriccioso e dalla sua morte aveva solo da guadagnare, perché il successore non avrebbe potuto che essere lui. Doveva però stare attento a non rendersi sospetto agli occhi di Assunta, che paragonata al fratello era di tutt'altra pasta. Decise di assecondarla.

– Troviamolo e facciamogli sputare la verità, – disse lui. – Se si tratta di una messinscena, allora dobbiamo pensare che qualcuno di grosso voglia soffiarci la piazza.

– Una banda? E chi avrebbe questo coraggio? – sbottò la donna. – Facciamo da salvadanaio a troppa gente di peso perché qualcuno osi sfidarci. No, deve essere uno vicino a noi che ha provato a fare il colpo della vita. Antonino non avrebbe ricevuto a casa uno qualsiasi.

Pittalis si schiarí la voce. – A proposito, dovremo far ripartire gli affari in fretta, altrimenti qualcuno potrebbe pensare che abbiamo chiuso, – disse in tono cauto. – Per le attività di quartiere posso provvedere io. Alla raccolta e alla gestione delle altre attività devi pensarci tu.

– Dopo il funerale, – ribatté gelida. – Antonino non è ancora nella tomba e tu pensi già a prendere il suo posto.

– Ti chiedo scusa, Assunta. Non volevo mancare di rispetto.

– Adesso è il momento del lutto.

Pittalis si zittí e si concentrò sulla strada che portava all'obitorio. Tra qualche ora sarebbe iniziata l'autopsia, e la sorella voleva vedere la salma prima che venisse violata dai ferri dell'anatomopatologo. Per fortuna Lello aveva il suo contatto in loco. Era la sua specialità conoscere le persone giuste al posto giusto. Mai a livelli alti, ma comunque utili.

Assunta cercava di prepararsi al momento in cui avrebbe rivisto Antonino. Ma la reazione che aveva appena avuto con Pittalis non era legata solo alla morte del fratello. Un periodo di lutto era il benvenuto perché ritardava il momento in cui avrebbe dovuto rendere conto di cifre enormi che non stavano certo nella cassaforte, e di cui lei ignorava il nascondiglio. «Il tesoro del barone» lo chiamava il fratello, che non le aveva mai rivelato nulla semplicemente perché, secondo lui, quello era l'unico modo di ricordarle che era il maschio della famiglia e che toccava a lui comandare.

Ora aveva pochi giorni per trovare quella montagna di denaro prima che qualcuno iniziasse a fare domande imbarazzanti, o peggio ancora richieste di contante.

Si chiese anche se doveva temere qualcosa dalla siberiana, ma decise che era troppo stupida e insignificante per rappresentare un pericolo. Allontanarla in tempi brevi era una cautela sufficiente a scongiurare una fuga di informazioni sulla vita intima dei fratelli Barone.

Le venne in mente l'ultima volta che era rimasta abbracciata al suo Antonino e non riuscí piú a controllare il dolore. Prese il fazzoletto dalla borsa e si lasciò andare a un pianto discreto. Lello le strinse il braccio.

Una ventina di minuti piú tardi Assunta e Lello attendevano in una stanzetta spoglia. La luce impietosa dei neon si specchiava sulle mattonelle bianche. La morte doveva essere rappresentata nei minimi dettagli. Arrivò l'inserviente sul libro paga di Pittalis, spingendo la lettiga, e se ne andò subito dopo aver ricordato che dovevano accontentarsi di una trentina di minuti.

Pittalis tese la mano verso il lenzuolo.

– Vattene, – sibilò Assunta. – Ci rimango solo io, con Antonino mio.

– Certo, certo, – biascicò l'uomo, guadagnando la porta ma senza allontanarsi troppo. Il dolore degli altri lo affascinava, metteva a nudo le fragilità. Ridimensionava tutti. Deboli e forti. E Assunta con lui era sempre stata arrogante e prepotente. Rimase a spiare per vederla cedere.

La donna scoprí il volto del fratello. Iniziò ad accarezzarlo, mormorando frasi d'amore. Lo baciò a lungo sulla bocca. Sembrava, anzi era, l'addio di una sposa al suo amato.

A un certo punto prese in mano la catenina e la osservò con attenzione. – Lo sapevo, lo sapevo, – sibilò.

Con uno strattone fece cadere a terra il lenzuolo e abbracciò il fratello.

– Te lo giuro, Antonino, te lo giuro, ti vendicherò, – quasi gridò. – Pagheranno tutti. Chi ti ha ammazzato, chi ti ha tradito, chi non ti ha protetto.

Un brivido forte come una frustata percorse la schiena di Pittalis che, profondamente turbato, si allontanò lungo il corridoio deserto.

Allo scadere del tempo concesso, Assunta raggiunse l'uscita. Lello la vide con la coda dell'occhio, ma non si voltò e continuò a fumare scrutando nel buio. Pensava di conoscere bene i fratelli Barone ma in realtà non aveva capito nulla. Eppure ogni tanto Antonino, quando era ciucco o eccitato, se ne veniva fuori con quella frasetta del cazzo che tanto lo infastidiva.

«Lo devi capire Antonino Barone, lo devi capire».

Ora sapeva che Assunta era ancora piú pericolosa perché era marcia dentro e assetata di vendetta. Doveva stare molto attento e, come sempre, approfittare di quanto aveva appena scoperto.

– Per fortuna ho potuto vederlo prima dell'autopsia, quando aveva ancora addosso la catenina, – disse la donna. – Cosí ora abbiamo la prova che è stata tutta una messinscena. Avevo ragione, l'hanno ammazzato.

– Non ti capisco.

– È stata sostituita, – spiegò. – Non è quella che gli ho regalato io. E ti dirò di piú, scommetto che proviene dalla cassaforte. Antonino non aveva ricevuto in pagamento dei rotoli di catenine da quell'orefice che ci doveva un botto di quattrini?

– Sí, me lo ricordo bene.

– Allora te lo dico io com'è andata, – continuò la donna. – Hanno cercato di strappargli la catenina e Antonino è caduto all'indietro cercando di difendersi.

– Perché parli al plurale, adesso?

– Perché Antonino mio era forte e uno da solo non ce l'avrebbe mai fatta, – rispose. – E mica solo per la chiave, sai? Ma perché quella catenina gliel'avevo regalata io e non avrebbe permesso a nessuno di toccarla.

Pittalis annuí e salí in macchina. Non aprí bocca per tutto il tragitto fino alla casa di Assunta.

– Di solito sei uno che non sta mai zitto, – sondò la donna. – E non dirmi che sei troppo triste per Antonino, mi offenderesti.

– Sto pensando a chi possa essere stato il figlio di mignotta. Ma non mi viene in mente nessuno.

– Magari perché sei stato tu, – disse Assunta, scendendo dall'auto.

Lello si guardò bene dal ribattere. Non sarebbe servito a nulla. L'unico modo per togliere ogni dubbio dalla mente perversa e diffidente di quella strega era trovare il colpevole. E lui ci sarebbe riuscito. Anche a costo di inventarsene uno. Avrebbe preso il posto di Barone e il quartiere sarebbe stato suo. Si era rotto i coglioni di fare su e giú dalla Siberia.

Ksenia uscí dalla doccia e si preparò con cura. Era la sua prima mattina da vedova e il quartiere avrebbe visto una donna diversa. Indossò jeans, scarpe basse e maglioncino. Abiti vietati fino a quel giorno.

Sentí qualcuno urlare sotto le finestre che davano sulla strada.

Era la matta, la Vispa Teresa, che agitava le braccia verso l'alto.

– Antonino, la cesta! Antoni'! Sei sordo? Stai a dormi'?

Urlava come una dannata. Era tutta rossa in viso. La ragazza chiuse la finestra. Quella donna la spaventava a morte, e comunque non sapeva proprio cosa avrebbe potuto fare per lei. Aspettò che se ne fosse andata e dopo qualche minuto uscí per fare il solito giro: supermercato-salumiere-panettiere-edicola.

Quando passò davanti al bar *Desirè*, uno dei fratelli Fattacci, quello con i pantaloni mimetici, si portò la mano al pacco in modo allusivo. Il sor Mario, invece, rimase sulla soglia, immerso nei suoi cupi pensieri. Aveva un grosso cerotto sul naso e i coglioni girati. Non solo si era fatto menare da una donna, ma era tutta la mattina che i fratelli Fattacci lo canzonavano. Era stato un errore riferire le minacce di Monica e raccontare che era stata proprio la ragazza a ridurlo cosí. Avrebbe dovuto stare zitto. A quella troia dal culo rotto non doveva nulla.

Marani invece fece lo sforzo di alzarsi e venire incontro alla vedova in una recita a uso e consumo dei curiosi, per far intendere che la banda continuava a esistere.

– Che disgrazia, povero Antonino, – le disse stringendole la mano. – Tragica quanto inaspettata. Ci tenevo a dirle che non deve sentirsi abbandonata. Noi non la lasceremo mai sola, Antonino non ce lo perdonerebbe. Vedrà, una soluzione si trova sempre. Lui aveva dei buoni amici, come Lello Pittalis che lei conosce già e i ragazzi qui che gli volevano bene come a un padre. Qualunque cosa possiamo fare, stia tranquilla che provvederemo.

Marani continuava a tenerle stretta la mano fissandola con gli occhi rapaci, piccoli come spilli. Alle sue spalle Graziano e Fabrizio ridacchiavano dandosi gomitate e mostrandole la lingua con fare osceno. Solo due giorni prima Ksenia sarebbe scappata trattenendo le lacrime, con il cuore che batteva all'impazzata. Ma ora era diverso. Quegli uomini orribili avrebbero pagato, in un modo o nell'altro. Strinse la mano di Marani con tutta la forza che le veniva da dodici anni di sport agonistico. Ricambiò il suo sguardo finché non vide il volto pallido e malaticcio del geometra contorcersi in una smorfia di dolore. Lo costrinse a mollare la presa guardandola con rabbioso stupore.

– Grazie delle belle parole, – gli disse, con un sorriso provocatorio esteso a quelle due bestie dei Fattacci. Qualunque cosa avessero in mente per lei, non sarebbe accaduta. Piuttosto si sarebbe uccisa, anche se contava di vivere ancora a lungo.

Proseguí il giro catalizzando l'attenzione dell'intero quartiere. La morte di Antonino Barone era la notizia del giorno, e tutti gli occhi erano per lei. Ovunque entrasse, la gente parlava del defunto strozzino e la sua presenza trasformava il cicaleccio in brusio, ma la faccenda era troppo grossa e non c'era verso di arginarla. La gente voleva parlarne. Sulle facce dei negozianti c'era soddisfazione, la stessa di quando muore un tiranno o un boia. Diverse signore, che un tempo le davano le spalle con ostentazione quando la incontravano, ora cercavano il suo sguardo per farle sapere quanto erano contente che fosse diventata vedova.

Ksenia si comportò come sempre, gentile e sorridente. L'unico momento in cui aveva sfiorato il litigio era stato dal panettiere. Aveva tirato fuori i soldi per pagare e la cassiera si era rifiutata di accettarli. Aveva insistito, alzando la voce perché la sentissero tutti, fino a quando non era arrivato il proprietario che l'aveva scongiurata, con le lacrime agli occhi, di non metterlo nei guai.

Avevano ancora paura. O meglio, sapevano che la razza dei Barone non si sarebbe mai estinta e stavano soltanto festeggiando la morte di Antonino in attesa dell'arrivo del successore.

Ksenia era arrossita e aveva chiesto scusa. Negli altri negozi si era comportata come sempre.

Terminato il giro, invece di tornare a casa, dopo essersi guardata attorno furtivamente si infilò in profumeria, dove era attesa da Luz e da Eva.

Vi erano altre clienti a cui la D'Angelo stava caldamente raccomandando di non usare creme che contenessero petrolati, parabeni e siliconi in quanto scadenti e nocive, e dovette rassegnarsi ad attendere diversi minuti prima di abbracciare la sua amata.

– Andate nel retrobottega! – sbottò Eva. – Ché se vi vede qualcuno siamo rovinate.

Corsero ridacchiando come due adolescenti verso la porticina che dava sull'ufficio e sul piccolo magazzino. Si baciarono e si abbracciarono con trasporto.

Ksenia prese fra le mani il volto della colombiana. – Voglio uno dei tuoi baci lenti lenti, – disse chiudendo gli occhi. – Uno di quelli speciali, che sai dare solo tu.

Luz l'accontentò fino a quando Eva bussò discretamente alla porta. Indossava un tailleur pantalone, comodo ma elegante. Si era truccata per nascondere le occhiaie e ostentava un sorriso dolce, appena venato da una sfumatura di tristezza.

– Ho chiuso il negozio, – annunciò dando una carezza a Ksenia. – Luz mi ha raccontato che te la sei vista brutta stanotte, e poi 'sta storia che Pittalis ti vuole rivendere e la sorella, quell'Assunta...

Ksenia guardò la sua fidanzata per capire se aveva raccontato proprio tutto a Eva. Luz scosse la testa. La storia di sesso con i fratelli Barone l'aveva tenuta per sé.

– Allora siamo proprio sicure di non essere sospettate? – chiese Eva.

– Sí, – rispose la colombiana. – Nessuno ci ha viste e Ksenia li ha convinti.

– Almeno lo spero, – intervenne la siberiana.

– Cosa vogliamo fare dei soldi e dei gioielli, dato che, come ha detto Felix, non possono essere restituiti ai legittimi proprietari? – domandò la D'Angelo. – Sono solo di Ksenia? Di tutte e tre?

– Non ci ho ancora pensato, – rispose Ksenia.

– Nemmeno io, – disse Luz.

Eva si sedette sulla poltroncina che usava sempre suo marito. – Stamattina presto mi è venuta in mente una cosa. Ma ora non so piú se può funzionare...

– Spiegati, – la sollecitò la colombiana.

– Ho bisogno di soldi per salvare il negozio, – disse Eva. – Per colpa di mio marito ho debiti con la banca, e Marani fra un po' tornerà a battere cassa. Ma la profumeria, nonostante la crisi, è sempre stata in attivo.

– Forse possiamo dividere per tre, – la interruppe Ksenia. – Credo ci sia denaro in abbondanza.

Eva scosse la testa. – Ti ringrazio, ma non pensavo esattamente a questo. Volevo proporvi di diventare socie. Alla pari, s'intende. Qui tre stipendi dignitosi alla fine saltano fuori, e poi è un bel lavoro.

Luz e Ksenia si scambiarono un'occhiata che Eva non riuscí a decifrare.

– Lo so, è un'idea stupida, – si scusò la D'Angelo. – Ho pensato alla mia situazione e mi sono fatta prendere da questa fantasia. Mi ero illusa che morto Barone fosse arrivato il tempo in cui i buoni vivono felici e contenti.

– Non è ancora il momento di pensare ai soldi, Eva, – tagliò corto Luz. – Capisco che ne hai bisogno, ma prima dobbiamo salvare Ksenia. Essere veramente tutte al sicuro.

La D'Angelo annuí e tornò in negozio.

La siberiana sorrise alla sua fidanzata. – Però mi piacerebbe, lavorare qui con te.

– Anche a me, *mi vida*.

Ksenia si alzò. – Devo andare al commissariato per la deposizione.

Felix aveva già servito la colazione ad Angelica: latte di riso, fette biscottate integrali e una mela. L'aveva lavata e cambiata. Mentre la sua assistita aspettava seduta su uno sgabello in bagno, la mano appoggiata al bordo della vasca, il cubano aveva spalancato la finestra della camera da letto per rinnovare l'aria, cambiato le lenzuola e azionato il motorino elettrico del materasso antidecubito. Poi aveva oscurato la stanza prima di prendere Angelica in braccio, adagiarla sul letto e rimboccarle le coperte. Alla luce dell'abat-jour le stava leggendo un passo di *Zeitoun*, il libro di Dave Eggers su un siriano che aveva salvato molte persone durante l'alluvione di New Orleans, guadagnandosi in cambio un arresto per sciacallaggio da parte delle forze speciali inviate da George W. Bush. Il fatto che Angelica fosse immobilizzata dalla malattia non significava che non nutrisse ancora interesse per ciò che accadeva nel mondo.

Felix era arrivato al punto in cui Zeitoun, a bordo di una canoa, raggiungeva un'anziana signora appollaiata sul tetto della propria casa alluvionata, quando qualcuno suonò il campanello d'ingresso. Felix e Angelica si scambiarono un'occhiata complice. Erano preparati.

Nel trovarsi davanti un quarantenne belloccio in blazer blu che si lisciava con una mano i capelli lunghi e ben pettinati, Felix non ebbe alcun dubbio che si trattasse di Lello Pittalis. La descrizione di Ksenia era stata dolorosamente dettagliata.

– Sí? – fece l'infermiere ostruendo il vano della porta con la sua poderosa corporatura.

– Buongiorno. Chiedo scusa per il disturbo, – esordí Pittalis sfoggiando un sorriso rassicurante. – Mi manda la compagnia assicurativa del signor Antonino Barone. Purtroppo ieri è accaduta una disgrazia e il nostro cliente è deceduto.

– Sí, lo so. Siamo stati informati dalla polizia.

– Lo conosceva?

– Di vista. Cosa posso fare per lei?

– Ecco, – lo interruppe Pittalis. – La vedova del signor Barone ha dichiarato di aver trascorso l'intera serata in questo appartamento.

– Sí, è passata un po' prima dell'ora di cena. Io sono uscito subito dopo. Era la mia serata libera. Io qui sono l'infermiere, – precisò Felix indicando con la mano l'uniforme bianca. – Però se vuole posso farla parlare con la signora Simmi: lei ovviamente è rimasta qua tutto il tempo.

– Posso?

– Si accomodi, – disse Felix spostandosi di lato per farlo entrare.

Dopo cinque minuti in quel cimitero, con le narici impregnate dal tanfo tipico della lunga degenza, Pittalis avrebbe voluto soffocare col cuscino quella vecchia rincoglionita che non si azzittiva piú.

– Lo sa che parlo anche un po' di russo? A Ksenia fa tanto piacere scambiare qualche parola nella sua lingua, – spiegò Angelica. – Riesce a esprimere meglio i suoi sentimenti. È una creatura cosí sensibile. E seria, molto seria. Lo sa che mi ha raccontato tutto?

Per la seconda volta Pittalis si irrigidí. – Tutto?

– Di come è venuta in Italia. Del concorso di bellezza. Di quel bel giovane con cui si era fidanzata ma che poi si è rivelato un mascalzone.

Pittalis si sporse verso la vecchia per osservarla meglio.

Angelica proseguí in tono frivolo: – Poi per fortuna aveva incontrato quel brav'uomo di Antonino Barone. Certo, la differenza di età era notevole. Ma del resto queste ragazze fuggono dalla povertà e non è che possano andare troppo per il sottile, non è vero?

– Non saprei.

– Comunque, Ksenia si era molto affezionata. Me lo diceva sempre: mio marito mi tratta bene e non mi fa mancare niente. È una ragazza all'antica, sa? E seria, molto seria. Non come le nostre ragazze, che non sanno piú tenersi un uomo.

Pittalis, esasperato, si alzò.

– La ringrazio, ma ora devo proprio salutarla. Mi dica solo una cosa: a che ora è andata via la ragazza?

– Con questo buio non ho una cognizione precisa del tempo. Però ricordo di averle chiesto l'ora e Ksenia mi ha risposto che erano quasi le undici e che di lí a poco doveva tornare a casa. Pensa che riscuoterà il premio dell'assicurazione?

– Forse. Non lo so. Arrivederci.

Uscito dal palazzo, Pittalis respirò a pieni polmoni. Era evidente che la siberiana non c'entrava nulla con la morte di Barone. Non c'era niente da temere da lei, visto che aveva avuto il buon senso di raccontare un sacco di balle alla vecchia. Per scrupolo bussò anche alle porte del palazzo dove viveva Antonino. Lo aveva già fatto la polizia senza alcun risultato e anche a lui i condomini ribadirono che non avevano visto e sentito nulla. Il pensiero che la ragazza sarebbe stata di nuovo nelle sue mani lo fece eccitare. Avrebbe voluto farle una visitina per costringerla a restituirgli il passaporto e torchiarla ancora un po', ma Sereno Marani aveva la precedenza.

Si incamminò verso il bar *Desirè*. La gente raccolta in piccoli capannelli commentava la morte di Antonino. Piú passavano le ore e piú le linguacce prendevano coraggio. Nessuno lo degnò di uno sguardo. Ancora non sapevano che presto lo avrebbero salutato con assoluta deferenza. Cosa che invece fecero i fratelli Fattacci, pronti a servire il nuovo capo. Marani fu piú tiepido e cercò di trattarlo da pari a pari. Evidentemente nutriva qualche velleità di succedere a Barone. Ma era sempre stato un gregario, il galoppino incaricato delle riscossioni, e Assunta non avrebbe mai permesso che prendesse il posto del fratello.

– Che si dice, Sereno?

– Il popolino si gode il momento.

– Ancora per poco. Dopo il funerale si riprende l'attività e ricominceranno tutti a strisciare, – commentò Lello. – Hai saputo qualcosa su chi ha fottuto Antonino?

– Niente. Abbiamo spie ovunque. Gente che per una dilazione di due giorni ti racconterebbe qualsiasi cosa. Ma stavolta non sanno un cazzo.

– E allora siamo nei guai, perché Assunta è convinta che sia stato uno di noi o tutti insieme.

– È assurdo.

– Non piú di tanto.

– Che vuoi dire?

– Chi è andato da Antonino era abbastanza conosciuto per essere ricevuto in casa, – rispose Lello. – E sapeva della chiave al collo e della cassaforte.

Marani alzò le spalle. – Questo nel quartiere lo sapevano tutti.

– Era una voce che girava. Ne parlavano tutti ma nessuno ne aveva la certezza.

– A sentire te, sembra un omicidio organizzato nei minimi particolari.

– È quello che pensa Assunta, e nessuno le farà cambiare idea fino a quando non scopriremo chi è stato –. Pittalis cercò lo sguardo di Marani. – Altrimenti lo sai che succede? La sorellina ci prende le misure per la bara, dopodiché una mattina ci alziamo e la sera non ci siamo piú.

Sereno impallidí. – Ti giuro che non ho la minima idea di chi possa essere stato.

– Proviamo a cercare l'oro e i gioielli. Tu sai cosa aveva in cassaforte, no?

– Non tutto. Solo quello che gli ho portato direttamente.

– E quanta roba era?

– A portarla da un ricettatore, potevi farci settanta, ottantamila euro.

– Fammi la lista. Proverò a chiedere a un po' di gente. E i contanti quanti erano?

– Trecentocinquantamila. Di questo sono sicuro perché avevamo appena fatto il consuntivo settimanale.

– E il resto?

Marani ghignò e abbassò la voce. – «Il tesoro del barone».

– Già.

– Era un segreto di Antonino. E della sorella.

– Comunque non sono affari nostri, – tagliò corto Pittalis. – Noi dobbiamo occuparci della cassaforte. Magari allo stronzo che l'ha svuotata viene voglia di spenderli.

– Cosí lo becchiamo subito.

– Fai una cosa, Sereno. Metti in giro la voce che annulliamo i debiti a chi ci porta informazioni utili.

– Buona idea.

Lello bofonchiò un saluto, fece qualche passo verso l'uscita e si voltò. – Nella cassaforte c'era anche l'elenco dei debitori, giusto?

Marani allargò le braccia. – Purtroppo sí. Antonino era all'antica e teneva tutto insieme. Non sai quante volte gli ho detto di metterlo da qualche altra parte.

– Ma tu ne hai una copia, o sbaglio?

– L'avevo. Assunta è venuta a prendersela stamattina. A mia moglie è venuto un colpo. Pensava fossero gli sbirri.

La risata sguaiata di Sereno accompagnò Pittalis fino all'uscita. Ma Lello non era affatto di buonumore. Il gesto di Assunta non aveva senso. Si era fatta accompagnare a casa per poi uscire di nuovo e andare da Marani. Inoltre lei si occupava delle attività legali di Antonino, comprava e rivendeva immobili alla luce del sole. Del prestito a usura non sapeva un cazzo. C'era qualcos'altro sotto. Qualcosa che doveva assolutamente capire.

Era arrivato il momento di avere delle risposte anche da quella scema della siberiana. Lungo la strada incontrò Teresa la pazza, che gli urlò contro frasi confuse e cercò di investirlo con quella cazzo di carrozzina. Fu costretto a schivarla un paio di volte come un torero, scatenando l'ilarità dei passanti.

Il desiderio di riempirla di calci fu quasi irrefrenabile, ma non sarebbe stato un bene per la sua immagine di futuro capo del quartiere. Finse di trovare la cosa divertente, fece un paio di battute e ficcò dieci euro nella tasca del pesante pastrano della donna.

Vide Ksenia che stava infilando il portone del palazzo e affrettò il passo. La raggiunse mentre entrava nell'ascensore.

– Dove sei stata? – domandò inquisitorio.

– Al commissariato, per la deposizione.

– E cosa hai raccontato?

– Quello che sai già.

– Guarda che riuscirò ad avere la copia del verbale.

La ragazza alzò le spalle. – Meglio, cosí ti togli ogni dubbio.

Pittalis sorrise perfido. – Certo che devi averlo imparato bene, l'italiano. Molto meglio di quanto credessi fino a ieri. È come se avessi finto di capire meno di quello che in realtà potevi.

Ksenia si sarebbe morsa la lingua. Lo stronzo aveva ragione. Aveva interrotto troppo bruscamente la recita della ragazza straniera particolarmente tonta. Doveva stare piú attenta.

– Ti sbagli, – bofonchiò.

– Può darsi.

Pittalis rimase in silenzio fino a quando non furono all'interno dell'appartamento. Si sedette sulla poltrona preferita di Antonino.

– Portami un bicchiere di vino bianco, – ordinò.

– Non credo ce ne sia.

Lello scattò in piedi e le afferrò il mento. – In questa casa c'è sempre stato del vino bianco fresco. Antonino teneva una scorta di una dozzina di bottiglie in frigorifero, – sibilò. – Devo forse pensare che non ti piace la mia compagnia?

Ksenia si divincolò e andò in cucina. Tornò poco dopo con una bottiglia, un bicchiere e un cavatappi.

– Porta anche qualcosa da spizzicare.

La ragazza capí che Pittalis non aveva nessuna intenzione di togliere il disturbo in fretta. Disperazione e desiderio di ribellione si accavallarono nella sua mente mentre riempiva alla rinfusa una ciotola con le verdure sott'olio preferite dal suo defunto marito.

Si impose di restare calma, anche se avrebbe volentieri piantato nel petto di quel maiale il coltello che stava usando per affettare il salame.

Nell'appartamento del palazzo di fronte, Luz Hurtado era alle prese con uno dei suoi piú assidui clienti, un ragazzo di ventiquattr'anni molto triste che lei aveva soprannominato l'Uomo Pesce perché amava stendersi nudo sul pavimento accanto a tre grossi cefali che prelevava dalla pescheria di suo padre. Voleva che Luz gli schiacciasse la testa con la scarpa mentre lui cercava di strangolarsi a mani nude, strabuzzando gli occhi come un pesce morto. Quando Luz lo vedeva annaspare e diventare cianotico, gli urlava che era morto e un sorriso di piacere si allargava sul viso del cliente che, aiutandosi con la mano, riusciva finalmente a raggiungere il suo silenzioso orgasmo, come presumeva facessero i pesci.

Di solito Luz era padrona della situazione, sapeva quando tirare i fili e quando allentarli. Ma dopo l'ultima notte gli uomini le risultavano insopportabili. Avrebbe voluto cancellarli dalla sua vita. Assorta da qualche minuto in queste riflessioni, abbassò lo sguardo sull'Uomo Pesce e si accorse con orrore che un rivolo di sangue gli stava scivolando lentamente lungo la guancia a causa dell'eccessiva pressione del tacco. Il ragazzo la guardava dal basso con un'espressione stupita e remissiva, proprio come un pesce che ha rinunciato a dibattersi sul fondo della paranza e sembra dare un ultimo, distaccato sguardo di rimprovero a un mondo troppo pieno di luce e di aria. Luz sollevò il piede portandosi una mano alla bocca. Per la prima volta aveva perso il controllo della situazione.

Ksenia stava tornando in salotto con gli occhi gonfi di lacrime e il cuore in tumulto.

– Che ci hai? Ti è venuta la lacrimuccia per la prematura scomparsa del tuo adorato Antonino?

Ridacchiando, Lello si prese una pausa per mangiare e bere.

– Ottimo! – esclamò a un tratto. – Antonino Barone si trattava proprio bene, sapeva come godersi la vita.

Bevve ancora un sorso, accese una sigaretta e chiese a bruciapelo: – E com'è che conosci Assunta?

Ksenia, colta alla sprovvista, diede la risposta sbagliata: – Be', era sua sorella.

– Questo te l'ho detto io l'altra notte. Tu la conoscevi ma non sapevi che erano parenti. Ti conviene dirmi la verità. Lo sai che prenderti a schiaffi per me è solo un piacere.

– Due volte alla settimana Antonino mi portava in un appartamento dove mi usavano per giochi di sesso.

Lello si leccò le labbra assaporando la notizia. – Spiegati meglio.

– Assunta mi costringeva a farlo con lei.

– E lui?

– Gli piaceva guardare.

– Cioè non ti scopava?

– Non lo ha mai fatto: non fino in fondo.

– Insomma, Antonino e Assunta andavano a letto insieme?

Ksenia sbuffò. – Si comportavano come due maiali pazzi d'amore, però senza toccarsi. Per non commettere peccato, credo.

– Che significa?

– Che si amavano. Tanto. Tantissimo. Ma sapevano di essere malati, che non era normale quello che facevano.

– Dov'è l'appartamento?

– Non lo so. Non conosco Roma.

– Era sempre lo stesso, però?

– Sí. Era la «loro» casa, il loro nido d'amore.

L'uomo si perse nei suoi pensieri. Cercava di dare senso e valore alla rivelazione. Schiacciò la sigaretta nel portacenere e si alzò. – Dammi il passaporto.

La siberiana non tentò neppure di mentire. Semplicemente si rifiutò. – No, – disse chiaro e tondo.

– Sai cosa penso? – sussurrò Pittalis in tono complice. – Che a te prendere schiaffi piace da matti. Tu e io siamo fatti l'uno per l'altra.

Avanzò per colpirla ma Ksenia aveva un passato da ginnasta ed era rimasta dannatamente agile. Per una volta si sottrasse alla violenza, fuggí verso la finestra che dava sulla strada, l'aprí e iniziò a gridare: – Aiuto! Aiuto! Pittalis mi vuole ammazzare!

Luz stava per scusarsi, senza rendersi conto che in quel modo avrebbe rovinato tutto agli occhi del cliente, quando udí le urla disperate di Ksenia. Sebbene fosse nuda non esitò un istante: aprí le tende e spalancò la finestra. Vide Pittalis che cercava di tirare via Ksenia dalla finestra colpendola con una scarica di pugni mentre lei continuava a urlare. Anche Luz si mise a gridare con quanto fiato aveva in gola: – *Hijo de puta!* Lasciala stare, assassino!

Su entrambe le facciate cominciarono ad aprirsi le finestre. Molte persone indicavano, si agitavano, qualcuno aveva già impugnato il cordless minacciando di chiamare la polizia.

La situazione era diventata insostenibile. Pittalis fu costretto a lasciar perdere e senza una parola guadagnò la porta precipitandosi giú per le scale. Non si poteva permettere di dare troppe spiegazioni agli sbirri. Era furioso e al contempo sbalordito. Era la prima volta che una delle sue ragazze si ribellava, e in modo cosí abile, furbo. Ksenia l'avrebbe pagata cara, ma ora c'erano affari piú urgenti da risolvere. Anche se era stato costretto a fuggire come l'ultimo degli stronzi, adesso conosceva nei dettagli piú intimi il segreto dei fratelli Barone e al momento opportuno avrebbe saputo farne buon uso.

Ksenia era sconvolta, dolorante ma anche eccitata per aver messo in fuga un uomo cattivo come Pittalis. Si versò due dita di vino e si stupí che fosse cosí buono. Arrivò Luz trafelata, vestita in tutta fretta e armata dello spray al peperoncino che teneva sempre a portata di mano.

– Hai la maglia alla rovescia, – le fece notare la siberiana sulla porta.

Luz l'abbracciò. – Lui dov'è?

– È scappato, – rispose. – Piuttosto, tu che cosa ci facevi tutta nuda?

– Lavoravo.

– Non ne hai piú bisogno, siamo ricche.

– Non ne sono cosí sicura. E in questo momento non posso permettermi di chiudere l'attività.

– E invece sí. Non lo sopporto.

La colombiana sospirò. – Possiamo affrontare la faccenda dopo che mi hai spiegato cosa è successo qui?

– Pittalis voleva il passaporto e io mi sono rifiutata di darglielo.

– E adesso che farai? Quello stronzo non rinuncerà cosí facilmente.

– Non lo so. Per ora ho solo bisogno di riposarmi.

– Vieni da me.

– Con i clienti che vanno e vengono?

– Da Felix, allora.

– No, preferisco stare qui. Ti chiamo dopo.

Luz se ne andò scura in volto, ma Ksenia aveva bisogno di riflettere con calma su quanto era appena accaduto. Non poteva piú permettersi il lusso di subire le iniziative di Pittalis senza reagire, ed era stata contagiata dalla curiosità dell'uomo per gli affari privati dei fratelli Barone. Lello ragionava esclusivamente in termini di affari e convenienza. Perché era cosí importante per lui conoscere i segreti piú intimi di Antonino e Assunta? E perché Assunta aveva finto di non conoscerla? Con Luz avrebbe fatto pace dopo: tenerla fuori era il modo migliore di proteggerla.

Si accorse di avere fame. Frugò nel frigorifero e si preparò uno spuntino. Lo stomaco pieno la aiutò a ragionare. A un certo punto si alzò di scatto e uscí dalla cucina. La giacca che Antonino si era tolta prima di sedersi a tavola per l'ultima volta era ancora appesa all'attaccapanni dell'ingresso.

Frugò nelle tasche alla ricerca del mazzo di chiavi. Oltre a quelle che aprivano il portone del palazzo e la porta di casa, ce n'erano altre quattro.

«Altre due case, – ragionò Ksenia. – Una è quella dove mi portava per incontrare Assunta. E l'altra?»

Nella tasca interna trovò anche il portafogli, che svuotò del contante, almeno un migliaio di euro. Si precipitò in strada e fermò un taxi.

– Devo trovare una strada, ma forse ci metterò un po', – spiegò.

Il conducente la osservò attraverso lo specchietto retrovisore. – Ce li hai i soldi?

– Certo, – rispose la ragazza tirandoli fuori dalla borsa.

– Allora non c'è problema, – disse il tassista ingranando la marcia. – Per adesso dritto vado bene?

Le ci vollero cinquantacinque minuti e novanta euro per trovare l'indirizzo ai Parioli: via Ettore Petrolini, una stradina appartata a ridosso di un piccolo parco. Riconosciuto il palazzo, si fece lasciare una cinquantina di metri dopo, come aveva visto fare in qualche telefilm.

Al secondo tentativo indovinò la chiave del portone. Prese l'ascensore cercando di scacciare il ricordo di quando saliva verso il patibolo con Barone. Erano gli unici momenti in cui lo aveva visto sorridere nel pregustare ciò che lui e Assunta le avevano riservato. Il mazzo di chiavi le cadde di mano con un rumore che le sembrò assordante, nel silenzio di quel santuario foderato di marmo dove non aveva mai visto anima viva. Il vecchio ascensore si fermò al quarto piano con un sussulto. Ksenia accompagnò la chiusura a scatto dei battenti di legno per attutire il rumore e, giunta alla porta blindata, infilò la chiave di acciaio con mano tremante. Si chiese cosa avrebbe fatto se avesse trovato Assunta. La serratura era chiusa a quattro mandate, segno che in casa non c'era nessuno. Si tolse le scarpe e per un riflesso condizionato percorse il corridoio in penombra, diretta alla camera da letto. Dopo cinque cauti passi si bloccò. Conosceva bene lo scannatoio dei Barone ed era improbabile che vi potesse trovare qualcosa di piú delle manette, dei vibratori e di tutta l'attrezzatura che avevano usato su di lei.

Tornò indietro e dopo un paio di tentativi individuò quello che a tutti gli effetti sembrava uno studio. Le serrande erano abbassate. Accese la luce, puntò dritto alla scrivania e rovistò nei cassetti. Niente, solo bollette e normali scartoffie. Diresse lo sguardo su uno schedario a persianine, di quelli che si trovano ancora in certi uffici pubblici. Le due ante scorrevoli erano chiuse a chiave ma Ksenia rammentò di aver notato due piccole chiavi di ottone in un cassetto della scrivania. Erano quelle giuste. Nei cassetti dello schedario c'era di tutto: foto di Assunta e Antonino nudi e abbracciati, altre di Assunta che penetrava con lo strap-on ragazze ancora piú giovani di Ksenia, vittime precedenti che mostravano all'obiettivo di Antonino sguardi terrorizzati, rassegnati, stravolti dal dolore, stremati dall'umiliazione. In alcuni scatti c'era anche lei, sebbene non ricordasse come e quando quel porco di Barone glieli avesse fatti. Stentò a riconoscersi in quei primi piani impietosi che mostravano i lividi, le tumefazioni, il mascara sciolto dalle lacrime. La rabbia le incendiò il corpo ma fu abbastanza lucida da reprimere l'istinto di strappare le foto in mille pezzi. Le ripose nella busta in cui le aveva trovate e continuò a rovistare. Scovò dei Dvd di cui era facile immaginare il contenuto, aprí altri cassetti dove erano conservati bigliettini e lettere scritte a mano. Quelle di Assunta erano fermate da un nastro rosa, quelle di Antonino da un nastro azzurro, a riprova della tara di follia da cui erano segnati quei due maledetti. Antonino aveva una calligrafia infantile e commetteva errori di ortografia che persino la siberiana avrebbe evitato. La grafia di Assunta, invece, era obliqua, con un tratto appuntito e deciso e alcune consonanti difficilmente decifrabili. Tutte le lettere che Ksenia riuscí a leggere iniziavano con «Fratello mio adorato, mio unico amore» e con «Sorellina mia bella», e avevano come argomento l'amore indissolubile, eterno, assoluto che li legava. Antonino, anche per iscritto, grugniva parole d'amore e si lanciava in assurdi svolazzi come «Sento la voglia crescermi dentro come un lupo che fiuta il cervo anche se non lo vede». La sorella invece si esprimeva in modo melenso e ridondante. Per assurdo, a Ksenia faceva tornare in mente i libri rosa di cui si era nutrita per mesi fino a che Luz non le aveva aperto gli occhi. Era impossibile per lei associare quelle parole alla donna che l'aveva morsa, graffiata, lacerata. Di cosa scriveva quella puttana maledetta quando confidava al fratello che era «sovraccarica di emozioni», e lo esortava a toccarsi pensando a lei, o quando dichiarava di volere da lui «un amore implacabile ed esigente»? Come poteva quel mostro parlare d'amore? Ksenia crollò a sedere sul pavimento: un tremito incontrollabile le squassava il corpo. Ma non aveva voglia di piangere. Aveva voglia di uccidere.

Le occorse un tempo infinito per ritrovare la presenza di spirito necessaria a raccogliere tutto nella busta di una boutique dove probabilmente Assunta si riforniva della costosa lingerie che amava indossare per eccitare il fratello. Vi gettò dentro foto, video, lettere e uscí lasciandosi per sempre alle spalle la casa degli orrori.

Tornò a piedi e in alcuni tratti si mise a correre. Aveva bisogno di stancarsi, di sentire che il suo corpo era ancora forte e vivo. Rientrare nell'appartamento che aveva condiviso con Barone non fu facile. Ormai non poteva toccare nemmeno un bicchiere al pensiero che Antonino vi avesse posato le sue labbra porcine. Presa da una furia incontenibile gettò per terra la montagna di cibo stipata nel frigorifero, nel congelatore, nella dispensa, con l'idea di raccoglierla in grossi sacchi grigi e di buttare tutto, ma si arrese. Abbandonò i sacchi pieni di cibarie in mezzo al salone perché non poteva rimanere un minuto di piú in quella prigione. Portò con sé solo la busta con le foto, le lettere dei Barone e il cellulare che aveva trovato nella tasca interna della giacca di Antonino. Per il resto lasciò tutto a marcire e si precipitò da Luz.

– Oggi mi sono comportata male. È che questa cosa devo risolverla da sola. Mi perdoni?

Luz la guardò con severità, poi l'attirò a sé e le stampò un lungo bacio sulle labbra.

– Niente misteri fra noi, Ksenia, e soprattutto non voglio piú sentire stronzate come quella che hai appena detto.

La colombiana le prese di mano la busta e, in contrasto con la severità delle parole che aveva appena pronunciato, le rivolse uno sguardo cosí dolce che alla siberiana si aprí il cuore.

– Non ho piú paura di loro, – disse Ksenia gettandosi sul letto. – Ma ho bisogno di nascondermi qui fino ai funerali di Barone.

La colombiana si distese al suo fianco. – Puoi restare finché vuoi.

– Piú tardi devo farmi dare da Felix la lista degli strozzati e quel quaderno pieno di cifre.

– A che ti servono? – chiese Luz.

– A riprendermi la mia vita.

Al funerale di Antonino presenziarono quasi tutti coloro che erano in affari a vari livelli con i Barone: agenti immobiliari, direttori di banca, titolari di stabilimenti balneari sul litorale laziale, grossisti di frutta e verdura al mercato di

Fondi, albergatori, ristoratori, concessionari di automobili, rappresentanti delle associazioni dei venditori ambulanti e persino i piú previdenti fra i commercianti da lui strozzati, pronti a mostrarsi disponibili come informatori a chi gli fosse succeduto. All'appello mancavano però le due figure decisive del «sistema Barone». Il primo era Giorgio Manfellotti, l'imprenditore, il professionista fidato che era stato capace in una decina d'anni di trasformare una valanga di denaro nero proveniente da spaccio di cocaina, usura, evasione fiscale in una prospera attività nel campo dell'edilizia, della manutenzione stradale e degli investimenti immobiliari. L'altro grande assente era Natale D'Auria, astro nascente della famiglia che gestiva la concessione di licenze commerciali su tutto il territorio della capitale.

Nonostante le gramaglie e lo strazio per la scomparsa del fratello, le due assenze erano state la prima cosa che Assunta aveva notato. I pesci grossi nuotavano al largo e non sarebbe stato facile riprenderli all'amo.

La cerimonia era stata celebrata da don Carmine Botta, consigliere spirituale dei fratelli Barone e noto nell'ambiente ecclesiastico per i continui trasferimenti dovuti a relazioni peccaminose con diverse parrocchiane. Erano state le amicizie di Antonino a permettergli di arrivare a Roma da un remoto paesino della Basilicata, e il prelato aveva appena ricambiato con una toccante omelia in memoria di un «generoso benefattore» e di un uomo timorato di Dio.

Per Assunta ciascun convenuto al funerale era un potenziale carnefice di suo fratello. Per lanciare un messaggio inequivocabile aveva ordinato di rimuovere tutte le corone di fiori depositate davanti al monumento funebre che aveva fatto erigere abusivamente in due notti e tre giorni sulla Scogliera Vecchia del Pincetto, una delle zone piú prestigiose del cimitero del Verano. Per la statua equestre, che rievocava l'amore di Antonino per i cavalli da corsa – possedeva infatti due Holsteiner e un purosangue inglese – si era rivolta a un architetto di grido che in quel momento stava cercando di giustificare l'altezza sproporzionata della scultura rispetto alla tomba con i tempi brevi in cui aveva dovuto operare. Assunta lo congedò dimezzandogli il compenso e tornò a concentrarsi sui convenuti che, in fila indiana, si presentavano al suo cospetto improvvisando parole di cordoglio. Mentre porgeva la guancia e stringeva le mani, li scrutava uno per uno cercando di cogliere un lampo colpevole negli occhi, un'esitazione di troppo, un eccesso di sicurezza. Quest'attività inquisitoria le costava uno sforzo tremendo e un paio di volte le caviglie inerpicate sui tacchi delle décolleté nere avevano ceduto. Per fortuna il sacerdote, che non l'aveva abbandonata per un solo momento, era stato pronto a sorreggerla.

Il gigantesco Hummer dei fratelli Fattacci era parcheggiato in un vialetto del cimitero non lontano dall'area in cui si ergeva il mausoleo di Antonino Barone. Uno scooter si avvicinò lentamente e si fermò accanto al fuoristrada. La ragazza che lo guidava si tolse il casco. Era Monica. I lividi in faccia, sempre meno evidenti, erano nascosti dal fondotinta. Sbirciò dentro il mezzo per assicurarsi che Terminator, il rottweiler, fosse all'interno. Il cane iniziò a ringhiare minaccioso. Monica fece una breve telefonata al cellulare e dopo un paio di minuti giunse un piccolo furgone dal quale scesero due giovani muniti di attrezzatura per accalappiacani.

Erano due attivisti di un'associazione animalista. Monica aveva raccontato loro che i proprietari sfruttavano la povera bestia per i combattimenti clandestini.

La ragazza tirò fuori dalla borsa un martelletto d'emergenza preso in prestito da un bus dell'Atac e con un unico colpo ben assestato mandò in frantumi il vetro posteriore. Sapeva che l'Hummer non era munito di allarme perché i Fattacci lo reputavano inutile: non c'era essere umano sano di mente che avrebbe osato rubarlo. Terminator partí all'attacco ma i lacci in acciaio dei frustoni gli si strinsero intorno al collo e lo immobilizzarono. Il cane venne fatto uscire e infilato in una gabbia all'interno del furgone, che fece marcia indietro e si avviò verso l'uscita del Verano.

Terminator sarebbe finito in un centro specializzato nel recupero di cani aggressivi: un futuro pacioso e tranquillo, ma i fratelli Fattacci non sarebbero mai venuti a saperlo. Monica compose un numero.

Rispose Fabrizio. Era in fila insieme a Graziano per porgere le condoglianze ad Assunta.

– Ciao!

– Chi sei?

– Monica, ti ricordi?

– Eccome no. Ti è venuta nostalgia del batacchio di mio fratello o vuoi provare il mio?

– No, ti ho chiamato perché voglio parlare di tamburi.

– Tamburi? Ti sei bevuta il cervello?

– La migliore pelle per i tamburi è quella di cane, lo sapevi?

– No, – rispose Fabrizio in tono meno spavaldo.

– È un procedimento un po' lungo perché la pelle giusta è quella dell'animale morto di fame.

– Bella stronzata. Ma a me che mi frega di 'sta storia dei tamburi?

– Riguarda anche tuo fratello, perché ho deciso di farmi un bel tamburo con Terminator.

– Cosa? Non provare nemmeno a pensarlo, brutta stronza, – sibilò cercando di tenere basso il tono della voce.

– Veramente il cane adesso ce l'ho io, ed è legato a una catena corta, molto corta. Né acqua né pappa. Quando suonerò il tamburo, penserò a voi.

Monica interruppe la telefonata e si infilò il casco con un sorriso stampato sulle labbra. Era certa che i Fattacci si sarebbero bevuti la storiella del povero Terminator lasciato morire di inedia. Per loro, quel cane contava piú di un parente.

La ragazza non aveva torto. I due fratelli non sapevano che fare. Andarsene senza essersi prostrati al cospetto di Assunta sarebbe stato ritenuto un affronto, ma verificare che Terminator stesse bene era piú importante.

Fu Marani, che li precedeva nella fila, a risolvere la faccenda. – Non se ne parla proprio, – sussurrò. – Voi state qui e basta. Al cane ci pensate dopo.

Solo una ventina di minuti piú tardi riuscirono a baciare la mano di Assunta e a dirigersi quasi di corsa verso l'Hummer.

Ksenia era l'ultima della fila. La sua scelta era stata il frutto di una lunga riflessione. Quando venne il suo turno Assunta, sorpresa e stordita dalla tristezza, cercò di evitare il suo abbraccio, ma la ragazza era forte e le impedí ogni movimento.

– Sei venuta a dirmi addio? – buttò lí Assunta giusto per essere sgradevole fino all'ultimo. – Adesso Pittalis ti trova una nuova casetta.

– Non credo proprio, – le sussurrò la ragazza all'orecchio. – Io non vado da nessuna parte. Ho fatto un accordo con Lello.

– Di cosa stai parlando?

– Gli ho raccontato tutto. Tu, io e Antonino. Tutto.

– Cos'hai fatto? – balbettò la donna cercando di divincolarsi.

Ma Ksenia strinse ancora piú forte. Da lontano sembravano due amiche unite da un dolore comune.

– Gli ho venduto anche l'indirizzo del vostro scannatoio.

– Quello non lo conosci, – azzardò Assunta in tono poco convinto.

– E invece sí, – disse la siberiana scandendo via e numero civico con il tono spietato della vendetta. – E poi gli ho dato le chiavi di Antonino.

Sentí il corpo della donna irrigidirsi. Sembrava un blocco di marmo, e solo allora la lasciò andare.

– Non hai idea di quello che hai fatto.

– Ti sbagli. Lello ha detto che ora sarà lui a comandare.

Si allontanò sentendo lo sguardo d'odio della donna che la trafiggeva, mentre puntava proprio Pittalis.

Ksenia lo prese sottobraccio e lo costrinse a camminare al suo fianco con il proposito di allontanarlo da Assunta.

– Hai un bel coraggio, brutta troia, – commentò quasi ammirato.

– Voglio proporti un affare, – disse la ragazza.

– E quale sarebbe?

Ksenia tirò fuori dalla tasca due chiavi. – Aprono il nido d'amore di Assunta e Antonino. So anche l'indirizzo. Ti interessa?

– Cosa vuoi in cambio?

– Tu e Tigran lontani dalla mia vita.

– Chiedi molto.

– Tu non hai idea di cosa c'è in quell'appartamento, – rilanciò. – Potresti avere in pugno Assunta.

– Lei cosa sa?

– Nulla.

– Di cosa stavate parlando, allora?

– Le ho chiesto di lasciarmi vivere nell'appartamento di Antonino e lei mi ha detto che mi hai trovato un altro uomo.

– Non è proprio cosí, ma ci stavo lavorando.

Ksenia guardò in direzione di Assunta per accertarsi che li stesse osservando. Sorrise a Pittalis: – Mi sono fatta furba, Lello. So bene che ci sono altre persone interessate a conoscere certi dettagli intimi dei Barone.

Sí, la ragazza era meno tonta di quanto gli avesse fatto credere. Ma solo a parole. – D'accordo, – disse l'uomo, pregustando il momento in cui le avrebbe rivelato che non aveva mai avuto intenzione di rispettare i patti.

Le chiavi cambiarono di mano e Ksenia sussurrò l'indirizzo baciandolo sulle guance, certa che Assunta li stesse guardando.

– Un'ultima cosa, – disse Ksenia sorridendogli. – Prova ancora a mettermi le mani addosso e il prossimo funerale sarà il tuo.

L'uomo si esibí in un inchino beffardo e sgattaiolò via, distribuendo saluti e stringendo mani.

Assunta era tentata di chiamarlo col cellulare che stringeva nella mano ma ormai era troppo tardi. Non aveva piú niente da dirgli. Lello sapeva troppo e non c'era modo di aggiustare la faccenda. Sospirò e raggiunse la tomba dove i becchini l'attendevano per sigillare la lastra.

Avrebbe voluto dire addio al fratello in maniera diversa ma la sua mente era in subbuglio. Sia lei che Antonino avevano commesso troppi errori e avevano sottovalutato la siberiana. Le altre non erano mai state un problema. Lei e suo fratello le avevano usate a piacimento e poi riconsegnate a Pittalis. L'idea del matrimonio era stata sua. Antonino non era convinto, ma lei pensava che senza una donna in casa la gente avrebbe pensato male.

Lello e la siberiana erano altri due problemi urgenti che andavano ad aggiungersi a quello, per ora insolubile, del tesoro di Antonino. Assunta si sentí mancare e accolse lo svenimento come una benedizione.

Nel frattempo i fratelli Fattacci avevano raggiunto l'Hummer e avevano potuto rendersi conto che l'amato rottweiler era stato veramente rapito da Monica.

– Le trasformo il buco del culo in un'autostrada, glielo sfondo, cazzo! E poi l'ammazzo con queste mani, – aveva giurato Fabrizio.

– No! La facciamo sbranare dal nostro cane, – aveva ribattuto Graziano. – Cosí vedi come gli passa la fame.

– Troppo giusto.

– Ora si tratta di trovarla.

– Il sor Mario l'ha assunta, deve avere il suo indirizzo.

L'ex proprietario era appena tornato dalle esequie dell'uomo che gli aveva portato via tutto e non si era ancora cambiato l'abito scuro delle grandi occasioni, quando i Fattacci fecero irruzione nel bar e gli chiesero tutte le informazioni che possedeva su Monica.

– Lavorava in nero, – si giustificò l'uomo, tirando fuori da un cassetto un foglio. – Il cognome me l'ha anche detto ma non me lo ricordo. Ho solo un numero di cellulare e un indirizzo.

Una voce registrata annunciò che il cellulare non era piú attivo. I fratelli risalirono sul fuoristrada e, fomentandosi a vicenda con calci al cruscotto, cazzotti sul volante e testate al finestrino, raggiunsero in quaranta minuti il civico indicato dalla ragazza, ma solo per scoprire che quella grandissima zoccola li aveva di nuovo coglionati, visto che corrispondeva a un negozio di articoli sanitari.

Benché pazzi di rabbia, Fabrizio e Graziano non si diedero per vinti e fecero il giro dei negozi e delle portinerie dei palazzi vicini chiedendo notizie, ma nessuno aveva mai conosciuto una ragazza con le orecchie a sventola che si chiamava Monica.

– E adesso Terminator come lo troviamo? – chiese Fabrizio.

I due fratelli, presi dallo sconforto, piansero a lungo, abbracciati.

Non potevano certo immaginare che la rapitrice del cane in quel preciso istante stava prendendo possesso di un bilocale ammobiliato all'ultimo piano di un palazzo che consentiva una bella visuale sul bar *Desirè*. Lo aveva adocchiato da tempo e sapeva che era sfitto perché era decisamente costoso per la zona. Era stata proprio lei a consigliare alla proprietaria, cliente incallita delle slot machine taroccate, di tenere duro e aspettare clienti di un certo livello.

Monica era molto diversa da come si era fatta conoscere nel quartiere. Tailleur, scarpe col tacco, finti occhiali da vista, trucco marcato, i lunghi capelli sciolti che ben nascondevano le orecchie a sventola. Certa che nessuno l'avrebbe riconosciuta, era passata tranquillamente davanti al bar dove aveva lavorato, sfidando lo sguardo di diverse persone che aveva servito.

Anche il nome non era piú lo stesso. Dai documenti che aveva presentato per la registrazione del contratto, risultava chiamarsi Sara Safka, di anni ventinove, architetto.

Era arrivata con un bagaglio leggero. Un trolley pieno di vestiti e un telescopio con treppiedi che aveva montato sul terrazzino. Era puntato sull'entrata del bar. Mise a fuoco le lenti e la prima immagine nitida fu quella di Sereno Marani.

– La solita pasta in bianco, olio e limone, – ridacchiò la ragazza imitando il tono dimesso dell'esattore.

Ma «Sara» non aveva nessuna voglia di divertirsi. Forse un giorno lo avrebbe fatto. Quando i conti fossero stati saldati una volta per tutte e ogni verità svelata.

Mezz'ora dopo vide arrivare i fratelli Fattacci abbacchiati e nervosi, e Assunta vestita a lutto, che scese da una Mercedes nera guidata da un autista.

– Guarda un po' chi è arrivato, – esclamò sorpresa. – La sorellina è venuta ad assumere il comando e non si è nemmeno cambiata d'abito.

La discesa in campo di Assunta Barone era una svolta importante. Quando era vivo il fratello si era fatta vedere di rado nel quartiere, e qualcuno sosteneva addirittura che tra i due non corresse buon sangue.

La ragazza si preparò in fretta e furia e scese in strada. Era il momento di cominciare a seguire da vicino le attività della banda Barone.

– Non era il caso di venire proprio oggi, donna Assunta, – disse Marani. – Domani ricominceremo il giro.

Con un gesto infastidito la donna gli intimò di tacere. Bevve il caffè che aveva ordinato e uscí in strada a fumare. Osservò per qualche minuto i passanti pensando che quello era il giorno peggiore della sua vita. Non solo aveva seppellito il fratello, ma Pittalis, grazie alle chiavi che aveva ricevuto dalla siberiana, aveva sottratto tutti i ricordi piú cari della sua storia d'amore con Antonino. Dopo il funerale era corsa nell'appartamento di via Petrolini, ma Lello era andato via da poco. Nell'aria aleggiava ancora il suo profumo di marca. Ora avrebbe tentato di ricattarla. Non aveva il minimo dubbio.

– Vieni qui, – disse a Marani. – Quanto c'è da fidarsi dei Fattacci?

– Sono creature di Antonino. Lui si fidava ciecamente.

– L'ho chiesto a te.

– Sí, anch'io mi fido.

– È Pittalis il traditore, – disse Assunta a bruciapelo. – Ha ucciso lui Antonino e ripulito la cassaforte.

– Lello! Non ci posso credere.

– Significa che sto dicendo cazzate?

– Ma no! Non mi permetterei mai, – si precipitò a puntualizzare Marani. – È stata la sorpresa a farmi parlare a sproposito.

– Lo voglio morto, e subito.

– Forse è il caso di portarlo in un posto tranquillo e farlo parlare, – propose Sereno. – Cosí ci facciamo dire dove ha nascosto tutto quello che s'è inguattato.

L'unica cosa che Assunta Barone non si poteva permettere era l'interrogatorio di Pittalis. – No. Subito significa che i fratellini gli dànno la caccia e lo eliminano appena lo trovano. Per strada, al bar, non importa dove.

L'esattore non capiva il motivo di tutta quella fretta, ed era a disagio. – Le esecuzioni attirano sempre l'attenzione degli sbirri e della stampa, – disse. – Lello era legato ad Antonino, bazzicava il quartiere... La vedo dura, ricominciare la raccolta delle rate con tutti 'sti occhi addosso.

Marani aveva ragione. Assunta si rese conto che la situazione le stava sfuggendo di mano. Non era lucida. Era solo disperata.

– Che cosa proponi?

– Appuntamento in un luogo tranquillo con fossa già scavata, – rispose sicuro. – Lello muore e scompare. E noi mettiamo in giro la voce che è tornato in Siberia.

La donna rifletté sul piano e a sua volta ne elaborò un altro. Era sinceramente grata all'esattore per averla aiutata a uscire da quello stato di confusione che rischiava di trascinarla nel baratro. D'altronde aveva appena seppellito l'unico uomo della sua vita e il dolore era insopportabile.

– Mi sembra perfetto, – si complimentò Assunta. – Ma saremo tu e io a occuparcene.

– Io? – domandò Marani, stupito e spaventato. – Non le ho mai fatte 'ste cose, mi sono occupato sempre di conti. E poi ci ho sessant'anni.

– E non pensi che sia arrivato il momento di avere una posizione di rispetto? Di essere finalmente uno che comanda e decide?

– Mi piacerebbe e sarebbe anche giusto. Però sparare a un cristiano... Non so se sono capace.

Ma Assunta aveva già deciso, e giocò sporco. – Sei fuori, Sereno, – annunciò gelida. – Non lavori piú con noi. Antonino s'era sbagliato, non vali un cazzo.

L'esattore avvertí una fitta al petto e per un attimo temette di restarci secco. – Donna Assunta, la prego, sono sempre stato fedele...

– E se ti fai vedere in giro, – continuò la donna, – ti scateno addosso i fratellini.

– D'accordo, – la interruppe. – Lo farò.

Assunta gli afferrò la nuca con una mano. Marani riconobbe un gesto abituale di Antonino. Un gesto fastidioso.

– Bravo. Hai fatto la scelta giusta. E ti posso assicurare che, a differenza di mio fratello, io so essere molto generosa.

Marani avrebbe voluto dire qualcosa ma era confuso e non ci riuscí. Antonino era quello che era, ma le poche volte che si era visto costretto a far ammazzare qualcuno aveva usato i Fattacci, visto che era l'unica cosa di cui fossero capaci. E poi, per dirla tutta, gli dispiaceva pure per Lello: in fondo era un buon diavolo. Ma venire estromessi dalla banda Barone significava essere messi al bando, e lui aveva rovinato troppa gente per permettersi il lusso di restare con il culo scoperto. Accoppare Pittalis, alla fine, era un buon affare.

– I fratellini non staranno con le mani in mano, – annunciò Assunta con un sorriso crudele. – Si occuperanno della siberiana.

Sereno era interdetto. – Pure lei?

– Sono complici, – spiegò. – Lo ha fatto entrare e poi gli ha retto la sceneggiata. Non hai visto come si sono salutati «affettuosamente» al cimitero?

L'esattore rivide la scena. Pittalis e Ksenia sottobraccio, poi i bacetti sulle guance. Sul momento non ci aveva fatto caso ma effettivamente la cosa puzzava di brutto. – 'Sti impuniti, – sbottò. – Col povero Antonino appena sepolto ce ne vuole di coraggio.

– Dài l'ordine, – disse la donna.

– Lo faccio io?

– Sei o non sei il nuovo capo?

Marani drizzò le spalle e si diresse verso i Fattacci. Confabularono per alcuni minuti. Nel frattempo Assunta mandò a casa l'autista e rientrò nel bar per un aperitivo.

– Che ti sei fatto al naso? – chiese al sor Mario.

– Una pazza che lavorava qui mi ha colpito all'improvviso, – spiegò lui. – Quella che ha fregato il cane ai fratelli.

La donna annuí fingendo di essere al corrente della storia. Se i due uomini che dovevano terrorizzare il quartiere con la sola presenza si facevano soffiare il rottweiler, rifletté sorseggiando l'americano, qualcosa non andava per il verso giusto.

Uscí e chiese spiegazioni. Fabrizio arrossí fino alle orecchie e Graziano farfugliò una ricostruzione dei fatti abbastanza aderente alla realtà.

– E non vi è sembrato strano che una barista qualsiasi si disturbasse a fornire un indirizzo falso? – chiese Assunta. Poi si rivolse a Marani. – Tu che hai da dire?

L'esattore allargò le braccia. – Magari aveva casini in famiglia e non voleva far sapere dove lavorava. Io non mi preoccuperei.

– Però ha detto che avrebbe pareggiato i conti e dopo pochi giorni s'è presa il cane, – disse Assunta ai fratelli. – Quella ragazza ha fegato e voi non sapete nemmeno chi sia veramente. Vi consiglio di stare attenti.

– Ma è una coattella senza storia, – ridacchiò Fabrizio.

– Mai sottovalutare una donna che giura vendetta, cretino.

I Fattacci annuirono solennemente ma in realtà erano convinti dell'esatto contrario. Se avessero saputo che l'oggetto della loro conversazione li stava osservando dall'interno di una elegante utilitaria verde petrolio forse avrebbero valutato le cose in maniera diversa.

La giovane donna che avevano conosciuto come Monica attendeva l'evolversi della situazione ed era indecisa se dedicare il suo tempo ai Fattacci o ad Assunta. L'istinto fortemente condizionato dal desiderio di vendetta propendeva per i primi, la ragione suggeriva di seguire la sorella di Antonino Barone che con ogni evidenza aveva assunto il ruolo di capo.

Dopo una breve telefonata, Assunta salí sulla macchina di Sereno Marani mentre Fabrizio e Graziano si spostavano a piedi. Sara scese dall'auto e iniziò a seguirli. Era sicuramente la scelta meno opportuna, ma quei due stupravano le donne e andavano fermati e puniti il prima possibile. Aveva imparato ad accantonare i sentimenti e a concentrarsi solo sulle azioni utili alla sua strategia. Lo stupro era stata un'esperienza terribile ma lei aveva deciso di considerarlo un incidente di percorso. Non si poteva permettere cedimenti e in passato aveva subito di peggio; del resto regolare quel conto, difendendo cosí altre donne, le avrebbe fatto bene.

Lello Pittalis era fuori di sé. Si era precipitato nell'appartamento dei Parioli e non aveva trovato nulla se non cazzi di gomma e altri giocattolini da sesso non convenzionale, termine che usava la moglie quando lui si faceva venire qualche fantasia e lei puntualmente lo rimandava dalle sue puttane dell'Est.

La siberiana lo aveva preso per il culo una volta di troppo: Lello giurò a sé stesso che l'avrebbe venduta a un tizio del Norditalia che aveva un allevamento di vacche e una ragazza se la faceva durare in media un annetto, perché le ammazzava di lavoro, botte e sesso. Era tirchio e gli interessavano piú robuste che belle. Questa volta avrebbe fatto un affare.

Non tutto era perduto, in ogni caso. Il suo piano in fondo era semplice: voleva diventare l'uomo di Assunta e sistemarsi ai piani alti. Che avesse scopato col fratello non gli importava piú di tanto, ormai era finita e altri non ce n'erano.

Lei non poteva rifiutarsi. In quell'ambiente l'affidabilità era tutto e l'incesto era considerato inaccettabile, perché non deponeva a favore della stabilità mentale necessaria a gestire i soldi altrui.

Perciò, quando ricevette la telefonata di Assunta con la proposta di un incontro, accettò di buon grado. Non si fece nemmeno troppe domande sul luogo, un cantiere edile sulla Bufalotta. La cosa gli era parsa strana all'inizio ma aveva trovato convincente la spiegazione che Assunta si trovava in zona per affari urgenti. E anche lui aveva fretta di incontrarla.

– Voglio capire cosa sai esattamente, – aveva detto la donna.

– Direi tutto, ma non ho cattive intenzioni.

– Allora sarà piú semplice.

– Assunta.

– Sí?

– Vorrei che arrivassimo entrambi all'appuntamento con un forte spirito costruttivo. Non solo sul piano degli affari ma anche personale. Capisci cosa intendo?

– Ma certo, – lo aveva rassicurato lei. – Non vedo l'ora di incontrarti.

– Trecentoquarantotto… quarantotto e cinquecento… quarantanove e cinquecento. Trecentocinquantamila. Trecentocinquantamila euro! – esclamò Ksenia rivolta a Luz.

Erano accovacciate una di fronte all'altra alla luce di una nuda lampadina che pendeva dal soffitto dello scantinato. Subito dopo il funerale, la siberiana si era precipitata a casa della compagna e l'aveva praticamente costretta a chiedere le chiavi della cantina a Felix. Il vecchio cubano aveva opposto una strenua resistenza e si era convinto solo quando le ragazze gli avevano promesso di non toccare nemmeno un centesimo del tesoro di Barone. Poi, dopo aver consegnato le chiavi a Luz, si era chiuso nella sua stanza bofonchiando che la donna è incapace d'amicizia perché conosce solo l'amore. Aveva appena finito di leggere *Cosí parlò Zarathustra* e forse ne era rimasto un po' troppo suggestionato. Le due giovani donne, del resto, non lo avevano neppure ascoltato. Si erano precipitate giú per le scale e ora se ne stavano sedute nella polvere con tutti quei soldi.

– Io ne ho da parte altri settantamila, – disse Luz.

– Quelli non si toccano, sono per Lourdes, – ribatté Ksenia in modo categorico. Poi sussurrò tra sé: – Trecentocinquantamila. Se li dividiamo per tre sono poco piú di centoquindici a testa. Pochi per cambiare vita, ma piú che sufficienti per entrare in società con Eva, se li teniamo insieme.

– Quindi restiamo nel quartiere?

– Perché no? Te l'ho detto, ormai non ci daranno piú fastidio.

– Felix dice che dobbiamo essere prudenti, aspettare.

– Felix è un fico, l'unico uomo che non vorrei sottoterra. Ma lui è anziano. Il futuro che immagina, che desidera, è un bel tramonto. Noi invece cominciamo a vivere solo adesso. Ma ci pensi? Potremmo prendere casa insieme, iniziare un lavoro onesto, senza uomini di merda che ci dicono cosa possiamo o non possiamo fare. Pensa a Lourdes. Potrai toglierla da quel collegio, accompagnarla a scuola tutte le mattine.

– Farla dormire nel lettone con noi.

– Portarla al parco e poi al cinema a vedere un cartone animato.

– Vederla crescere, giorno per giorno, – aggiunse Luz in tono sognante. – Sarebbe bello, ma…

– Ma cosa?

– Ho paura. Paura di perdere tutto. È facendo il mestiere che ho potuto mandarla a scuola, farla crescere lontano da tutto questo schifo –. Ksenia sfilò dalla tasca posteriore dei jeans una fotografia piegata in due. La porse alla compagna, evitando di guardarla negli occhi.

Luz fissò la foto. Ritraeva Ksenia tenuta al guinzaglio da Barone. La colombiana distolse lo sguardo.

– È stata la paura a ridurmi cosí, – disse Ksenia in un sibilo rabbioso.

Luz si morse il labbro inferiore per tenere a freno la commozione.

La siberiana la fissò negli occhi con una determinazione che Luz non le aveva mai visto. – Io andrò avanti comunque, anche da sola. Ma vorrei tanto che tu fossi con me.

Luz le strinse forte le mani e annuí senza riuscire a trattenere le lacrime.

Ksenia e Luz uscirono poco dopo dal portone chiacchierando fitto, e s'incamminarono verso casa di Eva. Troppo occupate a progettare il futuro, non si accorsero che una cinquantina di metri alle loro spalle c'erano i fratelli Fattacci che le seguivano. Sara, che a sua volta pedinava Fabrizio e Graziano, trovò la faccenda intrigante. Perché il braccio violento della banda Barone aveva interesse a sapere cosa combinava la vedova di Antonino in compagnia di un'onesta professionista? Per esperienza sapeva che l'ingresso in campo dei Fattacci non portava mai a nulla di buono, e decise che sarebbe diventata l'angelo custode delle due donne.

Qualche minuto dopo la siberiana e la colombiana si infilarono in un palazzo. I due fratelli si sedettero su un muretto, rassegnati all'attesa. Non andarono a controllare i nomi sui campanelli e Sara si convinse che già conoscevano l'identità della persona che aveva ricevuto la visita della vedova e della sua amica.

Lei invece lo ignorava totalmente. Prese il cellulare e compose il numero di Graziano.

– Pronto.

– Ciao, sono Monica.

– Brutta troia, dov'è il cane nostro? Cosa gli stai facendo?

– L'ho messo a dieta, come ti ho detto. Ha già perso due chili.

– Ti stiamo cercando e ti troveremo, – ringhiò Graziano con voce rotta. – Ti conviene restituircelo e forse ci mettiamo una pietra sopra.

– La pietra dovete mettervela sull'uccello, perché lo infilate dove non potete.

– D'accordo, fai pure la dura, tanto prima o poi ti becchiamo.

– E dove?

– Come, dove?

– Non siete mai usciti da Roma e io sono lontana, adesso.

– Noi conosciamo gente dappertutto. Ci basta schioccare le dita.

– Certo, come no. Ciao, bello, salutami il tuo fratellino scemo.

Sara chiuse la comunicazione e si godette da lontano la scena isterica di Graziano che prendeva a calci la portiera di un'auto parcheggiata, trattenuto a stento dal fratello. Si erano fatti notare e dovettero abbandonare il pedinamento, dimostrando una scarsa attitudine professionale.

Sara controllò i nomi sui campanelli e fu una sorpresa scoprire che in quel palazzo abitava la coppia D'Angelo-Russo, che gestiva la profumeria. Era stata stuprata proprio per aver tentato di avvertire il marito che le macchinette erano truccate. Poi lo stronzo se l'era svignata per non affrontare

Barone e aveva lasciato la moglie nella merda. Ma cosa ci facevano la vedova del cravattaro e la colombiana a casa di Eva? Una semplice visita di cortesia? La presenza dei Fattacci suggeriva altro. Non c'erano dubbi: la faccenda era davvero interessante.

Eva aveva gli occhi gonfi di pianto. Indossava una vestaglia di buon taglio ma era cosí affranta che le cascava sulle spalle. Sembrava invecchiata. Aveva fatto accomodare Ksenia e Luz in salotto senza offrire nulla e senza nemmeno chiedere il motivo di quella visita improvvisa.

– Oggi è tornata la madre di Sonia, la commessa che è scappata con Renzo, mio marito, – iniziò a raccontare. – È disperata, poveretta, vuole che l'aiuti a convincere la ragazzina a tornare a casa, ma io che posso fare? Sono qui sola, col negozio, in questa casa vuota...

– Tuo marito si è fatto sentire? – chiese Luz.

– Come no! Ha chiamato per sapere se era vero che Barone è morto. Mi ha chiesto se la situazione era piú tranquilla.

– E tu che gli hai risposto?

– Che era tutto a posto, che lo perdonavo. L'ho scongiurato di tornare e lui m'ha detto che voleva solo sapere dei debiti, e che a tornare non ci pensa proprio, – Eva si coprí il volto con le mani e scoppiò a piangere. – Che vergogna, come mi sono umiliata... Non mi ha neppure chiesto come stavo.

Luz si alzò dal divano e l'abbracciò. – Vedrai che le cose andranno meglio perché Ksenia ha una cosa da dirti. Anche a nome mio.

– Abbiamo deciso di accettare la tua proposta di diventare socie della profumeria.

Il volto di Eva si illuminò. – Allora non corri piú pericolo? – chiese alla siberiana.

– No, – rispose con decisione la ragazza. – Mi sono ripresa la mia vita.

– Anch'io, – intervenne Luz. – Chiudo con la professione.

Un'ora piú tardi Ksenia e Luz tornarono a casa tenendosi per mano. Sara le accompagnò vegliando discretamente sulla loro sicurezza. Capí subito che stavano insieme, e nonostante fosse irrimediabilmente etero le invidiò per l'intensità del sentimento che condividevano.

Dall'altra parte della città un'altra donna, il cui destino per diverse ragioni si intrecciava con quello di Ksenia, Luz, Eva e Sara, non pensava affatto all'amore mentre osservava il fido Marani scavare una fossa alla luce dei fari dell'auto.

– Mi sembra già bella profonda, – disse l'uomo ansimando.

– Scava, Sereno, scava, – ribatté Assunta. – Non vorrai che un giorno riemerga un uomo che tutti pensavano disperso nella steppa siberiana.

– Ma qui costruiranno un palazzone di dieci piani, getteranno il cemento. Chi vuoi che lo trovi? – protestò l'uomo.

– Non è che sei vecchio, Sereno? – lo provocò Assunta.

– In che senso?

– Ti lamenti troppo per avere uno spirito adatto al comando e alle responsabilità.

– Si sbaglia, donna Assunta, sono piú sveglio e scattante di un trentenne.

– E allora scava.

Marani ebbe un attacco di nostalgia per Antonino. Ormai erano sempre piú frequenti. Pensò che in quella fossa di cadaveri ce ne sarebbero stati comodamente due. E fu in quel momento che capí cosa frullava in capo ad Assunta. Era stato cosí stupido da consegnarle la pistola che avevano preso lungo la strada. Faceva parte del piccolo arsenale della banda, nascosto nel retrobottega di un meccanico di biciclette rovinato dai debiti di gioco. Alzò la testa di scatto e vide la canna della pistola puntata alla sua testa.

– Quando pensi il tuo cervello fa cosí tanto rumore che si sente fin da quassú, – ridacchiò la donna.

– Mi vuoi ammazzare? – balbettò lui.

– No, – rispose Assunta. – Ma ora sei nella posizione migliore per rispondere a una domanda ben precisa: hai qualcosa a che vedere con la morte di Antonino?

– No, – disse Sereno con una vocina stridula. – Ero in giro a riscuotere e ho finito tardi. Ci sono un sacco di persone che possono testimoniare. E poi non è stato Pittalis a fottere Antonino?

– Certo. Ma forse non era solo.

– Io non c'entro niente, donna Assunta.

Lei abbassò la pistola. – Lo so. Ma non sei stato in grado di proteggere Antonino mio.

– E chi se la immaginava una storia del genere? Suo fratello era il padrone del quartiere, tutti ne avevano paura.

– E da domani i Barone torneranno a regnare.

Il tremore alle mani e alle gambe era evidente e l'uomo fu costretto a sedersi sull'orlo della fossa per riprendere fiato, mentre Assunta fumava fissando il buio.

Pittalis arrivò puntuale. Gli abbaglianti della sua auto illuminarono la futura amante in compagnia di Marani. Lello, insospettito, fermò la macchina a una cinquantina di metri, spense i fari e scese.

– Perché sei venuta con Sereno? – gridò.

– Una semplice garanzia, – ribatté Assunta. – Dopo la morte di Antonino faccio fatica a fidarmi di te.

– Non possiamo affrontare certi argomenti davanti a lui.

– Hai ragione. Vieni qui, ti fai perquisire e lui si allontana. Non sentirà nemmeno una parola.

Pittalis era un uomo scaltro e prudente. Qualità che gli avevano permesso di trafficare con mafie spietate come quella siberiana. In un altro contesto se la sarebbe svignata ma di fronte aveva due persone da cui non poteva temere nulla: una donna e Marani, che di certo non era un uomo d'azione. Eliminò dubbi e sospetti e risalí in macchina per raggiungerli.

– Scusa, Lello, abbi pazienza, – borbottò Sereno imbarazzato mentre lo perquisiva.

– Non c'è problema, ora chiariremo tutto.

– È a posto, – annunciò Marani.

Nella mano della donna si materializzò una pistola. Pittalis dovette strizzare gli occhi per vederla bene alla luce dei fari.

– Salta nella fossa, – ordinò Assunta.

– Stai scherzando?

Marani iniziò a spingerlo con forza.

– Giuda! – gridò Lello.

– Non costringermi a sparare, – sibilò la donna, piantandogli la canna in una guancia.

Pittalis obbedí. Era ancora convinto di poter risolvere la situazione.

– Parliamo, Assunta, e ti convincerai che sono il tuo migliore amico e alleato.

– D'accordo, – acconsentí. – Allontanati, Sereno, qui ci penso io.

L'esattore obbedí e sparí nel buio.

– A me non importa nulla di quello che facevi con tuo fratello, erano affari vostri, – attaccò Pittalis cercando di mantenere calmo il tono della voce. – Io voglio prendere il posto di Antonino nella tua vita. Hai bisogno di un uomo che si prenda cura di te.

L'indice della donna si strinse intorno al grilletto. Aveva una gran voglia di sparare. – Nessuno prenderà mai il posto di Antonino mio, – sibilò con rabbia.

– D'accordo, come non detto, – si affrettò a rettificare l'uomo. – Non dirò a nessuno quello che ho saputo. Sarò il tuo servitore piú fedele, ti farò guadagnare montagne di soldi.

Assunta era stanca di ascoltare quella sequela di cazzate.

– Restituiscimi quello che mi hai portato via e sarò clemente.

– Io non ti ho portato via niente.

– I ricordi miei e di Antonino. Quelli che stavano nell'appartamento ai Parioli.

– Non c'era nulla. Ho guardato dappertutto.

– Perché sei cosí stupido, Lello? Cosí non mi lasci altra scelta.

L'uomo si buttò in ginocchio. – Te lo giuro, Assunta. La siberiana mi ha dato le chiavi alla fine del funerale e sono corso subito, ma ho trovato solo un cazzo di gomma.

Pittalis continuò a blaterare ma la donna aveva smesso di ascoltarlo. Il particolare del momento in cui le chiavi erano passate di mano le aveva fatto capire che quella troietta aveva fottuto entrambi.

Tutto ciò che testimoniava la sua storia d'amore con Antonino ora era in possesso di Ksenia, e il motivo era chiaro. La ragazzina che lei usava per il suo piacere pensava di essere al sicuro, era certa di poterla ricattare. Ma lei non avrebbe mai potuto sopportare di vivere senza i ricordi che la legavano ad Antonino, e avrebbe messo a ferro e fuoco l'intera città pur di riaverli. Soprattutto, Ksenia non aveva capito che lei non poteva lasciare in vita chiunque conoscesse quel segreto. E che ucciderla le avrebbe procurato un piacere infinito.

– Sereno, – chiamò la donna a gran voce.

L'esattore arrivò. Ligio agli ordini, si era allontanato quanto occorreva per non sentire nemmeno una parola. Aveva intenzione di campare a lungo.

Assunta gli consegnò la pistola. – Ammazzalo.

– No, Sereno, che fai? – implorò Pittalis iniziando a frignare come tante delle giovani donne che aveva raggirato, picchiato, violentato.

La mano di Marani non era poi cosí ferma ma la distanza era tale che non avrebbe potuto sbagliare. – Mi spiace, Lello, ma lo devo fare, – farfugliò. – Vuoi dire una preghiera, prima?

– Spara! – ordinò Assunta Barone.

E l'esattore finalmente si decise a tirare il grilletto. Una, due, tre volte. Pittalis si afflosciò, le gambe piegate sotto il corpo.

La donna si scagliò contro Marani, costringendolo a sottrarsi alla furia dei colpi.

– Coglione! – lo insultò. – Quello stronzo ha ammazzato mio fratello, ci ha rubato un sacco di soldi e tu gli chiedi se vuole dire la preghierina!

– L'avevo detto, donna Assunta, che io ad ammazzare i cristiani non sono capace.

– E invece alla fine le mani di sangue te le sei sporcate pure tu.

– Stia tranquilla che non me lo scorderò mai.

– Ho nuovi ordini per la siberiana, – annunciò la donna. – Di' ai Fattacci che voglio sapere tutto di lei. Cosa fa, chi incontra. E poi che trovino un posto sicuro e tranquillo dove possiamo tenerla per piú giorni.

– Sarà fatto.

– Bene. Ora riempi la fossa e poi abbandona la sua macchina al parcheggio dell'aeroporto di Fiumicino. La tua te la riporto domani.

Sereno raccolse la pala e iniziò a buttare terra sul cadavere di Pittalis. Quando Assunta se ne andò, scoppiò a piangere.

Assunta Barone fece una doccia, si asciugò e si spazzolò a lungo i capelli. La situazione stava precipitando. Occuparsi di Pittalis e della siberiana era uno spreco di energie che non si poteva permettere, ma non aveva avuto scelta. La rabbia, il dolore e l'odio le impedivano di ragionare con lucidità e si rendeva conto di agire per istinto, senza un piano prestabilito.

Doveva trovare la forza per concentrarsi sulla ricerca del tesoro di Antonino, che poi era il loro. Il fratello fungeva da banca per due organizzazioni e non avere a disposizione il contante poteva diventare molto, molto pericoloso. Anzi, letale. L'indomani Assunta avrebbe dovuto chiedere un favore importante e non sarebbe stato facile. Andò in camera da letto e si lasciò cadere sull'inginocchiatoio del Seicento che Antonino le aveva regalato sapendo bene quanto la sorella fosse devota alla Vergine Maria. Strinse fra le dita il rosario d'argento. Ora che l'adorato fratello non c'era piú sentiva un bisogno disperato del conforto della preghiera.

Cinque

Il giorno successivo, mentre Luz andava a trovare la sua Lourdes al collegio, Ksenia si recò a fare visita a Felix e Angelica. Era molto dispiaciuta per essere stata arrogante e ingrata soprattutto nei confronti dell'infermiere cubano, che le aveva dimostrato comprensione e amicizia. Aveva bisogno di chiedergli scusa.

Felix le sorrise e le chiese di andare a prendere le medicine per Angelica. Mentre si affrettava verso la farmacia, Ksenia vide la Vispa Teresa e come al solito fu percorsa da un brivido di repulsione, qualcosa di atavico, di ancestrale che la costrinse a spostarsi sul marciapiede opposto. La barbona sembrava decisa a frugare in un cassonetto su cui era appollaiato un grosso gabbiano. Agitò le braccia per scacciarlo e sollevò il coperchio. Il volatile la prese come un'invasione della sua isola di immondizia e si mise a volteggiare gracidando come un ossesso. Teresa lo ignorò, probabilmente era anche un po' sorda, e infilò testa e busto nel cassonetto per frugarvi dentro. L'uccello si tuffò in picchiata e cominciò a colpirla ripetutamente. La vecchia urlava di dolore, il gabbiano di rabbia, mentre affondava il becco affilato come un rasoio. Teresa alzò le braccia a protezione della testa. Qualche passante si fermò, fissando la scena inorridito e impaurito dall'aggressività del gabbiano. Finalmente il salumiere all'angolo uscí dal negozio con una scopa, e facendola roteare colpí in pieno l'uccello. I garzoni si unirono al principale e con scope e improvvisati bastoni riuscirono ad abbattere la bestia e a finirla. Il volto della barbona era una maschera di sangue. Il cappotto era strappato in piú punti. La donna vacillò, stordita da quell'attacco durato pochi secondi. Qualcuno si precipitò a soccorrerla. Ksenia era rimasta immobile sul lato opposto della strada, incapace di avvicinarsi o allontanarsi. Quella scena cosí assurda e violenta la turbò come se fosse un segno diretto a lei e dissolvesse la determinazione che aveva mostrato con Luz.

Si domandò se non stesse sbagliando tutto e il suo incubo non fosse ancora finito. In preda all'agitazione, si allontanò a capo chino mentre un'ambulanza giungeva sul posto a sirene spiegate.

Al bar *Desirè* Sereno Marani, dopo aver dato la notizia che Pittalis era partito per la Siberia, trasmise gli ordini di donna Assunta ai fratelli Fattacci.

– È una gran rottura di coglioni 'sta storia di fare la balia alla siberiana, – si lamentò Graziano.

– Non ci abbiamo il tempo di cercare il cane nostro, – intervenne Fabrizio.

Sereno sospirò. – Rassegnatevi, quella vi ha fottuti. Compratevi un'altra bestia.

Gli occhi di Graziano si inumidirono. – Ma come parli, – disse, con la voce sul punto di spezzarsi. – Terminator è l'altro fratello nostro, non ci sarà mai piú nessuno come lui. Mi fa sclerare che quella troia lo sta facendo morire di fame. Nun ce posso penza', la notte sto sveglio come uno stronzo.

– E poi fa parte della banda, – sproloquiò Fabrizio. – Dovremmo avere il permesso di cercarlo: è come se avessero rapito uno di noi.

L'esattore finse comprensione. In realtà era contento di non avere piú tra le palle quel cane pericoloso. Gli metteva ansia. Lo guardava sempre come se potesse morderlo da un momento all'altro. Però conosceva i fratelli Fattacci e sapeva che anche a loro bisognava buttare l'osso, altrimenti lavoravano male e creavano problemi.

– La colpa è del sor Mario, – disse. – Era lui che doveva verificare i dati di Monica. Se lo avesse fatto a quest'ora il vostro Terminator sarebbe già tornato a casa. Dovete dirgli che deve pensarci lui a trovare la ragazza, e che comunque vi deve un risarcimento.

– Ma se non ha nemmeno gli occhi per piangere.

– Non è vero. La figlia ha sposato uno di Frascati che ci ha un negozio di frutta e verdura e pure un bel pezzo di terra. Cominciate a metterlo sotto pressione e vedrete che alla fine i soldi arrivano.

I fratelli approvarono entusiasti. Ma prima di scatenarli contro la siberiana e il sor Mario, li mandò a fare il giro degli strozzati.

– Fate sapere a tutti che andrò a trovarli nel pomeriggio.

L'esattore invece andò a trovare i direttori delle tre filiali di istituti bancari della zona per comunicare due cose ben precise: che avrebbero dovuto segnalare qualunque deposito sospetto e che da quel giorno la banda allargava il giro di affari. Di conseguenza ordinò loro di aumentare le pressioni sui disperati affinché si rivolgessero a lui. Fece capire che era il nuovo capo ma nessuno gli credette veramente. La presenza nel quartiere di Assunta Barone non era passata inosservata.

Ancora sconvolta dall'aggressione subita da Teresa la barbona, Ksenia si rigirava tra le mani il cellulare appartenuto a Barone. Nonostante i dubbi che l'avevano assalita, era consapevole di dover andare fino in fondo se voleva conquistarsi una vita senza piú incubi. Cercò nella rubrica il numero di

Lello Pittalis ma non rispose nessuno. Dopo una lunga esitazione si decise a chiamare Assunta.

Quando il telefonino si mise a squillare, Assunta distolse lo sguardo dalla lista dei debitori e diede un'occhiata infastidita al display. Nel leggere il nome del fratello defunto, ebbe un sussulto.

– Pronto, – rispose cauta.

– Sono Ksenia.

– Cosa vuoi?

La ragazza si era preparata il discorso da tempo. Sperò che la voce non le tremasse. – Lanciare un avvertimento a te e a Pittalis, – disse. – Ho prove che vi possono rovinare. Se mi succede qualcosa farete una brutta fine. Voglio solo essere lasciata in pace e dimenticherò quello che mi avete fatto.

– Devo ammettere che sei stata brava, – ribatté Assunta, arrendevole. – Hai ingannato quel fesso di Lello e per un attimo sei riuscita a metterlo contro di me, ma per fortuna ci siamo chiariti. Comunque anche noi abbiamo intenzione di chiudere qui la faccenda e mi fa piacere che la pensiamo allo stesso modo.

– È l'unica cosa che potete fare. Sono io a reggere il gioco, ora.

– Certo. Hai vinto tu. Ti prego solo di non rovinare o distruggere quello che hai portato via dall'appartamento di via Petrolini. Vedrai che troveremo un accordo, sono pronta a essere molto generosa, pur di riaverlo.

– Non voglio piú vedere Pittalis, – chiarí Ksenia.

– Su questo puoi stare tranquilla.

– State attenti, ho preso le mie precauzioni, – rilanciò la siberiana alzando di un tono la voce.

– Non ho dubbi. Il messaggio è arrivato forte e chiaro.

La ragazza riattaccò con il cuore che batteva all'impazzata. Ce l'aveva fatta ed era stato piú facile di quanto avesse immaginato. Si era preparata a uno scambio incandescente di minacce e invece Assunta aveva ceduto su tutta la linea. Con quel tono dimesso, sconfitto, era addirittura irriconoscibile. Per un attimo la mente ritornò agli incontri in cui Assunta e Antonino la usavano come un giocattolo. Rabbrividí ma si riscosse subito. Stava iniziando una nuova vita ed era giovane abbastanza per buttarsi tutto alle spalle. Lo aveva già fatto con il passato di Novosibirsk, sarebbe riuscita a tenere a bada anche l'orrore degli ultimi mesi.

Assunta portò alle labbra la tazzina di caffè. Anche lei era soddisfatta della telefonata. La siberiana era troppo giovane e inesperta e stava già festeggiando la vittoria. Si sarebbe crogiolata nella sua nuova libertà fino a quando non si fosse ritrovata legata a una sedia, o meglio a un letto, con le gambe aperte e lei pronta a interrogarla di persona. Avrebbe recuperato quello che le era stato rubato e avrebbe goduto del dolore e della morte della troia siberiana. Si trattava di essere pazienti e di avere in mano tutte le informazioni necessarie per evitare di commettere errori.

Comunque, ora c'erano altre priorità da affrontare. Assunta si versò dell'altro caffè e poi, con calma, si preparò per uscire. L'appuntamento era previsto solo per la tarda mattinata.

Ksenia raggiunse Luz alla profumeria, seguita da Sara che l'aveva agganciata appena fuori dal palazzo. Eva era impegnata a dissuadere una cliente dal regalare alla madre ottantenne un profumo dalle note voluttuose di mandorla e mandarino, molto piú adatto per sedurre un corteggiatore, suggerendole un'essenza al frutto della passione che, a dispetto del nome, aveva nella sua rotondità un richiamo ancestrale alle origini e dunque sarebbe stato perfetto come regalo da parte di una figlia affettuosa.

– È proprio brava, – commentò ammirata la colombiana.

– Lo diventeremo anche noi.

La cliente optò per uno shampoo rimandando l'acquisto degli altri prodotti. Eva non insistette e cambiò discorso.

– Una volta avrebbe comprato anche il resto, – spiegò poi alle nuove socie, – ma con questa maledetta crisi la gente fa attenzione e spende il minimo indispensabile. Noi però non glielo dobbiamo far pesare. Mi raccomando.

La porta si aprí ed entrarono i fratelli Fattacci. Le tre donne ammutolirono, impaurite.

Fabrizio puntò dritto al reparto maschile e si infilò nella tasca dei pantaloni mimetici un dopobarba di una nota marca.

– Mio fratello ha la pelle sensibile, – disse l'altro in tono beffardo. – Ci ha bisogno di roba buona.

– Che ovviamente non pagherà, – ribatté Eva.

– Ovviamente, – rimarcò Graziano. – Anche perché stiamo lavorando per te, bella signora. Siamo venuti fino a qui per avvertirti che nel pomeriggio passerà il geometra Marani a ritirare la prima busta.

Eva si limitò a un cenno rassegnato.

– Hai visto che c'è la vedova? – segnalò Fabrizio.

Il fratello finse di accorgersi solo in quel momento della sua presenza e la salutò con un inchino. – I miei rispetti.

Ksenia non ricambiò ma si limitò a fissarli. Fu il turno di Graziano, che sgraffignò una crema contro le rughe del contorno occhi subito prima di andarsene con il fratello a ruota.

– Ma fanno cosí in tutti i negozi? – sbottò Luz.

– Già, – rispose Eva. – Comunque ce la siamo cavata con poco meno di cento euro di danno. All'emporio per animali pigliano sempre un sacco di merce per il cane.

– Pigliavano, – precisò Luz. – Ho sentito dire che l'hanno perso o addirittura se lo sono fatto fregare da sotto il naso.

– Comunque finirà pure questa carognata, – intervenne Ksenia. – Paghiamo le rate e chiudiamo anche con Marani. Sei già andata in banca?

– Sí, – rispose Eva. – Ma ho restituito solo il minimo indispensabile per dimostrare buona volontà e tranquillizzare il direttore. Sono sicura che è legato a 'sta banda di delinquenti, ed è meglio evitare sospetti.

– E hai fissato l'appuntamento col notaio?

La domanda della colombiana rimase senza risposta perché entrò una nuova cliente. Era Sara. Salutò sorridendo e si rivolse a Eva chiedendole consigli su un rossetto.

La D'Angelo non riconobbe in lei Monica, la giovane barista con cui aveva scambiato un paio di battute in romanesco, ma fu certa di trovarsi di fronte una cliente attenta e ben disposta a spendere. E simpatica. Nel giro di pochi minuti riuscí a coinvolgere anche Ksenia e Luz nella scelta dei trucchi.

Sara raccontò di essersi trasferita da pochi giorni nel quartiere e chiese consiglio su negozi e locali.

– Confesso che ho avuto un attimo di esitazione quando ho visto uscire dal negozio quei due energumeni, – disse a un tratto. – Mi sono chiesta che tipo di profumeria potesse attirare l'interesse di personaggi cosí... caratteristici.

– In ogni quartiere c'è un po' di tutto, – ribatté Eva. – Pure la feccia. Quei due sono i fratelli Fattacci, e sono violenti e pericolosi.

Sara sorrise. – Da evitare, insomma.

Pagando, ringraziò delle preziose informazioni e si complimentò per l'assortimento e la qualità del negozio.

– Ecco una cliente ideale, – disse Eva.

– Simpatica, di classe, – commentò Luz.

– E carina, – aggiunse la siberiana, strizzando l'occhio alla sua fidanzata.

– Non è il mio tipo, – si schermí Luz.

– Però sei stata a fissarla per tutto il tempo.
– Anche tu.
– Guardavo Eva per imparare.
– Allora posso stare tranquilla.

Eva scoppiò a ridere. – Qui entra una donna ogni cinque minuti. Se ogni volta fate questa scenetta, ci sarà da uscire pazze.

La segretaria la fece accomodare in un salottino dell'ufficio in stile razionalista dalla cui vetrata si poteva ammirare il panorama plastico dell'Eur. Attraverso la porta a vetri Assunta osservò il via vai di architetti, ingegneri, impiegati. Gli affari della Manfellotti Costruzioni Spa andavano a gonfie vele, la parola crisi era sconosciuta.

Per Assunta era insolito e anche imbarazzante incontrare il titolare dell'impresa, Giorgio Manfellotti, nel suo ufficio. Di solito gli affari migliori li avevano conclusi o concepiti in occasione di eventi mondani, sfilate di alta moda, inaugurazioni di locali, ma questa volta Assunta non poteva aspettare. Giorgio era un gran modaiolo e un noto *tombeur de femmes*, sempre perfetto, elegante, abbronzato. Tanto affascinante e sicuro di sé che nessuno piú notava la leggera zoppia, ricordo di una bravata di gioventú, quando di ritorno dall'Argentario, suggestionato da una vecchia canzone di Lucio Battisti, aveva davvero voluto «guidare come un pazzo a fari spenti nella notte per vedere se poi è tanto difficile morire». In effetti era morta una coppia di Varese in viaggio di nozze, mentre Giorgio se l'era cavata con una protesi all'anca. Da allora però aveva messo la testa a posto e l'impresa di famiglia era diventata la sua principale ragione di vita, al punto che era riuscito a trasformarla in un piccolo impero. Assunta lo conosceva da cinque o sei anni.

Manfellotti arrivò dopo una decina di minuti.

– Ho saputo di tuo fratello, – disse, sfiorandole la mano con le labbra. – Mi dispiace. Una fine assurda.

Assunta non disse nulla, si limitò a piegare appena la bocca in segno di apprezzamento.

Giorgio si sedette su una poltroncina in pelle di fronte a lei. Come sempre era bello, curatissimo, elegante. Un uomo di successo.

– Cosa posso fare per te, Assunta?

Erano coetanei e facevano affari da parecchio. Ma non erano amici. Si capivano alla perfezione perché erano entrambi predatori e ragionavano allo stesso modo.

– Ho problemi di liquidità, – rispose la donna. – Ho bisogno di rientrare in possesso di una parte del capitale. E subito.

Manfellotti iniziò a tamburellare le dita sulle ginocchia. Di solito lo faceva quando qualcosa non andava per il verso giusto.

– Perché?

– Non posso entrare nei particolari.

– E invece sí. Altrimenti questa conversazione termina qui. Stai chiedendo molto, e una spiegazione me la devi.

– Non credo siano dettagli che tu voglia conoscere.

– Per favore, Assunta. Non farmi interpretare la parte dello sprovveduto. Non mi si addice.

– Come vuoi, allora! – tagliò corto la donna. – I soldi che noi Barone abbiamo investito nella tua azienda e nei tuoi affari provengono dai fondi di certe organizzazioni, che Antonino raccoglieva e conservava.

– Fammi indovinare, – la interruppe l'uomo. – Voi avete fatto confluire nella Manfellotti Costruzioni non solo i vostri guadagni ma anche i quattrini di altre bande, che dovevate custodire.

– In parte. C'era una riserva di sicurezza che serviva a tappare i buchi nel caso ci fossero state forti richieste di contante.

– C'era?

– La gestiva Antonino e solo lui ne conosceva l'ubicazione. Finché non la trovo non posso che parlarne al passato.

– Di che cifra stiamo parlando?

– Dieci milioni di euro.

– Però…

– Corrisponde grosso modo a un mese di guadagni delle bande.

– E il resto è tutto qui?

– Fino all'ultimo centesimo.

– Quindi tu vorresti da me dieci milioni.

– Li devo avere, altrimenti saranno guai seri. Per tutti.

Manfellotti colse il senso della frase. A modo suo, ovviamente.

– Va bene, – disse. – Non sono mai stato uno che si rifiuta di dare una mano ai propri soci. Ti darò i soldi, in cambio del tuo patrimonio immobiliare come garanzia, e con sei mesi di tempo per riscattarlo.

La donna non credeva alle proprie orecchie. – Ne hai altri venticinque investiti su cui puoi rifarti.

– Mi hai appena detto che non sono tuoi. Devo accantonarli nel caso i proprietari ne esigessero la riscossione.

Le labbra di Assunta si accartocciarono in una smorfia amara.

– Questo giochetto lo abbiamo inventato noi Barone, quando tu e io eravamo ancora all'università.

– E quindi conosci le regole meglio di me.

– Tu vuoi fottermi tutto in cambio di una manciata dei miei soldi. Non puoi farmi questo.

– Sí che posso, Assunta. Io non sono un salvadanaio dove si mette e si prende. Una volta immessi nel circuito, i soldi non si possono toccare fino a quando gli affari non si sono conclusi.

– Stronzate.

Giorgio si stava divertendo. Assunta glielo leggeva negli occhi.

– C'è un video che gira su YouTube. Me lo ha mostrato mio figlio, – raccontò l'uomo. – Si vede una topina catturata da una trappola e poi un topino che passa di lí, si ferma e, invece di aiutarla, la scopa e se ne va per la sua strada.

La donna annuí. – Io sarei la topina e tu il topino.

– Brava, hai afferrato il concetto.

– Perché? – domandò Assunta. – Non ci sono mai stati problemi tra di noi.

– Perché ti sei persa dieci milioni di euro e non sei piú affidabile.

Assunta Barone sostenne il suo sguardo strafottente ma nel petto sentiva un vuoto profondo come l'abisso. Rivolgersi a lui pensando che non ne avrebbe approfittato per spolparla era stato un grave errore di valutazione. Non aveva previsto le adeguate contromisure, e ora era troppo tardi. Da quando era morto Antonino la sua vita aveva preso una piega assurda. Tutto andava male. Con una fitta alla bocca dello stomaco desiderò inginocchiarsi sulla tomba del fratello per scongiurarlo di aiutarla, di darle un segnale che le permettesse di ritrovare il tesoro nascosto.

– Sempre che non riesca a restituirti il denaro entro i prossimi sei mesi, – disse, giusto per non capitolare.

– Dubito che ce la farai.

– I Barone hanno attraversato momenti peggiori e ne sono sempre usciti piú forti di prima.

– Ma che cazzo dici, Assunta? Tuo fratello s'è soffocato con gli spaghetti, – la sfotté. – La sai qual è la battuta che gira? Lo strozzino s'è strozzato.

– Prepara il denaro e le carte. Dopodomani ripasso, – disse la donna alzandosi. Poi gli porse la mano, che l'altro strinse distrattamente. – È sempre un piacere, Giorgio, – lo salutò.

Manfellotti non rispose. Ostentare educazione e buone maniere era un modo per annunciare che non si sarebbe arresa. Assunta dimostrava di avere carattere, ma nulla di piú. Il costruttore era felice di aver concluso un buon affare e di aver eliminato una socia imbarazzante. Roma era piena di quella gentaglia, ancora utile a rastrellare ingenti somme di denaro dai giri dell'usura e della criminalità di basso livello ma che non poteva illudersi di salire in alto, di sedersi allo stesso tavolo con quelli come lui. I Barone erano stati necessari finché la sua famiglia non aveva ancora costruito quella rete di relazioni con politici, imprenditori e pezzi grossi delle banche che ora gli permetteva di essere il numero uno sulla piazza.

La segretaria gli ricordò che l'autista lo attendeva per condurlo a un'importante riunione sulla riconversione di un vasto appezzamento dell'agro romano. Quattrocentoventimila metri quadrati da trasformare in area residenziale, con tanto di megacentro commerciale. Manfellotti aveva tutta l'intenzione di fregare sul tempo la numerosa e agguerrita concorrenza. Si trattava di convincere il sottosegretario all'Economia e il ministro dell'Agricoltura. Subito dopo lo attendeva la rogna di un operaio precipitato dall'impalcatura di un cantiere sulla Pontina. Per fortuna anche lí i suoi politici di riferimento si stavano dando da fare per cancellare i controlli per la sicurezza in cambio di una semplice certificazione, sufficiente a evitare le verifiche degli ispettori del lavoro. Mentre raggiungeva l'autista sulla Bmw aziendale, collocò Assunta Barone fra le pratiche già archiviate.

La donna, ovviamente, era di ben altro avviso. Attraversando il parcheggio pensò che Giorgio Manfellotti avrebbe pagato. Non solo per averla derubata, ma perché si era permesso di insultare il suo Antonino. Avrebbe fatto di tutto per rispettare la scadenza dei sei mesi, ma per riuscirci sarebbe stata costretta a una scelta che aveva rinviato fino a quel momento: trasferirsi nel quartiere e prendere il posto del fratello. Questo avrebbe comportato la chiusura della sua attività di intermediazione immobiliare, che comunque non poteva piú permettersi. Significava sporcarsi le mani con l'usura spicciola e rivoltare il quartiere per trovare il deposito segreto di Antonino. Se voleva restituire l'onore ai Barone, quella era l'unica strada percorribile. Assunta sospirò all'idea di sostituire il fratello anche nei rapporti con i capi del clan D'Auria, che oltretutto non si erano nemmeno fatti vedere al funerale. Ma una volta ottenuti i dieci milioni di Manfellotti avrebbe dovuto iniziare i giri di raccolta del contante e gestire la «banca». A differenza di Antonino, i soldi li avrebbe custoditi in casa. Ne avrebbe cercata una adatta allo scopo e poi si sarebbe dedicata alla siberiana.

L'idea di avere tra le mani la troietta le fu di conforto in quella giornata cosí difficile e umiliante.

All'interno della profumeria *Vanità*, Eva stava insegnando alle sue nuove socie la chiusura di cassa quando la porta si aprí e fece il suo ingresso una donna dimessa e affaticata. Cominciò a piangere non appena Eva la salutò.

– Che è successo, signora?

– Mi ha telefonato Sonia, – singhiozzò. – M'ha detto che hanno finito i soldi, che suo marito non ha piú oro da vendere.

– È una buona notizia, – commentò Eva. – Vuol dire che tra un po' Sonia tornerà a casa.

– E invece no! – sbottò la donna. – Perché il suo Renzo ha cominciato a fare discorsi strani che non mi sono proprio piaciuti. Dice che deve essere Sonia a pensare un po' a lui. La creatura non ha ancora capito dove vuole andare a parare, ma io sí.

Eva era impietrita. – Ma cosa gli è successo? – balbettò.

La mamma di Sonia perse la pazienza. – Gli è successo che è un uomo che non ha mai avuto voglia di lavorare e si sta approfittando di una ragazzina. Signora D'Angelo, quello è suo marito, faccia qualcosa prima che intervenga il mio, che ancora non sa niente. È un brav'uomo, un gran lavoratore, ma ha certe mani che se le mette al collo di quel debosciato lo ammazza e finisce a Rebibbia.

Eva annuí. – Dove si trovano, adesso?

– Ad Arezzo, – rispose la donna con una smorfia amara. – Questo è il numero di cellulare della mia bambina, – aggiunse appoggiando sul tavolo un foglietto.

Poi uscí.

Eva scosse la testa, affranta. – Un tempo non era cosí, ve lo assicuro.

– Ora però sta tirando fuori il meglio di sé, – intervenne Luz. – La signora ha ragione, vuole mandare la ragazzina a battere e farsi mantenere.

Eva sbirciò il numero del cellulare di Sonia. – Va bene, ora le telefono e provo a convincerla.

– Per favore, Eva, rifletti, – intervenne Ksenia accalorandosi. – Se ha chiamato la mamma vuol dire che la ragazza sta chiedendo aiuto perché non ce la fa ad andarsene da sola.

– Lui la sta manipolando, – aggiunse la colombiana. – È evidente.

– Devi andare ad Arezzo e porre fine a questa situazione, – continuò la siberiana. – Prendere a calci tuo marito e riportare la ragazzina dalla sua famiglia.

Eva rimase in silenzio a lungo.

– Avete ragione, – disse a bassa voce. – Ora mi organizzo e appena posso vado.

– E no, bella mia, – sbottò la siberiana. – Si parte domani mattina.

Eva le rivolse un'occhiata interrogativa.

– Sí, ti accompagniamo, – chiarí Luz. – Non ti lasciamo sola.

La seconda tappa del pellegrinaggio di Assunta Barone era la sede legale della potente famiglia D'Auria, gli imperatori romani del commercio ambulante. Nell'arco di pochi anni erano riusciti ad accumulare un patrimonio di milioni di euro. Detenevano le licenze di centinaia di postazioni mobili, in barba alle piú elementari regole della concorrenza. Un camioncino di bibite e gelati piazzato in uno dei punti strategici del turismo capitolino rendeva migliaia di euro al giorno. Poi c'erano le postazioni fisse, quelle che vendevano fiori, souvenir, magliette che i D'Auria affittavano per cinque o seimila euro al mese: un fiume di soldi al nero. Da anni Antonino gestiva una parte di quegli incassi ripartendoli fra l'attività immobiliare di Assunta e il prestito a usura di cui si occupava direttamente.

Mentre percorreva a bordo della sua Audi Q5 l'enorme spiazzo dove sostavano decine di camion bar, in cerca di un posto dove parcheggiare, Assunta si accorse di avere le mani sudate. L'incontro con Natale D'Auria era decisivo per mantenere il controllo del quartiere. Senza quel gettito di denaro sicuro e continuato, la stessa attività di usura era a rischio. Parcheggiò il Suv all'ombra di un furgone che aveva una gomma bucata e consultò l'orologio sul cruscotto. Aveva dieci minuti per darsi una sistemata. Abbassò il parasole e si contemplò nello specchietto. I capelli erano un disastro, da una settimana non andava dal parrucchiere. Cercò di ravvivarli con qualche colpo di spazzola, poi estrasse dalla borsa la trousse del trucco. Passò il rossetto sulle labbra e lo tamponò con un fazzoletto di carta su cui lasciò l'impronta della bocca carnosa. Ritoccò l'ombretto sulle palpebre e ravvivò il pallore delle guance con qualche spennellata di fard. Accennò un'espressione sexy ma alla fine optò per uno sguardo intenso, addolorato ma dignitoso, molto piú consono alla circostanza.

Natale D'Auria era giovane e bello. Tutti lo chiamavano il Principino. Assunta non aveva alcuna speranza di giocarsi con successo la carta della *femme fatale*. Natale, uno dei piú ambiti scapoli romani, era circondato da strepitose venticinquenni in cerca di un letto o di un seggio. Pochi mesi prima Assunta gli aveva venduto un attico con vista sui Fori imperiali e Natale si era presentato in compagnia di una sudamericana da urlo che aveva firmato il rogito come prestanome, lanciando gridolini di giubilo e battendo le mani. Nell'uscire dallo studio notarile in via del Corso, aveva visto Natale bloccare l'ascensore mentre la «proprietaria» si inginocchiava davanti a lui e gli abbassava la zip dei pantaloni gessati. No, l'arma della seduzione era da escludersi decisamente.

Assunta scese dalla macchina e si specchiò nel finestrino. L'abito nero che indossava da quando era in lutto snelliva la sua figura e al tempo stesso suggeriva un'idea di sobria affidabilità. In fondo i Barone erano in affari da anni con i D'Auria e tra loro non si era mai verificato un solo incidente di percorso.

L'incontro fu breve ma cordiale. Natale D'Auria la accolse con il suo irresistibile sorriso.

– Perdonami, sono state giornate convulse e proprio non ce l'ho fatta a venire al funerale. Non conoscevo bene Antonino, ma mio padre me ne ha sempre parlato come di un uomo di prim'ordine.

– E lo era, lo era.

– Prego, accomodati, – disse Natale, invitandola a sedersi con lui su un comodo divano Chesterfield. – Ti confesso che attendevo la tua visita con una certa apprensione.

– Lo immagino. Infatti sono qui per ribadire i nostri accordi. Non ti nascondo che la perdita di mio fratello è un colpo da cui faccio fatica a riprendermi ma, come avrebbe detto lui, sono gli affari che ci rendono quello che siamo.

– E aveva perfettamente ragione.

– Dunque. Se per te e la tua famiglia va bene, sarò io a sostituire Antonino, e lo farò personalmente. Tutto si svolgerà come sempre e come sempre ci sarà un Barone a garantire e ad assumersi tutte le responsabilità.

D'Auria rimase pensieroso per qualche istante.

– Lasciami fare una telefonata, – disse, alzandosi dal divano. – Tu resta pure qui. È questione di un minuto.

Natale uscí dalla stanza estraendo il telefonino dalla tasca interna dell'elegante completo, come al solito gessato.

Assunta era ben consapevole che per una decisione del genere il Principino doveva consultare gli anziani capi del clan. Rimasta sola, infilò una mano nella borsa e cercò con le dita il rosario d'argento. Mentalmente recitò una preghiera fino a quando la porta si riaprí.

Natale le venne incontro sorridendole e stendendo il braccio per stringerle la mano.

– Per me non ci sono problemi, – disse. – Almeno finché non se ne dovessero presentare...

Assunta si alzò in piedi. – Ti assicuro che è come se stessi stringendo la mano di Antonino.

– Be', Antonino era un grand'uomo ma non aveva mani cosí belle, – disse Natale, che non rinunciava mai a un tocco di galanteria. – C'è solo una cosa... – aggiunse quando Assunta fu sulla porta. – Mi occorrerebbe una consegna di un paio di milioni. Sai, per le spese correnti.

– Per quando?

– Un paio di giorni al massimo.

– Nessun problema, – rispose Assunta sfoggiando il suo miglior sorriso. Non doveva assolutamente mostrare cedimenti che avrebbero insospettito il suo interlocutore.

Appena fuori dal lussuoso ufficio, si chiese se i D'Auria avessero già parlato con Manfellotti. In ogni caso aveva fatto bene a chiedergli il prestito. Sarebbe servito a far fronte alle prossime richieste di Natale. Ma, arrivata a quel punto, era necessario trovare il tesoro di suo fratello, a ogni costo.

Sara era stanca. Avrebbe voluto tornare a casa e prepararsi un bagno caldo e profumato, ma i fratelli Fattacci stavano tramando qualcosa e non poteva perderli di vista. Dopo aver fatto il giro degli strozzati per annunciare l'arrivo del geometra Marani e aver saccheggiato a scrocco l'edicola di riviste pornografiche, avevano pedinato Ksenia dalla profumeria a casa della colombiana. Poi erano saliti a bordo del loro Hummer, per parcheggiare poco dopo in doppia fila davanti a un ferramenta. Avevano bloccato il proprietario che stava calando la saracinesca e a spintoni lo avevano costretto a riaccendere le luci del negozio. Sara si era appostata a distanza di sicurezza a bordo della sua Mini Cooper verde petrolio. L'attesa era durata una decina di minuti, il tempo necessario ai due fratelli per entrare e uscire un paio di volte carichi di materiale imballato con cui avevano riempito il bagagliaio. Erano le 20,15 quando i Fattacci erano risaliti sul fuoristrada per dirigersi verso la Casilina vecchia. Con il buio della sera era stato semplice seguirli lungo la strada consolare che costeggiava la linea ferroviaria, fino all'antico acquedotto dove avevano improvvisamente svoltato a destra. Sara rallentò, aspettò qualche secondo e imboccò a propria volta la piccola traversa. Riuscí a distinguere le luci posteriori dell'Hummer mentre passava sotto un basso cavalcavia in mattoni rossi che faceva da ingresso al Mandrione, un mondo separato dove carcasse di auto abbandonate convivevano con mucchi di copie in gesso di capitelli, frontoni, bassorilievi e colonne degli antichi templi romani, vendute all'ingrosso per le ville che nascevano nelle aree suburbane della città. Dai racconti di suo nonno, Sara sapeva che lí negli anni Cinquanta era sorta una baraccopoli abitata da poveracci e prostitute. Pier Paolo Pasolini vi aveva ambientato i suoi primi film e romanzi. Poi negli anni Settanta la baraccopoli era stata rasa al suolo ed era cominciata una lunga opera di riqualificazione urbana. Di recente il tratto che andava dal Pigneto alla Tuscolana si stava reinventando come zona residenziale per studenti fuori sede, con il conseguente fiorire di centri sociali, ristoranti, bar e spaccio di droga. Le luci della movida romana si alternavano con gli angoli bui delle piccole officine dismesse, dei padiglioni abbandonati, delle autocarrozzerie frequentate dalla malavita. Sara scacciò dalla mente il ricordo doloroso di suo padre e si concentrò sui fanalini posteriori dell'Hummer, che aveva di nuovo svoltato a destra per imboccare uno stretto ponticello delimitato da grate di ferro e ostruito da una cancellata arrugginita, oltre la quale si intravedevano due palazzine gemelle, residui di edilizia popolare dell'immediato dopoguerra. Era impossibile continuare il pedinamento in macchina senza farsi notare. Spense fari e motore e nascose l'utilitaria in una zona buia, a ridosso delle rovine dell'acquedotto.

Inquadrato dai potenti fari del fuoristrada, un tizio dall'aria sciatta e losca venne incontro a Graziano Fattacci, che intanto era sceso dall'auto. I due confabularono per qualche secondo attraverso le sbarre del cancello. Inquadrando la scena col binocolo che aveva tirato fuori dal portaoggetti, Sara vide Graziano estrarre il portafogli dalla tasca posteriore dei pantaloni mimetici e consegnare diverse banconote a quello che evidentemente era il custode. L'uomo aprí il cancello e si spostò di lato insieme a Graziano per consentire a Fabrizio di portare l'Hummer all'interno. Poi consegnò un mazzo di chiavi a Graziano, che lo salutò con una manata sulla spalla.

Sara vide il custode venire dalla sua parte. Si nascose dietro lo scheletro bruciacchiato di una vecchia Citroën e attese che l'eco dei passi strascicati scomparisse al di là del cavalcavia di mattoni. Decise di rischiare e scavalcò agilmente il cancello.

I Fattacci avevano parcheggiato davanti a una costruzione bassa, a due piani, che si sviluppava in larghezza lungo uno spiazzo completamente buio. Sara notò una luce che filtrava da una porta di legno con la vernice grigia scrostata e una vecchia insegna su cui a stento si leggeva *Palestra Audax*. Dall'interno si udiva distintamente il rumore penetrante di un trapano elettrico.

Un paio d'ore piú tardi i Fattacci uscirono con l'aria esausta. Dal finestrino abbassato dell'Hummer li sentí discutere su dove andare a mangiare. Fabrizio propendeva per la pizza, Graziano era contrario ai carboidrati a cena. Si trovarono d'accordo solo sul recarsi a casa di un viado che era indietro con i pagamenti e fargli provare l'ebbrezza della guantanamata.

A Sara ribollí il sangue all'idea di cosa avrebbe dovuto subire il brasiliano. Quei due andavano fermati in fretta e per sempre, pensò mentre perlustrava l'esterno dell'edificio. Individuò la finestrella di un bagno che avrebbe potuto aprire facilmente e senza lasciare tracce evidenti di scasso. Si guardò attorno, prese un lungo cacciavite dalla borsa e forzò l'infisso.

L'interno era spoglio e polveroso. Nel bel mezzo della stanza che un tempo ospitava l'amministrazione trovò una sedia imbullonata al pavimento con tanto di catene e lucchetti per imprigionare mani e piedi. A una parete erano stati fissati due anelli da cui pendevano altrettante catene. Sara rabbrividí. I Fattacci stavano attrezzando una prigione per custodire un sequestrato. E non occorreva particolare immaginazione per capire che si sarebbe trattato di Ksenia.

Uscí dalla stessa finestra da dove era entrata e fece una telefonata.

– Ho bisogno di vederti, – disse. – Ti devo parlare di uno sviluppo serio della situazione, e poi ti voglio scopare allegramente.

La mattina successiva, alle nove in punto, Luz e Ksenia passarono a prendere Eva, che le fece salire in casa perché non era ancora pronta.

L'appartamento era un caos di vestiti e scarpe gettati alla rinfusa. La D'Angelo, in mutandine e reggiseno, era in preda a un attacco di panico.

– Non so cosa mettermi, – esordí con espressione affranta appena le amiche fecero capolino dalla porta d'ingresso, che aveva lasciato socchiusa.

– Andiamo ad Arezzo a prendere a calci in culo tuo marito, perciò mettiti delle scarpe con la punta rinforzata, – ironizzò Ksenia.

– Non ce la faccio, – si giustificò Eva andando a rincantucciarsi sul letto matrimoniale che, in contrasto con il resto della casa, era perfettamente in ordine.

– Non hai dormito nel letto stanotte? – chiese Luz con dolcezza.

– Non ci riesco senza di lui.

– Ma che stai dicendo, Eva! – sbottò la siberiana. – Quel bastardo stava per rovinarti la vita. Ti ha consegnato a Barone come una vacca da mungere.

– Cos'è che ti manca? – domandò Luz fulminando Ksenia con un'occhiataccia.

Eva sospirò. – Tutto. Mi piaceva la sua spensieratezza. Mi faceva tanto ridere.

– E poi t'ha fatto piangere, però, – insisté la siberiana, che proprio non riusciva a capire.

– Tu sei giovane. Non sai cosa significa restare sole a quarant'anni, dopo quindici di matrimonio.

– Stronzate.

– Mettiamola cosí, – disse Luz accomodante. – Ora scegliamo insieme qualcosa di adatto. Con la tua macchina in un paio d'ore siamo ad Arezzo. Vediamo com'è la situazione e se proprio ci tieni, se ti accorgi che non è cambiato niente tra voi, te lo riporti a casa con le buone o anche con le cattive, se necessario.

Dal bordo del letto Eva guardò con gratitudine la colombiana. Poi volse lo sguardo a Ksenia che continuava a tenere il broncio.

– D'accordo, – disse la siberiana. – Basta che lo tieni lontano dalla profumeria e dai nostri soldi.

Mentre imboccavano lo svincolo che collegava il Grande raccordo anulare all'autostrada per Firenze, le tre amiche non immaginavano nemmeno che due automobili piú indietro un Hummer nero con i vetri oscurati le stava seguendo fin dalla partenza. Del resto nemmeno i fratelli Fattacci si erano accorti di essere seguiti a loro volta da una Mini Cooper verde petrolio guidata dalla rapitrice del loro adorato cane.

Nella Passat di Eva il clima si era disteso. Sia Luz che Ksenia si erano prodigate per distoglierla dallo scopo del viaggio, e la stavano impegnando in un'approfondita lezione sulle strategie di vendita. Mentre guidava, Eva spiegò che senza clienti soddisfatti non esisterebbe il commercio e che per questo bisognava accoglierli con disponibilità, sicurezza e sincerità, cercando di rendere piacevole il tempo che trascorrevano in negozio. Mai fare aspettare un cliente senza salutarlo; essere creativi andando oltre il solito «Desidera?»; rivolgersi a lui dicendo: «Posso aiutarla? Ha bisogno di aiuto? Se ha necessità sono a sua disposizione».

Quando parlava del suo lavoro la D'Angelo si illuminava, diventava persino piú affascinante. Ksenia, seduta accanto a lei, la osservava con ammirazione e teneva per sé l'incredulità e lo sconcerto all'idea che una donna cosí bella e intelligente dimostrasse una tale dipendenza nei confronti di un maschio senza scrupoli che l'aveva umiliata.

Dal sedile posteriore, Luz, che sapeva leggerle dentro, le lanciava occhiatacce per impedirle di tornare sull'argomento. Mentre Ksenia aveva definitivamente chiuso con gli uomini, le idee di Luz al proposito erano ancora confuse. In un tempo che ormai le sembrava lontano aveva amato il padre di sua figlia, poi aveva conosciuto e praticato l'amore mercenario continuando per anni a tenere nascosta dentro di sé la speranza di una seconda possibilità, che aveva sempre declinato al maschile. Fino a quando era arrivata Ksenia. Un amore al femminile che l'aveva colta di sorpresa, che non sapeva inquadrare e che pure voleva con tutta sé stessa. Pensò a Lourdes e alla concreta prospettiva di farla vivere nella nuova casa con loro. Avrebbe sentito la mancanza di un padre? E lei, avrebbe dovuto spiegarle cosa fosse quell'amore al femminile? E in che modo, se era la prima a non sapere come definirlo?

– Per quanto riguarda i fiori, – stava dicendo Eva, che intanto era passata ai rudimenti dell'arte del profumo, – rosa, gelsomino e lavanda. Poi ci sono le foglie, patchouli e lemongrass delle Indie. Dalle radici si estraggono l'iris di Firenze e il vetiver di Giava. Le tuberose invece sono originarie del Messico. Poi ci sono i legni come il sandalo. I frutti: limone, bergamotto e vaniglia del Madagascar; il musk che si estrae dalla secrezione di una ghiandola del cervo muschiato. L'ambra grigia che si estrae dal capodoglio e le resine, che sono il laudano della macchia mediterranea, il galbano dell'Iran e l'opoponax dell'Abissinia. Avete domande? Luz, volevi chiedermi qualcosa?

La colombiana si sporse in avanti infilando la testa tra i sedili, e con un sorriso disarmante rispose: – Veramente non ci ho capito un tubo. Vai troppo di corsa.

– Hai ragione. Io ho impiegato anni a imparare ma sono cosí felice di poter condividere con voi i segreti dei profumi!

Continuarono a chiacchierare fino a quando raggiunsero il casello. Eva, che viaggiava spesso per lavoro, imboccò la porta del Telepass e il suo umore cambiò all'improvviso per la consapevolezza che entro poco avrebbe dovuto affrontare il marito.

I Fattacci, invece, si attardarono nella fila destinata al pagamento in contanti e persero il contatto. Graziano se la prese col fratello che era alla guida e cominciò a colpirlo sulla tempia con la mano aperta. Fabrizio accennò una gomitata e l'Hummer sbandò, rischiando di travolgere un motociclista sessantenne che cavalcava un'Harley Davidson. Ne nacque una disputa ad alto tasso testosteronico che si concluse con uno showdown nella corsia di emergenza. Il motociclista, che pure si teneva in forma con jogging e gyrotonic, quando vide scendere dal fuoristrada due energumeni in canotta verde militare a dispetto della temperatura di quindici gradi, decise che non valeva la pena di rovinarsi la sgroppata a Vallelunga per due tamarri impasticcati. Ingranò la marcia e diede gas un attimo prima che il colpo di catena vibrato da Graziano lo raggiungesse alla schiena.

Graziano si morse una nocca mentre Fabrizio inveiva a squarciagola contro quel vigliacco del motociclista.

– Te faccio mori' gay!

– Nun te preoccupa', – lo rassicurò Graziano. – Tanto prima o poi lo ribbeccamo.

– E con le troie che famo?

– Tranquillo. Tanto ar negozio ce devono pure torna'.

Osservandoli da una piazzola di servizio, Sara si convinse definitivamente che erano proprio due coglioni.

Giunte ad Arezzo, le amiche lasciarono la Passat in un parcheggio a pagamento. Attraversarono Piazza Grande, dove era in corso una fiera antiquaria. Luz e Ksenia non poterono resistere alla tentazione di curiosare tra i banchi che esponevano stampe antiche, stoffe, dipinti e ogni tipo di utensile in rame o in ferro. Per un attimo il progetto di mettere su casa insieme prevalse sul vero e ben piú triste scopo del viaggio. Eva fu costretta a richiamarle piú di una volta ma non poté impedire alle amiche di acquistare due sottobottiglia in argento, un set di lenzuola che nessun altro se non loro avrebbe mai dovuto usare e un padellone di rame che di sicuro non avrebbero mai utilizzato. Messa a tacere la compulsione da shopping, si diressero all'indirizzo indicato dalla madre di Sonia, che aveva preferito raggiungere Arezzo in treno. Come d'accordo, le avrebbe aspettate alla stazione nella speranza di poter riportare a casa la figlia.

L'«hotel de charme *Il Giardinetto*» era in realtà un angusto albergo a una stella in un'anonima stradina nella parte nuova del centro. Il nome datogli dall'anziano proprietario era del tutto ingiustificato, perché di verde c'erano solo tre o quattro piante artificiali disposte a casaccio nello sdrucito salottino che fungeva da hall. Quando Eva chiese di vedere il signor Russo, il proprietario bofonchiò tra sé una serie di imprecazioni in aretino, parole che a Eva e ancor piú a Ksenia e Luz risultarono incomprensibili, tanto il vecchio se le era tenute strette fra i denti ingialliti. Eva captò soltanto un: «Signore una sega, mi deve ancora paga'», che finse di non capire. D'altra parte non poté ignorare la domanda che l'uomo le pose direttamente e in perfetto italiano: – Siete venute a saldare il conto?

Eva, rossa di vergogna, rivolse uno sguardo supplichevole alle amiche.

Ksenia le venne prontamente in aiuto. – No, siamo venute a riscuotere.

– Ah, be', buona fortuna, allora. Stanza 31. Non c'è ascensore.

– Chi è? – domandò la voce sospettosa di Renzo Russo attraverso la porta dopo che Eva ebbe bussato una prima volta e Ksenia una seconda, con molta piú energia.

– Eva.

Seguí un brusio fitto, un rumore di sedie che strusciavano, di passi concitati. In pochi istanti il brusio aumentò di volume fino ad alterarsi in un litigio serrato nel quale la voce maschile finí per sovrastare quella femminile.

Ksenia perse la pazienza e tirò un calcio alla porta: – Smettila di urlare e apri, stronzo!

– Renzo, apri la porta, – aggiunse Eva in tono piú conciliante. – Siamo venute solo per parlare.

Finalmente la chiave girò nella serratura. Sull'uscio apparve il viso sbattuto di Sonia. Gli occhi arrossati rivelavano che aveva pianto. Si stava mangiucchiando un'unghia spezzata, con fare nervoso.

– Ci fai entrare? – chiese Eva spostandola delicatamente.

Renzo era seduto su una seggiola di paglia. Di profilo rispetto alla porta, fingeva di essere concentrato su un solitario di carte.

La moglie sorrise con amarezza a quel maldestro tentativo di sottrarsi al suo sguardo. – Renzo, – lo chiamò, senza riuscire a evitare una sfumatura di rimprovero.

L'uomo si decise a gettare le carte sul tavolino e a girarsi in direzione delle nuove venute. – Che cazzo ci fa qui la vedova di Barone?

Eva allargò le braccia per rassicurarlo. – Mi hanno solo accompagnata.

– Belle dame di compagnia ti sei scelta. La strozzina e la battona...

Il colpo arrivò all'improvviso e lo prese in piena faccia. Renzo sentí un incisivo spezzarsi e un dolore bestiale al naso.

– Cazzo! – biascicò portandosi le mani al viso insanguinato.

Ksenia era pronta a colpire di nuovo. Nella destra stringeva il padellone di rame ancora avvolto nella carta da imballaggio che, per fortuna di Renzo, aveva in parte attutito l'impatto. Ormai l'aveva giurato a sé stessa: mai piú un uomo si sarebbe permesso di offendere lei o qualunque altra donna in sua presenza.

– Ferma, ti prego! – gridò Eva, che trattenne a stento l'impulso di soccorrere il marito.

Luz afferrò il polso di Ksenia. Negli occhi della siberiana brillò ancora un lampo di odio, ma poi abbassò il braccio.

– Hai preparato la valigia, Sonia? – chiese la colombiana.

La ragazza annuí, continuando a mordersi le unghie.

– Prendila, – le ordinò Luz. Sonia sfilò un trolley da sotto il letto e senza guardare Renzo si diresse all'uscita a capo chino.

– L'accompagno giú, – disse Ksenia, affidando il padellone alla sua compagna.

La colombiana indugiò al centro della stanza.

Con un cenno del capo Eva le fece intendere che poteva lasciarla sola con il marito.

– Sei sicura?

Eva annuí, convinta. Poi entrò nell'angusto bagnetto, scelse l'asciugamano che le sembrò meno sporco e lo bagnò. Prese il marito per mano e lo fece distendere sul letto. Gli pulí la ferita e si accertò che il naso non fosse rotto.

– Ci vorrebbe del ghiaccio, – mormorò. Guardò il suo uomo e si rese conto che gli voleva ancora bene, ma non l'amava piú. Stava per chiedergli perché l'avesse fatto, perché l'avesse abbandonata in quel modo, dopo quindici anni. Ma la risposta arrivò da sola: perché era malato. La sua vera colpa, in qualità di moglie e compagna di una vita, era stata quella di non aver voluto affrontare il problema della dipendenza dal vizio del gioco.

– Forse ci sono dei centri per le persone nelle tue condizioni.

Renzo la guardò con disgusto: – Cazzo dici? Quali condizioni? – gridò rabbioso. – Ma chi sei? Che vuoi? Ma te ne vai, perdio! Tu non capisci un cazzo, non hai mai capito un cazzo! Una volta almeno ci avevi i quattrini. Ma ti sei vista? Sei venuta a rompermi i coglioni solo perché Sonia è bella e giovane. Ma vattene, va'.

Eva trattenne le lacrime. Mai avrebbe pianto davanti a lui. Si alzò, raccolse la borsa che aveva appoggiato sul pavimento.

– Se decidi di smettere, chiamami e io ti aiuterò. Altrimenti non farti piú vedere.

– Non ti è rimasto proprio niente, di soldi? – chiese Renzo.

Eva chiuse piano la porta e scese nella hall, dove saldò il conto del marito. Poi raggiunse le ragazze che l'aspettavano in strada.

Camminarono in silenzio fino al bar della stazione dove trovarono la mamma di Sonia ad attenderle.

Quando se ne andarono, madre e figlia si stavano ancora abbracciando. Ksenia prese il padellone di rame dalle mani di Luz e lo gettò in un cassonetto, poi si avvicinò alla D'Angelo e le cinse affettuosamente le spalle. – Ti voglio bene, – sussurrò.

Sulla via del ritorno, dopo un'ora di viaggio in autostrada, Eva ruppe il silenzio.

– Eppure ci dev'essere un modo.

– Per fare cosa? – domandò Luz, che stavolta le sedeva accanto.

– Per riuscire veramente a stare alla pari.

– Con chi?

– Con loro, con gli uomini.

– È semplice, io dò una cosa a te e tu dài una cosa a me.

– Ragioni proprio da puttana.

– Ehi, piano con le parole! – scherzò Luz fingendosi risentita.

– Ma sí, riduci tutto ai soldi. Io sto parlando di un rapporto paritario, basato sul sentimento.

– E certo, – si inserí Ksenia. – Come con quel *nocox* di tuo marito.

– Sarebbe a di'?

– Come dite voi a Roma? Sòla.

– Stronza, – replicò Eva con un mezzo sorriso.

– Tanto gli uomini ti fregano sempre, – incalzò la siberiana.

– Non tutti, non sempre, – obiettò Luz guardando fuori dal finestrino e immaginando Felix che stirava la sua camicia bianca. – A volte, anche se capita di rado, ce n'è uno che sembra un angelo.

Di colpo Eva cominciò a ridere. Le amiche la guardarono interdette.

– Una volta, era mattina presto e stavamo ancora a letto, Renzo mi si appoggia da dietro per farmi sentire la sua erezione notturna.

Luz e Ksenia si guardarono divertite.

L'altra proseguí con gli occhi che le brillavano: – Arrenditi, mi fa, hai una calibro 20 puntata addosso.

– E secondo lui, – chiosò Eva, – mi sarei dovuta eccitare.

Le tre donne cominciarono a ridere senza piú riuscire a fermarsi.

– Sempre meglio di Antonino, – disse Ksenia, per poi aggiungere, imitando la voce greve e cavernosa del suo defunto marito: – Lo devi capire Antonino Barone. Lo devi capire.

– E che c'era da capire? – chiese Eva.

– Che era un maiale schifoso! – urlò Ksenia esplodendo in una risata di gola che contagiò le altre due.

– Vogliamo allora parlare di Culetto di porcellana?

– Chi?

– Uno dei miei piú affezionati clienti. Entrava, si calava i calzoni mostrandomi il suo bel culetto bianco e mi diceva convinto, ma proprio convinto: «Ti piacerebbe avere un culetto cosí, eh?»

E giú altre risate.

Un tizio a bordo di una Porsche lampeggiava come un pazzo attaccandosi al posteriore della Passat per sorpassarla, poi sterzò bruscamente a destra e si affiancò strombazzando e urlando come un invasato. Continuando a sbellicarsi dalle risate le donne gli fecero le linguacce: Luz schiacciò il naso contro il finestrino mentre Ksenia si esibí in una comica imitazione di uno scimpanzé. L'esaltato mostrò il dito medio e se lo portò alla bocca nell'inequivocabile simulazione di un coito orale. Poi si spostò sulla corsia di sorpasso e sparí alla vista nel giro di tre secondi.

Ancora col sorriso sulle labbra, Eva scosse la testa e commentò: – Gli uomini sono tutti bambini.

– No, cara. Gli uomini sono tutti stronzi, – replicò Ksenia.

– Sbagliato. Gli uomini sono tutti froci, – concluse Luz.

La Passat superò l'uscita per Orte e proseguí verso la capitale.

Il giorno seguente al bar *Desirè* c'era grande fermento. Assunta Barone giocava alle macchinette. E come tutti gli altri clienti raramente vinceva. Poi fumava, beveva aperitivi e chiacchierava con gli avventori del piú e del meno. Sembrava volesse entrare in sintonia con il quartiere, ma il suo fine era scoprire dove Antonino avesse nascosto il suo tesoro. Era cosí abile che nessuno si rendeva conto di dove volesse arrivare. Tesseva una sapiente tela di parole e senza che gli altri se ne accorgessero si finiva sempre col parlare di Antonino e dei suoi movimenti in zona. Perfino i suoi uomini non avevano capito la strategia. Il geometra Marani era perplesso. Quel locale era il suo ufficio, e la presenza del capo lo relegava automaticamente in una posizione subalterna. Sperava vivamente si trattasse di un episodio casuale. Il sor Mario, invece, era contento. Graziano e Fabrizio Fattacci se ne stavano buoni in un angolo a fare la guardia invece di divertirsi a maltrattarlo, e lui voleva approfittare della presenza di donna Assunta per metterla al corrente delle vessazioni che stava subendo e scongiurarla di intervenire, perché lui con la storia di Monica e del rapimento del cane non c'entrava niente. E poi voleva chiedere il permesso di assumere una nuova barista. Da solo non ce la faceva piú.

Il capo fece cenno a Graziano di avvicinarsi.

– È tutto a posto?

Lo scagnozzo si prodigò in una rapida relazione. Assunta non era soddisfatta e diede altre istruzioni.

– Non conviene aspettare che la siberiana torni? – chiese Graziano, per nulla desideroso di abbandonare il dolce far niente del bar.

– Torna, non ti preoccupare, – ribatté la donna. – Le stronzette sono andate in gita in qualche centro commerciale, è periodo di saldi. E comunque se ti dò un ordine tu obbedisci, non è che dobbiamo fare conversazione su ogni puttanata, giusto?

I fratelli se ne andarono e una ciotola di arachidi serví da scusa al sor Mario per partire all'attacco con un discorso stringato ma esaustivo.

– Non ne puoi piú, vero? – chiese Assunta con gli occhi fissi sullo schermo della slot machine.

– Proprio cosí, signora. Fabrizio mi strizza i testicoli tutte le mattine. Non ce la faccio piú.

– Sono d'accordo. Anch'io ti voglio fuori di qui, il *Desirè* ha bisogno di una seria ristrutturazione e tu ormai sei mobilia vecchia. Darai ventimila euro ai Fattacci per risarcirli del cane e trentamila a me per non esserti informato a dovere su quella Monica.

Il barista impallidí.

– Io non ce li ho tutti quei soldi.

– Chiedili a tua figlia.

– Non posso. Sta per nascere mio nipote.

– Mario, ti sei mangiato tutto con le carte, – gli rammentò la donna. – E ancora non hai capito come funziona? Se tu non mi paghi, io faccio partire il tassametro e con gli interessi dei cinquantamila tua figlia e tuo genero si ritrovano col culo per terra, senza negozio e senza la campagna. Ti conviene arrivare con i soldi tra una settimanella, va bene?

Il sor Mario capí che la donna non stava scherzando. Lo costringeva a distruggere i rapporti con sua figlia e con suo genero proprio quando stava per diventare nonno. E sua moglie? Non glielo avrebbe mai perdonato, aveva ingoiato troppi rospi in quegli anni...

Assunta lesse nel suo volto tutta la sofferenza del momento e volle essere piú chiara. – Non farti venire strani pensieri, Mario, tipo suicidarti. Il debito non si estingue con la morte, e i tuoi famigliari erediterebbero anche gli interessi maturati.

Il barista lo sapeva bene. Erano anni che i Barone si erano impadroniti della sua vita, e in quel bar aveva visto e sentito abbastanza per capire che allo strozzo non si scampa.

I Fattacci caricarono rete e materasso sul fuoristrada sotto gli occhi disperati del negoziante che, nonostante fosse in regola con i pagamenti, era stato costretto a fare quel regalino ai due fratelli.

– Ma perché far dormire la siberiana su un bel materasso morbido? Che senso ha? – domandò piú tardi Fabrizio mentre montavano il letto nella palestra abbandonata.

Il fratello terminò di stringere una brugola prima di rispondere.

– Secondo me è un atto di delicatezza nei nostri confronti. Ci vuole far stare comodi mentre sfondiamo la troietta.

– Dici?

Con la mano indicò la sedia e gli anelli fissati al muro. – Qui ci sarà da divertirsi. Altro che guantanamate da una bottarella e via.

Fabrizio fissò il fratello e l'altro annuí. – Non ti preoccupare. Il culo è tuo, io ci ho altre idee per quella.

– E quali? Dimmele!

– No.

– E perché?

– Perché poi mi copi, ti fai venire delle idee sulle mie e ti dài pure le arie da artista.

– Non è vero.

– Sí che è vero.

I due fratelli erano fatti cosí. Erano capaci di andare avanti a lungo accusandosi a vicenda e poi magari finiva che si mettevano le mani addosso. La preoccupazione per la sorte di Terminator abbassava ulteriormente la loro soglia di sopportazione e quando Sara, che non aveva mai smesso di pedinarli, li vide uscire dalla palestra erano già iniziate le prime schermaglie. Graziano aveva fatto lo sgambetto al fratello, che era stato abile a evitare di cadere. Fabrizio aveva reagito con una spinta. Prima di farsi male sul serio si sfogarono su una vecchia Peugeot abbandonata per poi salire tranquilli e sorridenti sul loro Hummer.

Sara aspettò qualche minuto prima di scavalcare il cancello e intrufolarsi nella palestra attraverso la stessa finestrella del precedente pedinamento. Vide il letto munito di catene ai quattro angoli e si convinse che il tempo stava per scadere.

Quella stessa mattina Eva si recò in profumeria di buon umore. Aveva finalmente dormito nel letto matrimoniale senza l'ausilio di sonniferi e ora si sentiva piena di energia. Decise di impostare il nuovo inventario in attesa dell'architetto che aveva ingaggiato per i lavori di ristrutturazione. Era intenzionata a dare un tocco piú femminile all'ambiente, adesso che non doveva piú preoccuparsi dell'emorragia di soldi provocata da Renzo. Certo, doveva sanare i debiti già contratti con la banca e con gli strozzini, ma con l'aiuto di Ksenia e Luz sarebbe stata in grado di affrontare il problema. L'importante era poter finalmente cancellare la voce «imprevisti» e incrementare le entrate con il rilancio della profumeria. «Ce la faremo», si disse mentre inforcava gli occhiali per consultare i nuovi cataloghi.

Ksenia arrivò in anticipo all'appuntamento con la proprietaria di un appartamento in affitto in via Lusitania: salone, bagno, cucina e due camere da letto. Il prezzo era ragionevole, considerati i tempi. La zona poi era relativamente tranquilla e non lontana dalla profumeria e dalla scuola elementare dove avrebbero potuto iscrivere la piccola Lourdes. La casa era luminosa e con una semplice tinteggiatura sarebbe stata perfetta. Non vedeva l'ora di mostrarla a Luz. Decise che alla bambina avrebbero lasciato la stanza piú spaziosa. Mentre la signora le illustrava le condizioni del contratto, pensò che era la prima volta che lei e Luz potevano disporre del loro futuro. Un futuro che si prospettava finalmente normale.

Luz era a colloquio con la madre superiora del collegio delle Ancelle misericordiose, che si dimostrò molto comprensiva. La colombiana non le aveva mai nascosto nulla e con la stessa sincerità le aveva comunicato l'importante decisione di abbandonare la professione e di dedicarsi completamente alla figlia. Le aveva parlato con entusiasmo della concreta possibilità di entrare in società nella gestione di una profumeria ben avviata e si era dimostrata piena di gratitudine per l'aiuto che l'istituto le aveva dato in quegli anni cosí difficili. Se Lourdes era una bambina educata e serena era merito delle suore che l'avevano allevata con tanto amore e dedizione. Madre Josephina, che per il suo ruolo era ben avvezza a tenere a bada le emozioni, non poté fare a meno di commuoversi. In un mondo cosí duro e spietato era una gioia assistere a quella che poteva ben definirsi una conversione. Naturalmente non le risparmiò le domande piú scomode, necessarie per accertarsi che di vera conversione si trattasse. Molte giovani donne come Luz Hurtado si facevano travolgere da un momentaneo pentimento per poi ricadere nel peccato, spinte dalla necessità o, piú spesso, dalla loro vera indole. Ma in questo caso la madre superiora intravide una luce, un convincimento profondo. Forse avrebbe valutato diversamente la situazione se avesse saputo che la fonte di quel prodigioso ravvedimento era un amore «contro natura». O forse no, considerando gli anni spesi da madre Josephina nelle missioni in Nigeria, accanto a donne che vivevano nel peccato senza sapere cosa fosse. La suora raccomandò alla colombiana di non essere impaziente e le suggerí di procedere a piccoli passi per consentire alla bambina di adattarsi in modo naturale e senza traumi a quell'importante cambiamento. A tale scopo consigliò che Lourdes terminasse da esterna l'anno scolastico presso l'istituto, per non farle perdere di colpo le compagne di classe a cui era molto affezionata. Poi, l'anno successivo, sarebbe stato piú semplice iscriverla a un'altra scuola. Al momento di congedarsi, Luz chiese alla madre superiora di vedere solo un minuto la sua bambina. Intenerita, madre Josephina acconsentí nonostante le regole dell'istituto fossero piuttosto rigide al riguardo.

Luz sommerse di baci la sua creatura e le disse soltanto che presto, prestissimo sarebbero state sempre insieme. Lourdes volle accompagnarla all'uscita e ancora una volta la religiosa acconsentí. Si salutarono sul portone mandandosi baci col palmo della mano. Luz attese che la bambina rientrasse prima di allontanarsi a piedi. Non vedeva l'ora di dare la buona notizia a Ksenia.

Un Hummer nero con i vetri oscurati ricominciò a seguirla.

In piedi sulla soglia del bar *Desirè*, Assunta Barone si stava facendo aggiornare dal geometra Marani sulle crisi isteriche della moglie di Lello Pittalis. La rompipalle non credeva che il marito fosse partito per la Siberia senza nemmeno passare da casa a salutare e a prepararsi una valigia.

– Metti in giro la voce che è scappato con una fichetta molto piú bella e giovane di lei.

– Già fatto. Ma proprio non si rassegna.

– Le passerà, – commentò Assunta distrattamente mentre osservava una strana scena che si stava svolgendo alla fermata dell'autobus, dalla parte opposta della strada. Un gruppo di ragazzi all'uscita di scuola stava dando vita alla tipica gazzarra adolescenziale condita di cori, spinte, lotte, telefonate e pettegolezzi. La Vispa Teresa fece irruzione nel gruppo per investire con la carrozzina una ragazza che indossava un paio di short molto succinti, secondo i dettami dell'ultima moda per teen-ager. Alla vista della vecchia pazza vestita di nero e con la testa fasciata da un turbante di garze sporche di sangue, la ragazzina si spaventò e cercò di nascondersi alle spalle di un paio di compagne. Teresa si incaponí, urlando sconnessi improperi contro quella che a suo giudizio era una puttanella senza vergogna che andava in giro col culo di fuori pronta a farsi ingravidare dal primo coetaneo brufoloso. A quel punto intervennero i compagni di classe della ragazza invitando la megera ad allontanarsi. Teresa continuò a sbraitare suscitando l'ilarità di altri ragazzi che improvvisarono un coro di dileggio. Uno di loro si mise a girarle intorno e, improvvisando uno spogliarello, finse di baciarla sulla guancia per poi pulirsi la bocca con un'espressione di disgusto che suscitò gli sghignazzi dell'intera comitiva. Il teatrino finí con l'arrivo dell'autobus. I ragazzi salirono a bordo canzonando la barbona con coretti goliardici mentre Teresa lanciava il suo ultimo anatema: – Dio vi manderà le zanzare!

– Ma quella chi è? – domandò Assunta indicando Teresa. – La matta del villaggio?

– Esatto. Una gran rompiscatole, – rispose l'esattore. – Però aveva un'adorazione per suo fratello. Antonino era l'unico che l'aiutava veramente. Dopo la sua morte piú di una volta è andata a chiamarlo sotto le finestre.

La donna era incredula. – Antonino dava dei soldi a quella lí?

– Soldi non credo proprio, ma cibo sí. L'ho visto con i miei occhi e non una volta sola, – disse Marani. – Lei chiamava dalla strada e Antonino le calava dalla finestra dei pacchetti avvolti in carta di giornale.

– Antonino?

– Sí, donna Assunta, proprio lui.

Assunta Barone si girò a guardare meglio Teresa, che continuava a fissarla mormorando frasi sconnesse. Le fece segno di avvicinarsi ma lei girò la carrozzina e si allontanò. Assunta la seguí con lo sguardo pensando che la faccenda era strana perché Antonino odiava i pazzi. Quando erano bambini, al paese, ce n'erano un paio che suo fratello prendeva regolarmente a sassate. Quella Teresa doveva avere qualcosa di speciale. Avrebbe voluto approfondire la faccenda ma Marani la costrinse a tornare a occuparsi dei loro affari.

– Come le stavo dicendo, credo che dovremo sostituire Pittalis.

– E perché? Gli affari con la Siberia sono ormai definitivamente chiusi.

– Lello era importante comunque, aveva un sacco di conoscenze utili, perfino in commissariato, e ci dava una mano quando ce n'era bisogno. Noi qui siamo pochi.

– E per fortuna, – ribatté la donna. – È la prima regola per non attirare l'attenzione.

– Allora ci arrangiamo cosí, – disse deluso.

Assunta sapeva dove voleva andare a parare l'esattore, e lo accontentò. – La mia permanenza nel quartiere è temporanea, spero non superi i sei mesi. Sei tu che comandi qui, e se vuoi un altro uomo ti autorizzo a cercarlo, ma deve piacere anche a me.

Marani, sollevato e tranquillizzato, si dichiarò d'accordo e cambiò argomento parlando al capo dei clienti di recente acquisizione. La crisi e le banche procuravano nuove vittime ma non tutte erano di qualità. Alcuni negozianti erano messi cosí male da rappresentare un rischio anche per gli usurai. Assunta li selezionò con spietata efficienza.

Con la punta della penna indicò la lista degli esclusi. – Non possiamo permettere che si rivolgano ad altri, significherebbe attirare nel quartiere la concorrenza. Obbligali a vendere tutto quello che hanno e manda i Fattacci a fargli un discorsetto.

– Ho sentito che vuole ristrutturare il *Desirè*, – disse Marani.

– Sí, ci liberiamo del sor Mario e mettiamo al suo posto un'altra testa di legno, – spiegò Assunta. – Nel frattempo tu fai un bel progettino e rimoderniamo tutto, voglio che le macchinette siano chiuse in una stanza confortevole ma non visibile dal bancone e dai tavoli interni.

– Ma io non sono capace a fare il progetto, – balbettò l'esattore.

– Scusa, ma non sei geometra?

Scosse la testa. – Me lo sono inventato giusto per darmi un tono con i clienti, – confessò a testa bassa.

Sulle labbra di Assunta spuntò un sorriso cattivo. – Cazzi tuoi, Sereno. A me risulta che tu sei geometra e il progetto è affar tuo. Io non tiro fuori un centesimo.

Marani non ribatté. Era una carognata gratuita, ma c'era abituato già con Antonino. I due fratelli si assomigliavano in molte cose, anche se la femmina era peggio. Antonino almeno sapeva essere un compagnone nelle serate di svago. Assunta non faceva nemmeno lo sforzo di rendersi simpatica.

«Dura la vita», pensò Sereno, ordinando al sor Mario la solita pasta in bianco.

Poco dopo arrivarono i Fattacci per il pranzo. – Tutto a posto, – comunicò Graziano ad Assunta.

– E la siberiana?

– A casa della mignotta, quella Luz.

– Avete capito chi frequenta?

– Sempre le solite: la colombiana e la D'Angelo, quella della profumeria. Sono diventate inseparabili. E qualche volta va dalla moribonda, la Simmi, quella che ci ha un negro come badante. Che poi sono piú conoscenze della puttana che sue.

Assunta non chiese se incontrava uomini. Aveva capito da quando se l'era scopata la prima volta che Ksenia era lesbica. E doveva esserlo anche la colombiana. Sulla D'Angelo nutriva qualche dubbio, ma non si poteva mai dire. In fondo non era stata capace di tenersi stretta il marito.

– Se non c'è altro da scoprire, prelevatela alla prima occasione, – ordinò. – Ma deve essere sola e nessuno, ma proprio nessuno, deve accorgersi di nulla.

Il corpo di Graziano fu attraversato da un brivido di piacere. – Sarà fatto, signora.

– Quando l'avrete portata nella palestra vi darò nuove istruzioni.

– Un'altra cosa, – aggiunse Fabrizio prima di andare via. – Quella Luz, la mignotta, abbiamo scoperto che ci ha una figlia dalle monache.

– Dove? – chiese Assunta.

Fabrizio chiese aiuto al fratello facendo schioccare le dita: – Come se chiameno…

– Ancelle misericordiose del divino insegnamento, – rispose Graziano riuscendo a sorprendere tutti. – Stanno a Borgo Pio, vicino ar Cupolone.

Appena i fratelli si furono allontanati, Assunta fece un cenno per richiamare l'attenzione di Marani, che stava giusto per iniziare a mangiare a un tavolo vicino.

– Come è messa con i pagamenti Eva D'Angelo?

– Bene. Ha cominciato a pagare regolarmente. Anche in banca.

– E i soldi dove li trova?

– Non lo so. Se vuole mi informo, ma di solito ci preoccupiamo solo che li caccino fuori. Come ci riescano è un problema loro.

Assunta annuí e con un gesto della mano lo congedò. La D'Angelo all'improvviso tirava fuori i quattrini e secondo i Fattacci era pappa e ciccia con Ksenia. Per la prima volta nella sua mente vacillò la certezza che fosse stato Pittalis a svaligiare la cassaforte. Aveva sbagliato a non chiederglielo, ma se lo avesse fatto sarebbe stata costretta a eliminare anche Marani. Comunque, se la siberiana era coinvolta, lo avrebbe saputo presto.

Sara, dal terrazzino di casa, notò che i Fattacci avevano lasciato il *Desirè*. Era necessario tenerli lontani dal quartiere, e usò come scusa la storia straziante del povero Terminator.

Quando Graziano lesse sul display «Sconosciuto», richiamò l'attenzione del fratello: – Questa è Monica, scommettiamo?

Era proprio la rapitrice del cane.

– È scappato, – annunciò.

– E bravo Terminator, – si commosse Graziano. – Cosí si salva di sicuro. A quest'ora se sarà magnato almeno sette, otto cagnetti del cazzo.

– Uno solo, – lo corresse Monica. – Il cucciolo di una bambina. La mamma ha chiamato l'accalappiacani e ora il vostro bel cagnetto sta al canile.

– E quale?

– Lo sai che se nessuno lo reclama lo abbattono, vero?

La voce dell'uomo divenne un ringhio. – Dimmi dove sta 'sto cazzo de canile.

– Facciamo un patto, però. Voi recuperate il cane e mi lasciate in pace. Ho trovato lavoro nel quartiere e voglio tornare senza avere problemi.

– Te lo giuro, – mentí solennemente il maggiore dei Fattacci.

– E su cosa?

– Mi' padre, mi' madre, quello che vuoi.

Monica snocciolò nome e indirizzo di un canile nei pressi di Rieti.

Graziano sospirò di sollievo. – Ti sei decisa, finalmente.

– Sarete di parola?

– Ho giurato, – ricordò prima di riattaccare.

– Ma che hai fatto? Hai giurato sul serio? – chiese Fabrizio.

– Ma per chi m'hai preso? Lo sai che i giuramenti alle donne non valgono. Ma poi che te frega, ci andiamo a riprendere il cane nostro.

– E con donna Assunta come la mettiamo?

– Nun te sta' a preoccupa'. Andiamo e torniamo in quattro ore. Le raccontiamo che la siberiana s'è fatta 'na pennica.

Sara rimise a posto il cannocchiale e si preparò in fretta, pensando che quei due coglioni credevano a ogni panzana che riguardasse il cane. Terminator aveva piú cervello di loro.

Verso sera Assunta cominciò il giro di riscossione presso i venditori ambulanti che facevano capo alla famiglia D'Auria. Era un'incombenza che le pesava, essendo abituata a gestire rapporti con gente molto piú in alto nella scala sociale, persone a cui aveva venduto attici strepitosi, ville con piscina, pied-à-terre in pieno centro storico. Si infilò un paio di guanti in pelle. L'idea di sporcarsi le mani con banconote toccate da migliaia di persone, frutto della vendita al dettaglio di panini con la porchetta, borse e magliette taroccate, lei che indossava solo roba griffata, le dava il voltastomaco. Ma era necessario anche per dare un segnale di continuità con l'operato di Antonino, che non si era mai tirato indietro pur di consentire alla sua adorata sorellina di vivere la vita che aveva sempre desiderato. L'autista conosceva a memoria il percorso che tante volte aveva fatto con Barone e a lei non rimase che farsi portare, cercando di scacciare l'immagine del corpo di suo fratello disteso senza vita sulla lettiga dell'obitorio.

Il giro si rivelò straziante. Ogni singolo ambulante, paninaro, caldarrostaro, gente dura che conosceva solo la strada, qualcuno con anni di galera alle spalle, volle stringerle la mano, abbracciarla, baciarla per dimostrarle quanto fosse addolorato per la morte «del barone», come amavano chiamarlo. Soltanto alla ventesima sosta Assunta, frastornata da tanto affetto, riuscí a focalizzare l'attenzione su un dettaglio: tutti al momento di pagare le consegnavano un pacchetto avvolto strettamente in carta di giornale. Assunta contemplò i venti pacchetti poggiati accanto a lei sul sedile posteriore della macchina. Le parole di Sereno Marani le esplosero nella testa: «Lei chiamava dalla strada e Antonino le calava dalla finestra dei pacchetti avvolti in carta di giornale».

«Non è possibile!» esclamò dentro di sé.

Si diede una manata sulla coscia pensando che suo fratello era un genio.

Sei

Sara si piazzò sotto casa di Luz. Mezz'oretta piú tardi Ksenia uscí reggendo un sacco della spazzatura e si diresse verso il cassonetto. Quando si girò se la trovò di fronte.

– Ciao, ti ricordi di me?

– Certo, la profumeria, qualche giorno fa.

– Ti devo parlare.

– E di cosa?

– Di Assunta Barone, di Marani, dei fratelli Fattacci.

Ksenia impallidí. – Ho chiuso con quella gente, – disse con un filo di voce.

– Tu hai chiuso, ma loro la pensano diversamente.

La siberiana alzò le mani come per proteggersi.

– Lasciami stare, – negò, allontanandosi. – Non possono piú toccarmi.

– Ti faranno ancora del male, – disse Sara in tono deciso. – Ascoltarmi è l'unico modo che hai per salvarti.

– Ma chi sei? Una poliziotta?

– Sono solo una vittima. Una delle tante della banda Barone.

– Sei a strozzo pure tu?

– No, ma i fratelli Fattacci mi hanno violentata su ordine del tuo ex marito, – rispose. – E a te capiterà di peggio.

– Mi stai spaventando, – protestò Ksenia, sempre piú agitata. Pensava di essere al sicuro e invece ecco che spuntava questa tizia a trascinarla nell'orrore del passato.

– Per il tuo bene, – ribatté Sara indicando la sua auto. – Ti chiedo solo di ascoltarmi.

– Possiamo parlare qui. Io non ti conosco.

– Qui ci vedranno. I Fattacci ti controllano e il rischio è troppo grosso per entrambe.

– D'accordo, allora chiamo la mia amica e andiamo a casa mia. Ascolteremo insieme quello che hai da dirmi.

– Luz? Se vuoi, ma non mi sembra una buona idea.

– Perché?

– Sei in guerra, Ksenia. Meno persone care coinvolgi, meglio è.

– Cosa significa? Non capisco.

– Ti devi fidare e venire con me, – rispose Sara avviandosi alla macchina.

La siberiana guardò la donna. Non sembrava pericolosa. Sospirò e la seguí.

Una ventina di minuti piú tardi Ksenia osservava inorridita la sedia imbullonata al pavimento, gli anelli, il letto e le catene con i lucchetti.

– Tutto questo è per te, – disse Sara. – Ti vogliono sequestrare e portare qui per violentarti e seviziarti. Perché tu sai qualcosa che vogliono sapere oppure hai qualcosa che vogliono recuperare. E non hanno la minima intenzione di lasciarti tornare a casa dalla tua Luz. La tua ultima destinazione è una fossa senza nome.

La siberiana crollò. Una crisi isterica da manuale. Sara la calmò e la condusse fuori dalla palestra. Poi la portò nel suo rifugio.

Il canile era vuoto!

Questa l'atroce verità che si era parata davanti agli occhi dei fratelli Fattacci. Invano il custode aveva cercato di spiegare che da cinque o sei anni gli animalisti portavano avanti una battaglia che si era conclusa da pochi giorni con l'adozione degli ultimi due cani reclusi.

– Ma che cazzo stai a di'! Il cane nostro l'hanno portato ieri.

Il custode, a cui giravano le palle visto che stava per perdere il posto di lavoro, scosse la testa, fece spallucce e si girò dicendo che si sbagliavano e che erano mesi che nessuno portava piú un cane.

– A' infamone! – urlò Graziano. – Dillo che te sei venduto er cane mio!

Con tutto il peso dei suoi novanta chili si gettò addosso al custode afferrandolo per il collo e trascinandolo con sé sulla terra battuta.

– Ahò! – fu l'ultima parola che il custode pronunciò prima che Fabrizio gli centrasse i testicoli con l'anfibio e Graziano gli staccasse un pezzo di orecchio con un morso.

– Smettetela, – gridò la moglie del custode dalla finestra della guardiola. Poi si precipitò a telefonare ai carabinieri.

Fabrizio andò a prendere la mazza da baseball nel bagagliaio mentre Graziano continuava a sferrare pugni duri come martellate sul costato e sui reni del custode, urlando: – A chi l'hai venduto? Confessa, stronzo!

Fabrizio urlò al fratello di scansarsi. Graziano mollò la presa e rotolò di lato e lui colpí il custode alle gambe due, tre, quattro volte finché non sentí il rumore dell'osso che si spezzava.

Graziano si rialzò e saltò a piedi uniti sulla schiena del poveretto, che era svenuto dal dolore.

Fabrizio sputò sul corpo inerme.

L'Hummer schizzò via sollevando una nuvola di polvere ma la fuga si interruppe a poco meno di un chilometro, quando incrociarono due pattuglie dei carabinieri che si misero di traverso sulla strada. I militi uscirono impugnando le pistole e ai due energumeni non rimase che offrire i polsi alle manette.

– Questo è il mio posto speciale, – spiegò Sara a Ksenia. – Dove vengo a curarmi le ferite. Quelle che si vedono e quelle che ho dentro e fanno piú male. È la prima volta che un estraneo entra qui, ma credo che scopriremo presto di avere molto in comune.

Accese lo stereo e come sempre la voce di Mary J. Blige riempí la stanza: «I wanna talk to the ladies tonight | about a situation I'm pretty sure | y'all will be able to relate to | trust me».

La siberiana osservava Roma dalle finestre dell'attico.

– Chi sei? – domandò a un tratto. – E non rispondermi che sei una vittima e basta.

Sara le andò vicino perché la guardasse bene negli occhi: – Cerco vendetta.

– Io ero certa di averla ottenuta e di essermi liberata di Assunta Barone. E invece lei ha solo finto di essere sconfitta.

– È una donna molto pericolosa e crudele.

Ksenia arricciò le labbra in una smorfia amara. – E perversa. Lei e Antonino mi hanno violentata dal primo giorno che sono arrivata a Roma.

Sara le accarezzò il viso. – Distruggere ogni singolo elemento della banda Barone è uno dei miei obiettivi.

– Ce ne sono altri?

– La mia vendetta è un progetto complesso, ma lo scopo che ora abbiamo in comune è punire questi criminali.

– La giustizia punisce.

– Qui la legge e i suoi tribunali non c'entrano nulla. Ci siamo tu e io. E la nostra vendetta.

– Tu sei pazza. Da sole non siamo in grado di combinare nulla. Non per niente l'unica cosa che hai ottenuto è stata farti violentare dai Fattacci.

Sara le indicò il divano.

– Perché non ci mettiamo comode e parliamo?

– Di piani fantastici in cui due giovani donne sconfiggono i cattivi?

– Io non sono buona, – ribatté Sara in tono duro. – Non lo sono affatto e, comunque, la nostra forza è proprio l'apparente vulnerabilità. Sono certa che se ti siedi su quel divano alla fine mi darai ragione.

Ksenia acconsentí. Sara aveva bisogno di informazioni e fu abile a far parlare la siberiana, che le rivelò tutto. Anche la morte di Barone, la cassaforte, l'agenda degli strozzati e il misterioso libretto nero di Antonino, il ricatto ad Assunta e a Pittalis. Ksenia si sentiva sollevata: inquadrare i fatti con razionalità le aveva fatto bene.

Sara invece era raggiante. Strinse forte le mani della siberiana.

– Tu non hai nemmeno idea di quali armi abbiamo in mano per affondare la banda Barone.

– E sarebbero?

– La lista degli strozzati ma soprattutto quello strano quaderno nero a cui non hai saputo dare un significato.

– L'ho sfogliato una decina di volte e non ci ho capito nulla.

– Barone faceva da salvadanaio a qualche organizzazione, e quello è il registro delle entrate e delle uscite.

Ksenia si insospettí. – Come fai a saperlo se nemmeno l'hai visto?

– È un pezzo che sto dietro ai Barone. Ho fatto perfino la barista al *Desirè* per stare vicino a quelle carogne.

– Tu sei quella che lavorava lí e poi è scomparsa? Me ne ha parlato Eva.

Sara cambiò volutamente accento. – Ero proprio io: Monica, la coattella. I Fattacci m'hanno castigata per ave' detto a quell'imbecille del marito di Eva de sta' in campana che le macchinette erano taroccate.

– Ma almeno Sara è il tuo vero nome? – chiese Ksenia, impressionata dalla facilità con cui Sara aveva interpretato il personaggio della barista.

– Forse. I nomi non contano niente.

La siberiana cambiò discorso. – Ho una domanda da farti. Perché sono importanti l'agenda e il quaderno e non le foto e le lettere d'amore tra i fratelli Barone?

– Lo sono anche quelle, di sicuro, – rispose Sara. – Però riguardano la vita personale di Assunta e non l'attività criminale della banda.

– Ma per Assunta hanno un valore inestimabile, giusto?

– Certo. Sono convinta che abbia organizzato il tuo sequestro per recuperarle. È pronta a torturarti per costringerti a rivelare dove le nascondi. E soprattutto è pronta a eliminarti, dato che non può permettere a nessuno di conoscere quel segreto inconfessabile.

Ora Ksenia aveva una percezione esatta della propria ingenuità. E ne era spaventata. – Ero convinta di avere in pugno quel mostro, e invece era lei a tirare le fila.

– Però con quello che le hai portato via puoi farle male, tanto male. Prendi quel libro, – aggiunse, indicandole un piccolo volume già aperto.

– Virgilio, *Georgiche*, – lesse Ksenia. – Chi è?

– Un poeta latino. Me lo hanno fatto studiare al liceo. Ci sono due versi sottolineati.

– «Prendere le bestie coi lacci, accerchiare coi cani ampie radure», – lesse Ksenia con voce incerta.

– Prendere le bestie coi lacci, accerchiare coi cani ampie radure, – ripeté Sara con maggiore enfasi. – È questo che dobbiamo fare.

La siberiana fissò il suo sorriso ammiccante. Le sfuggiva il senso di quei versi e Sara provvide a chiarirlo. – La vendetta è come la caccia. Richiede freddezza. E una paziente strategia. In piú, nella vendetta non c'è limite alla fantasia. Usala. Sei nella condizione di infliggere ad Assunta Barone sofferenza allo stato puro.

– Basterà a ripagarmi per quello che mi ha fatto lei?

– No. La vendetta è sempre approssimativa. Per questo deve essere necessariamente spietata, implacabile, – rispose. – Perdonare è piú efficace, perché se riesci a buttarti tutto dietro le spalle alla fine sei in pace con te stessa.

– Gente come quella non può essere perdonata, – disse Ksenia.

– E allora picchia duro, ragazza.

Erano passate le dieci di sera. Da quasi due ore Luz se ne stava al buio a guardare impensierita fuori dalla finestra, chiedendosi perché Ksenia stesse tardando tanto e per giunta senza avvertire. Non avevano ancora avuto modo di parlare del nuovo appartamento e nemmeno del suo colloquio con madre Josephina. Si rivolse alla statuetta fosforescente della Madonna di Lourdes pregando che non le fosse accaduto niente. Poi vide la Mini Cooper accostare in doppia fila all'altezza del portone. Dal lato del passeggero scese Ksenia. Indugiò ancora un attimo a parlottare con qualcuno che Luz non riuscí a distinguere. Vide però le mani appoggiate al volante. Mani di donna.

Ksenia si affrettò al portone. Luz si mise in attesa al centro della stanza ma la porta rimase chiusa e silenziosa. Tornò alla finestra tormentandosi nervosamente le mani affusolate. La Mini era ancora lí. Un minuto dopo sentí il portone che sbatteva e Ksenia che tornava verso la macchina e consegnava qualcosa attraverso il finestrino. Fu tentata di scendere ad affrontare di petto la situazione ma, nonostante fosse furiosa, si costrinse ad aspettare. Dopo pochi secondi la Mini si allontanò.

Nel girarsi per rientrare in casa Ksenia alzò lo sguardo incrociando quello di Luz. Rimasero a fissarsi per alcuni lunghi secondi.

– Chi era quella? – chiese Luz appena la sua compagna mise piede nella stanza.

– Una dell'agenzia immobiliare. Sai, per l'appartamento di via Lusitania.

– A quest'ora?

– Ci siamo fermate a bere qualcosa. È simpatica e forse ci aiuterà a far abbassare l'affitto alla proprietaria.

– Sull'annuncio c'era scritto «no agenzia».

– Sí, ma la proprietaria nel frattempo ha preferito rivolgersi a...

Lo schiaffo colpí Ksenia all'improvviso. Davanti a sé vide una tigre pronta ad azzannare.

– Io ho preso cazzi da tutte le parti, mi hanno chiamata in tutti i modi mentre mi venivano dentro, ma non ho mai, mai permesso a nessuno di trattarmi cosí! – La voce della colombiana si deformò in un lamento straziante. – Perché mi fai questo?

Ksenia vacillò. Cercando di sostenere quello sguardo cosí deluso e addolorato, pensò che doveva ignorare i suggerimenti di Sara e dire tutto. Che ne sapeva quella di lei e Luz, del loro giuramento di fedeltà e di complicità? Stava per parlare quando Luz si girò di scatto e raggiunse di corsa la finestra. Presa dal vortice dei suoi pensieri, Ksenia non aveva udito l'ululato della sirena.

Raggiunse Luz al davanzale e vide l'ambulanza con la luce blu accesa. Due portantini scesero di corsa e aprirono gli sportelli posteriori.

Luz fu presa da un presentimento e si precipitò alla porta, lasciandola spalancata dietro di sé. Salí di corsa le scale e si attaccò al campanello.

– È aperto! – urlò Felix dall'interno.

La colombiana entrò e vide il corpo minuto di Angelica Simmi disteso sul tappeto del salone e Felix chino su di lei che le praticava la respirazione bocca a bocca.

Ksenia arrivò un attimo dopo e si affrettò ad aprire il portone con il pulsante del citofono. Il medico dell'unità mobile disse che non c'era tempo da perdere. Angelica era in piena crisi respiratoria e occorreva praticare una tracheotomia. Chiese a Felix se era in grado di assisterlo. Le due donne vennero fatte allontanare e rimasero sul pianerottolo in trepidante attesa. Dopo una decina di minuti la porta si aprí e i portantini spinsero verso le scale la lettiga con Angelica distesa sopra.

– È viva? – chiese Luz.

– Sí, – rispose Felix.

– Ce la farà?

L'anziano infermiere, visibilmente provato, non seppe rispondere.

– Dove la portano?

– Al San Giovanni. Io vado con lei.

Luz annuí: – Ci vediamo lí.

Mentre aspettavano in strada il taxi, Luz scoppiò a piangere.

Ksenia la strinse forte a sé. – Ti prego, amore mio, non fare cosí, – mormorò dolcemente.

Seguendo l'intuizione che l'aveva folgorata sul percorso della riscossione, Assunta aveva congedato l'autista scaricandolo dopo l'ultimo camion bar e si era messa alla guida, perlustrando almeno tre quartieri in cerca di Teresa. Aveva battuto tutti i luoghi dove sarebbe stato verosimile rintracciarla, gli androni dei palazzi che di giorno ospitano uffici o banche e che dopo il tramonto si trasformano in giacigli improvvisati e maleodoranti. Aveva parcheggiato l'auto per poi inoltrarsi a piedi nei vicoli alle spalle di piazza Venezia, sotto i portici di piazza Augusto Imperatore, nelle strade adiacenti alla stazione Termini. Vincendo il disgusto per l'odore nauseabondo, aveva svegliato una coppia di barboni che dormiva accanto a un bancomat, infagottata in sacchi a pelo puzzolenti. Aveva provato alla mensa della Caritas. Aveva allungato laute mance a finti disabili, a ubriaconi, a tossici. Niente. Nessuno l'aveva vista, né quella sera né mai. Furibonda, era tornata nel quartiere perlustrandolo strada per strada. Ancora niente. Dove viveva quella maledetta strega? E se era vero ciò che sospettava, e cioè che Antonino consegnava a lei il «tesoro» avvolto nella carta di giornale, dove lo teneva nascosto? Ovviamente Assunta non poteva chiedere l'aiuto di nessuno in quell'assurda ricerca perché, se l'intuizione era giusta, sarebbe rientrata in possesso del capitale necessario a impedire a quel bastardo di Manfellotti di fotterla per sempre. Tutto sarebbe cambiato, persino nei confronti dei D'Auria e di chiunque avesse cercato di mettere in discussione la sua posizione. Doveva trovare la pazza, a ogni costo. Ma non quella sera, maledizione. Ormai era buio e non aveva piú senso cercare. Assunta decise di rinunciare. Era stanca, si sentiva addosso la puzza di tutta quella feccia e aveva bisogno di fare una doccia e di cambiarsi. Azionò la freccia per fare inversione e proprio a metà della manovra la vide. Spingeva la carrozzina con quella strana andatura china in avanti, come se dovesse fendere un inesistente vento contrario. Assunta completò la manovra e parcheggiò la macchina a spina di pesce, montando con le ruote anteriori sul marciapiede. Si lanciò nel pedinamento ad ampie falcate, spinta dall'eccitazione. Dopo una cinquantina di metri si rese conto che la foga stava per tradirla. Si era avvicinata troppo e se la pazza si fosse girata l'avrebbe vista. Si fermò fingendo di citofonare a qualcuno e, ristabilita la giusta distanza, riprese a camminare, adeguando l'andatura a quella inesorabilmente lenta di Teresa. Anche quando la distanza si allungava un po' troppo, riusciva a tenerla d'occhio grazie al turbante di garza che ancora avvolgeva la testa della barbona. Il tragitto durò cinque, forse sei minuti, fino a quando Teresa imboccò una piccola traversa di via Merulana. Assunta si stupí. Conosceva quella strada che un tempo aveva persino un accesso privato e che conduceva a un dedalo di stradine tranquille ed eleganti a ridosso del Colosseo e della Domus Aurea.

«Dove cazzo sta andando?» si domandò piú che mai perplessa.

La carrozzina sussultava sul pavé e l'effetto fece sorridere Assunta. Sembrava che Teresa stesse manovrando un martello pneumatico. La vecchia pazza girò prima a sinistra e poi a destra, finché giunse a destinazione: uno stabile sobriamente borghese di epoca umbertina, in piazza Iside. Nascosta dietro un angolo, Assunta sgranò gli occhi nel vedere Teresa che apriva il portoncino e vi infilava la carrozzina con un gesto abituale.

Assunta attese due o tre minuti finché vide una luce accendersi al secondo piano e Teresa aprire le tende. Dunque abitava lí, in una casa il cui affitto si aggirava come minimo intorno ai mille euro al mese. Com'era possibile? Come poteva quella mezza scimunita che viveva frugando nei cassonetti permettersi una sistemazione del genere?

A meno che non fosse stato Antonino a provvedere, in cambio di un segreto che durava da chissà quanto tempo.

Il mattino seguente il geometra Marani arrivò al *Desirè* trafelato e con un'espressione preoccupata.

– D'accordo che in questa ditta non c'è da timbrare il cartellino, – attaccò lei in tono tagliente. – Ma avevamo un appuntamento oltre un'ora fa e non si è ancora visto nessuno. Dove cazzo sono finiti i Fattacci?

Sereno si lasciò cadere sulla sedia. – Sono proprio loro il motivo del mio ritardo, – rispose mortificato. – Mi ha contattato un poliziotto, amico di Pittalis, che è sul nostro libro paga.

– E allora?

– Mi ha detto che sono stati arrestati ieri a Rieti per aver aggredito e malmenato di brutto il custode del canile.

Il volto della donna divenne livido di rabbia. – Ancora con 'sto cazzo di cane! – sibilò. – E chi li ha autorizzati a lasciare il quartiere? Hanno abbandonato la sorveglianza della siberiana. Dare ordini a quei due è come tirare la catena del cesso.

– Fabrizio e Graziano sono bravi ragazzi, ma da quando gli hanno portato via Terminator non ci stanno piú con la testa.

– Affari loro. Anzi, affari tuoi, Sereno, perché è evidente che non sei in grado di gestirli.

L'esattore sospirò. – Gli darò una lavata di capo che se la ricorderanno per un pezzo.

– Una lavata di capo… Mio padre parlava cosí. Marani, te l'ho già detto: sei vecchio e inadeguato, – lo insultò con cattiveria. – Hai già parlato con l'avvocato?

– Sí. Ha detto che dovrebbero uscire nel giro di un paio di mesi in libertà provvisoria.

– Due mesi per qualche schiaffone al custode di un canile?

– Lo hanno massacrato. Andranno sotto processo per lesioni aggravate. A 'sto giro non c'è speranza di farli assolvere.

Per Assunta fu abbastanza. Si alzò e se ne andò. L'esattore la seguí con lo sguardo fino a quando scomparve dietro un angolo.

I bei tempi di Antonino Barone ormai erano solo un pallido ricordo. Ora regnava Assunta e lui non era nelle sue grazie. E sí che aveva pure ammazzato il povero Pittalis, per lei.

Sara aveva seguito la discussione dal terrazzino. Rimise a posto il cannocchiale, preoccupata dell'assenza dei fratelli Fattacci. Chiamò Ksenia.

– Tutto a posto?

La siberiana avrebbe voluto dirle che aveva trascorso la notte in ospedale dove Angelica era in prognosi riservata e che si sentiva da schifo per aver mentito a Luz. Ma si limitò a rispondere che andava tutto bene.

– Hai visto i Fattacci? – domandò Sara.

– No, e non sono sotto casa. Ne sono certa.

– Possono aver cambiato mezzo, – obiettò Sara.

Chiamò il cellulare di Graziano Fattacci ma l'utente non era raggiungibile. Allora resuscitò Monica e chiamò il bar *Desirè*.

– Come sta, sor Mario?

L'uomo la riconobbe subito. – Troia, infame, zoccola. Non sai in che guai mi hai cacciato con i fratelli e pure con Assunta.

– Pure?

– Sí, proprio cosí. Lo devi restituire il cane, che 'sta storia mi sta rovinando. Adesso quei due stronzi sono ar gabbio ma quando escono il circo ricomincia. Per colpa tua devo chiedere a mia figlia cinquantamila euro.

– Perché sono in carcere i due stronzi?

– Ma se sei stata tu a mandarceli, con la bufala che Terminator stava al canile di Rieti. I Fattacci sono andati e quando il custode gli ha detto che il cane non ci stava lo hanno mandato all'ospedale.

La donna riattaccò e controllò su internet. La notizia era vera. Non riuscí a trattenere una risata. Si affrettò a informare Ksenia.

– Allora posso stare tranquilla per un po', – disse la siberiana.

– No, devi stare piú attenta di prima. Assunta non può rimanere scoperta. Si garantirà i servizi di altri scagnozzi.

Sara aveva ragione. Assunta montò su un taxi e si fece portare in via Gallia, dalle parti di San Giovanni, dove entrò in un negozio di articoli per la casa. La proprietaria, una donna sui cinquant'anni ingioiellata come una santa il giorno della processione e truccata come una battona, stava illustrando la bellezza di un servizio di piatti a una giovane coppia alle prese con la lista di nozze, quando vide la Barone e le fece cenno di passare nel retrobottega. Le due giovani commesse impegnate con altri clienti ignorarono totalmente la sua presenza. Non conoscevano l'identità di quell'elegante signora che ogni tanto arrivava e si appartava con Carmen Lo Monaco, la padrona, ma avevano perfettamente percepito quanto fosse rischioso soddisfare ogni minima curiosità in proposito. Carmen le pagava piú di ogni altro negozio, le trattava bene ed era anche buona e simpatica, ma poteva diventare crudele e cattiva se una non stava al suo posto. L'avevano vista all'opera piú volte e per nulla al mondo se la sarebbero inimicata.

Una parte del retrobottega era stata trasformata in un confortevole salottino. Assunta lo conosceva bene: aprí il piccolo frigorifero e si serví da bere.

La proprietaria la raggiunse una decina di minuti piú tardi. Si baciarono sulle guance.

– Mi dispiace per Antonino, – disse Carmen. – Sarei venuta al funerale ma ormai non puoi andare da nessuna parte senza che qualche deficiente ti scatti una foto con il cellulare e ti faccia finire su Facebook.

– Non ti preoccupare. Hai fatto bene a non farti vedere.

– Quando vado a pulire la tomba a mia madre passo a lasciargli un fiore.

– Grazie, Carmen. È un pensiero gentile.

La donna infilò una capsula nella macchinetta espresso. – Come posso esserti utile?

– Devo assumere due ragazzi svegli.

– Per un lavoretto o per qualcosa di piú duraturo?

– Assunzione a tempo indeterminato e con possibilità di carriera: sto ristrutturando l'azienda.

Carmen bevve il caffè. – Avrei le persone giuste sottomano, – disse dopo un po'. – Ma sono tre.

Assunta Barone alzò le spalle. – Non è un problema. Chi sono?

– Ex vigili urbani, buttati fuori per concussione. E se la sono cavata pure bene, – spiegò. – Uno comanda e gli altri due obbediscono. Preparati, cazzuti, con le conoscenze giuste da una parte e dall'altra. Te li consiglio perché sono una piccola banda autonoma, si arrangiano per tutto.

– Età?

– Fra i trentacinque e i quaranta.

– Non sono di quelli che poi vogliono comandare, vero?

Carmen allargò le braccia. – Sono uomini. Ci provano sempre. Sta a te tenergli il guinzaglio corto.

Assunta si alzò e si diresse verso la porta. – Li aspetto stasera per l'aperitivo alla crostaceria di via Tunisi.

– So che non fai mai problemi di soldi, ma devo avvertirti che la mia commissione è aumentata.

Assunta si girò e sorrise. – Lo davo per scontato.

Il mattino seguente il sole asciugava lentamente le strade e i palazzi del quartiere inzuppati dalla pioggia caduta incessantemente per tutta la notte. Per la prima volta Assunta Barone si era presentata al *Desirè* senza note di nero nell'abbigliamento. Particolare che non era sfuggito a Marani, il quale aveva sperato che la fine del lutto incidesse positivamente sull'umore del capo. La donna lo salutò appena e attese fumando che il sor Mario le servisse caffè e maritozzo.

Sereno cercò di attaccare discorso ma lei lo liquidò con un gesto della mano. L'esattore batté in ritirata e Sara, che aveva osservato la scenetta dal terrazzino del suo appartamento attraverso le lenti del potente cannocchiale, pensò che quella donna aveva molto in comune col fratello defunto. Erano odiosi allo stesso identico modo. Cercò di immaginarla mentre violentava Ksenia e la rabbia le schizzò in gola come un conato di vomito. Il racconto della vedova di Antonino Barone l'aveva turbata e quella notte era rimasta sveglia a lungo a riflettere sul suo progetto di vendetta, che comportava pazienza e razionalità, doti che mal si conciliavano con l'urgenza di giustizia delle vittime. Sapeva di non avere alternative ma certi giorni il peso di quelle scelte era piú difficile da sopportare. Si concentrò sull'arrivo di un tizio a bordo di un grosso scooter, che si guardò attorno per bene prima di parcheggiare, togliersi il casco e parlottare brevemente al cellulare. Un paio di minuti piú tardi venne raggiunto da altri due tipi su scooter dello stesso modello e colore.

Sara capí subito che si trattava del nuovo braccio armato della banda che avrebbe sostituito i fratelli Fattacci e abbandonò il cannocchiale per la macchina fotografica, scattando con lo zoom una serie di primi piani degli sconosciuti.

Anche Marani giunse alla stessa conclusione. Gli fu subito chiaro che Assunta aveva voluto fare un salto di qualità. Questi tre avevano un'aria sveglia e l'età giusta per non fare cazzate. Al confronto i Fattacci erano insignificanti macchiette. A una semplice occhiata individuò il capo. Doveva avere poco piú di quarant'anni, un fisico asciutto da assiduo giocatore di calcetto e un modo di fare pacato che ispirava autorevolezza. Il volto era gradevole e poteva ingannare se non si osservavano con attenzione le labbra sottili e gli occhi troppo ravvicinati, che raccontavano come quell'uomo potesse essere pericoloso e crudele. L'esattore intuí che non avrebbe mai avuto nessun potere su di loro. Anzi. La sua carriera nella banda Barone terminava in quel momento: quella stronza di Assunta lo aveva preso per il culo. Aveva ammazzato Pittalis per diventare un pezzo grosso e invece si sarebbe dovuto accontentare di ramazzare i soldi, l'unica cosa che aveva dimostrato di saper fare. Sentí una fitta alla bocca dello stomaco e prese subito un Maalox.

Assunta accettò i saluti deferenti dei tre tizi con un sorriso compiaciuto e li invitò a sedersi al suo tavolino. Parlottarono a lungo. Ogni tanto quello che era arrivato per primo si alzava e fingendo di sgranchirsi le gambe osservava la situazione per individuare eventuali curiosi e spioni.

Sara apprezzò il livello di professionalità e si affrettò a inviare le foto via email a Rocco Spina.

Quando i tre ripartirono sui loro scooter, Marani pensò che Assunta non si era nemmeno disturbata a fare le presentazioni. Ingoiando gli ultimi residui di orgoglio, si alzò e si avvicinò alla donna.

– Sostituiranno i fratelli Fattacci, vero? – domandò.

– Siediti, – ordinò la Barone. – Non hai saputo gestirli e tutto sommato non sei un granché, Sereno. Antonino ti aveva messo al posto giusto e lí ritorni.

– Questo lo avevo capito da solo, donna Assunta, – ribatté l'esattore con amarezza.

– Bravo. E allora non c'è altro da aggiungere.

Sereno Marani si alzò, bofonchiò qualcosa a proposito di nuovi clienti da visitare e si allontanò. Tornò a casa e si rifugiò in camera da letto, chiuse le imposte e rimase al buio a compatirsi.

La moglie, infastidita dalla sua presenza a quell'ora del mattino che lei dedicava solitamente a bere diversi bicchierini di amaro ciociaro in santa pace, si vestí e andò a trovare la sorella.

Sara invece ricevette una email con notizie precise sui tre nuovi sgherri della banda Barone.

Il capo si chiamava Egisto Ingegneri, aveva iniziato una brillante carriera nella polizia municipale di Roma che si era interrotta bruscamente quando era finito in galera insieme ai suoi fedeli sottoposti, Manlio Boccia e Saverio Cossa, con l'accusa di concussione. In pratica avevano messo in piedi un giro di mazzette a scapito dei commercianti del centro storico. Tangenti per ottenere in cambio concessioni e trattamenti di favore in caso di abusi edilizi e cambi di destinazione d'uso dei locali. Questa redditizia attività si era conclusa quando era subentrata la camorra e alcuni commercianti, protetti dai nuovi padroni, si erano decisi a denunciare Ingegneri e i suoi sottoposti.

I tre non avevano ammesso nulla nonostante la mole di prove raccolte dagli inquirenti, e dopo un po' di clamore mediatico la faccenda si era sgonfiata anche dal punto di vista giudiziario. Gli imputati, dopo un periodo non breve trascorso agli arresti domiciliari, se l'erano cavata con pene lievi. L'amico di Sara era certo che qualcuno fosse intervenuto in loro favore, forse per timore che la galera stuzzicasse il desiderio di confidarsi con i magistrati.

Sara, dopo un'accurata ricerca su internet a caccia di notizie sulla vicenda, chiamò Ksenia.

– Come avevo immaginato Assunta ha trovato i sostituti dei Fattacci, – annunciò. – E questi sono ancora piú pericolosi.

– Hai sempre la capacità di spaventarmi, – ridacchiò nervosa la siberiana. – Cosa devo fare?

– È arrivato il tempo della tua vendetta. Colpisci senza pietà, amica mia. Al resto penso io.

Ksenia entrò nell'appartamento dove aveva vissuto con Antonino Barone. L'odore era nauseabondo. La montagna di cibo che aveva ammucchiato sul pavimento del salone dopo aver svuotato i frigoriferi e i congelatori era marcita. La carne brulicava di larve e grossi mosconi pasciuti volavano ovunque. La ragazza si annodò un fazzoletto sul viso. Aveva ancora molto da fare. Nel ripostiglio prese la cassetta degli attrezzi e li usò con metodo per sventrare poltrone, divani, materassi. Con un grosso martello si accaní sulle ante dei mobili e sui cristalli. Un taglierino affilato le fu utile per ridurre a striscioline le tende e i vestiti appesi negli armadi. Si accaní in particolare sull'abito da sposa che Antonino le aveva fatto indossare il giorno del matrimonio. Due ore piú tardi l'appartamento era un ammasso di macerie. Solo allora Ksenia chiamò Assunta con il cellulare del fratello.

La donna era appena salita in taxi diretta a casa di Teresa e piú che mai decisa a svelare il mistero della pazza con la carrozzina, quando il telefonino iniziò a squillare. Sul display pulsava il nome di Antonino. La siberiana chiedeva udienza, pensò sprezzante.

– Cosa vuoi?

– Ho deciso di restituirti i ricordi della tua storia d'amore con Antonino bello.

Assunta strizzò gli occhi per tenere a bada la rabbia. – E come mai?

– Perché puzza, è marcia e schifosa come te.

– Dove e quando?

– Tra dieci minuti a casa di Antonino. Ti restituirò anche le chiavi.

– Ci sarò.

– Vieni da sola, altrimenti quelle belle foto con tuo fratello voleranno dalla finestra.

Assunta interruppe la telefonata senza rispondere e ordinò all'autista di fare inversione.

Ksenia sorrise. Prese le fotografie e le lettere che documentavano la storia d'amore tra i fratelli Barone e le dispose con cura sulla montagna di carne putrefatta. Poi si fece forza e rimase ad aspettare stringendo nelle mani un flacone di alcol e un accendino.

Assunta uscí dall'ascensore e indugiò un attimo di fronte alla porta semiaperta. Poi con un gesto deciso la spalancò.

Il fetore la travolse come un'onda. Barcollò osservando la distruzione che regnava già nell'ingresso.

– Ksenia! – gridò preoccupata.

– Sono qui, in salone, – annunciò la siberiana gettando il liquido infiammabile sul mucchio d'immondizia.

La Barone si tappò il naso e la raggiunse. Ksenia puntò l'indice sul pavimento. – È tutto lí, – disse mentre appiccava il fuoco.

Assunta gridò. Di dolore e disperazione. Poi si buttò in ginocchio su quell'ammasso orrendo cercando di salvare qualche ricordo, incurante delle ustioni che si procurava alle mani. Sembrava una pazza.

– Antonino mio, Antonino bello, che ci hanno fatto!

Alle sue spalle la siberiana fissava la scena con la calma glaciale di chi assapora la vendetta. Il sedere di Assunta era cosí in bella evidenza che non poté fare a meno di sferrarle un calcio formidabile, gettandola a terra e costringendola ad affondare nel putridume. Poi se ne andò, inseguita dalle urla della sua ex padrona.

L'ascensore era occupato e scese per le scale. Incontrò alcuni vicini che, attirati dal trambusto, erano usciti sul pianerottolo.

– È Assunta Barone, – spiegò. – È ancora molto triste per la morte del fratello. Io no, era un uomo di merda.

Quando uscí vide Sara che l'attendeva. Con un cenno del capo e un sorriso le fece capire che era filato tutto liscio. Sara girò i tacchi e lei andò a casa, decisa a farsi una doccia.

Lasciò scorrere a lungo l'acqua calda sul suo corpo. Era contenta che Luz in quel momento fosse in profumeria con Eva. Preferiva rimanere sola. Era scossa da sensazioni strane e avvertiva la necessità di assaporarle e comprenderle.

Sara salí in macchina e raggiunse il suo rifugio. Come sempre il primo pensiero fu per la musica di Mary J. Blige, che invase discretamente ogni angolo dell'attico: «No drama | no more drama in my life | no one's gonna make me hurt again».

Si sedette alla scrivania ingombra delle fotocopie che le erano state consegnate da Ksenia, fitte di appunti vergati a matita con la sua scrittura piccola e nervosa.

Rocco Spina arrivò poco dopo. Mostrò il sacchetto di una rosticceria. – Polletto e patate al rosmarino.

– Che tristezza, – ribatté lei scuotendo la testa. – Sei proprio irrecuperabile.

Ma appena chiusa la porta lo baciò e lo trascinò sul divano. Gli slacciò la cintura e glielo prese in bocca. Poi si mise a cavalcioni e lo fece scivolare dentro con lentezza. Cominciò a muoversi senza alcuna fretta. Scoppiarono a ridere quando le dita di lui si aggrovigliarono nel tentativo di slacciarle il reggiseno.

– Magari mi innamoro, – sussurrò Sara. – Quando tutto sarà finito.

Lui la fissò sorpreso. Era la prima volta che le sentiva pronunciare parole cosí impegnative. Avrebbe voluto dire che era pazzo di lei, ma preferí baciarla. Sara non andava forzata in nessun modo. Era lei a condurre i giochi, e Rocco era rassegnato ad attendere.

Piú tardi, analizzando il giro d'affari di Barone, lei disse: – Mi muoverò tra due giorni.

– Come mai?

– Devo dare a donna Assunta il tempo di riprendersi.

– Che le è successo?

Sara scosse la testa. – Faccende tra donne. Cose che non ti riguardano.

Rocco sospirò. – In certi momenti sei una vera rottura di coglioni, lo sai?

– E tu sei tonto, – lo apostrofò lei. – Ti ho appena detto che per due giorni non mi muoverò da casa e tu mi tratti cosí?

– Mi stai invitando a dormire qui?

– Ma che, sei matto? Ognuno dorme a casa sua.

– Domani ti toccheranno lasagne e polpettone, – annunciò lui vendicativo.

– Vedrò di farmene una ragione.

Il dolore alle ginocchia era insopportabile ma Assunta Barone non aveva la minima intenzione di abbandonare l'inginocchiatoio da cui stava chiedendo perdono, aiuto e sostegno al fratello che sicuramente vegliava su di lei.

– Dammi la forza, Antonino. Dammi la forza in nome del nostro amore, – sussurrava tra una preghiera e l'altra, cercando di tenere giunte le mani fasciate.

Quando si era trovata sola, ustionata e lorda in quella casa distrutta e profanata, era stata costretta a chiedere aiuto a Carmen Lo Monaco, e l'amica le aveva inviato una virago sui cinquant'anni che si era presentata con due grosse borse.

«Costo cinquemila euro», aveva chiarito dopo aver esaminato la situazione.

«Lo so. Non è un problema».

La tizia aveva annuito e tirato fuori l'occorrente per ripulirla, medicarla e rivestirla di tutto punto con abiti di poco prezzo che, in altre occasioni, Assunta Barone non avrebbe indossato per nessun motivo al mondo. Il donnone si era dimostrato efficiente e professionale. E silenzioso. Assunta aveva apprezzato la totale assenza di domande.

L'aveva riaccompagnata a casa a bordo di una vecchia utilitaria. Dal parasole spuntava un santino di sant'Alessio, dal quale aveva dedotto che la donna fosse cristiana ortodossa.

«Sarai mica russa?» era sbottata Assunta pensando a Ksenia.

«No», aveva risposto il donnone. E la conversazione era finita lí.

Soffocò un gemito e iniziò a recitare il rosario, ma ben altri pensieri affollavano la sua mente. Non poteva farsi vedere in giro in quelle condizioni e sarebbe stata costretta a rinviare il piacere di avere a sua disposizione la siberiana. Non capiva perché avesse voluto sfidarla in quel modo. La troia non aveva nemmeno idea del dolore che le aveva inflitto bruciando i ricordi della storia d'amore con Antonino. Assunta si rese conto che nessuna delle torture che le avrebbe inflitto poteva ripagarla del danno subito, dell'incommensurabile strazio che quella schifosa le aveva procurato.

Avrebbe chiamato Egisto Ingegneri e Marani, avvertendoli che doveva allontanarsi per qualche giorno da Roma. Ma non sarebbe rimasta chiusa in casa a pregare. C'era una persona a cui doveva fare visita e che di certo non avrebbe fatto caso alle sue mani fasciate.

Non riuscí a terminare il rosario. A un certo punto svenne e si accasciò a lato dell'inginocchiatoio. Quando riprese i sensi il dolore alle ginocchia era diventato sopportabile. Si trascinò a letto e trascorse una notte insonne. L'affronto che aveva subito bruciava come il fuoco di sant'Antonio.

L'indomani indossò i vestiti che le aveva procurato la virago, nascose i capelli sotto un foulard e gli occhi dietro un paio di grandi occhiali da sole e si allontanò di un paio di isolati prima di chiamare un taxi e farsi portare in piazza Iside, dove abitava Teresa la pazza.

Assunta sbirciò i campanelli. Sulla targhetta in ottone di quello che presumibilmente corrispondeva all'appartamento della donna era riportato il cognome «Mezzella». Suonò e attese con impazienza.

– Chi è? Chi è? – chiese una voce concitata che riconobbe immediatamente. Era proprio la sciroccata con la carrozzina.

– Sono la sorella di Antonino.

Teresa ridacchiò felice. – Vieni, cara, vieni.

Assunta si infilò nel portone e salí le scale a passetti veloci. La pazza l'attendeva sull'uscio strofinandosi le mani per l'eccitazione.

– Lo hai capito Antonino, lo hai capito finalmente.

No. Assunta non aveva capito nulla. Se ne rese conto quando vide nel salotto ingombro di vecchi mobili polverosi un altarino dedicato al fratello, con decine di lumini. Al centro campeggiava una grande foto di Antonino da giovane, contornata di santini e di altre immagini che risalivano all'adolescenza in Abruzzo. In un paio lui e la pazza, che Assunta non fece fatica a riconoscere, erano insieme e si abbracciavano.

– Chi sei? – chiese Assunta.

– Clelia, – rispose in modo complice. – Lo hai capito Antonino mio?

– Antonino tuo?

– Il mio fidanzato, sí. Poi è nato il bambino ma era morto e la mia testa si è scombinata. Antonino però è stato tanto buono e mi ha tenuta vicino. Ha sempre pensato a me. Sí, sí e ancora sí. Sempre buono con la sua Clelia.

Assunta era sconvolta. Il suo amatissimo fratello le aveva tenuto nascosto quel segreto per anni e con straordinaria abilità.

– Dove sono i soldi?

– Antonino non vuole che ne parli con nessuno.

– Antonino è morto.

Gli occhi della povera pazza si riempirono di lacrime.

– Non è vero, – ribatté poco convinta. – Tornerà. Torna sempre. Clelia è importante, la piú importante.

Assunta la gettò a terra con una spinta. Era stufa di ascoltare quelle menzogne. Lei e solo lei era importante per Antonino. Uscí dal salotto e cominciò a perquisire l'appartamento. La presenza del fratello era ossessiva. Foto e lumini ovunque. Un armadio nel ripostiglio custodiva una cassaforte alta e stretta. Si sarebbe messa a ballare per la felicità.

– Dov'è la chiave?

Clelia si tradí portando la mano al collo. – Chiedila ad Antonino.

La Barone sorrise mentre si avvicinava. – Ma una copia ce l'hai pure tu, perché altrimenti come facevi a mettere via tutti quei bei pacchettini avvolti nella carta di giornale?

La pazza annuí. – Lo hai capito Antonino mio.

Assunta le strappò la camicetta, mettendo a nudo un collo magro e raggrinzito da cui pendeva una chiave appesa a una catenina d'oro.

Clelia cercò di fuggire ma Assunta era piú giovane, piú forte e accecata dalla rabbia. Le mise le mani fasciate intorno al collo e iniziò a stringere. Clelia si difese debolmente ma presto scivolò a terra, permettendo cosí alla sua assassina di immobilizzarla e di finirla.

Poi Assunta strappò la catenina e si impossessò della chiave. Solo in quel momento si rese conto del piccolo ciondolo che raffigurava san Giustino di Chieti. Aguzzò lo sguardo per leggere le parole incise sul retro: «Antonino alla sua Clelia».

Alzò lo sguardo al cielo. – Antonino, come hai potuto? Ci hai pure fatto un figlio con questo cesso!

Lanciò un'occhiata disgustata al cadavere e si ripromise di continuare al cimitero il discorso col fratello. Ora aveva faccende piú urgenti da sbrigare.

Aprí la cassaforte e represse a fatica un urlo di gioia. Era piena zeppa di pacchettini avvolti nella carta di giornale. Ne pescò uno a caso. Conteneva banconote usate di taglio diverso. Finalmente aveva messo le mani sul famoso «tesoro del barone». Impiegò un bel pezzo a contarle. Erano quasi venti milioni. Strinse fra le mani l'ultima mazzetta e se la portò al seno. Ora poteva sottrarsi al ricatto di Manfellotti, consegnare i due milioni ai D'Auria e usare il resto per rimettersi in pista alla grande con lo strozzo. Trovò un valigione in cui infilò a man bassa parte dei quattrini: il resto sarebbe tornata a prenderlo l'indomani.

Poi ripulí l'appartamento dalle foto di Antonino. Le mani le bruciavano ma era troppo euforica per permettere al dolore di rovinarle la giornata. Era soddisfatta anche di aver eliminato Clelia. Non aveva dubbi che se fosse stato ancora vivo Antonino avrebbe saputo darle una spiegazione, perché lei era certa, certissima di essere stata l'unico vero amore del fratello. Però l'idea che quella demente fosse andata a letto con Antonino e che il suo seme l'avesse fecondata la faceva uscire di senno. Passando accanto al cadavere gli assestò una scarica di calci. Poi lo trascinò in cucina, svuotò il frigorifero dei ripiani e lo infilò dentro. Da una serie di particolari piuttosto evidenti si rese conto che Antonino frequentava quella cucina. Una volta ogni tanto si fermava a pranzare o a cenare con la pazza. Provò a immaginare la scena ma non ci riuscí. Forse incontrava qualcun altro, visto che quella casa era un posto perfetto per garantire la riservatezza. Sí, non c'erano altre spiegazioni, pensò chiudendo a chiave la porta.

Mentre tornava a casa in taxi iniziò a pensare che ora toccava a lei trovare un luogo sicuro per il tesoro. E in fretta.

Non poteva certo tenerselo in casa sotto il letto come avrebbe fatto quella sera.

Dalla notte in cui Angelica Simmi era stata ricoverata d'urgenza in ospedale, Luz non aveva voluto piú chiedere spiegazioni a Ksenia. Il ruolo di moglie sospettosa non si addiceva al suo carattere. Era sempre stata uno spirito libero e fin da bambina aveva fronteggiato situazioni ben piú difficili. Suo padre che aveva abbandonato la famiglia, suo fratello che si era fatto ammazzare per un pugno di cocaina, la morte per overdose dell'unico ragazzo che aveva davvero amato. Ricordava come fosse ieri il giorno in cui la madre, tenendo in braccio la sua sorellina piú piccola, le aveva detto chiaramente che non poteva piú mantenerla e che avrebbe dovuto arrangiarsi da sola. Aveva appena diciott'anni. Si era cercata un lavoro onesto, ma dopo la nascita di Lourdes un'amica le aveva fatto capire che c'era un unico modo per garantire un futuro diverso alla sua bambina. *Quel* modo. Da quel giorno Luz aveva vissuto a occhi chiusi, fino a quando li aveva riaperti per perdersi in quelli di Ksenia. Come le aveva detto Felix in ospedale: «È triste vivere senza credere in qualcuno». E lei credeva in Ksenia, aveva un disperato bisogno di fidarsi di lei. Sapeva che le stava nascondendo qualcosa di importante ma non voleva forzarla a parlargliene. Sarebbe stata lei a scegliere il momento giusto, ne era sicura. L'entusiasmo per l'allestimento della nuova casa aveva reso meno difficile dissimulare la preoccupazione e la gelosia, che pure erano sempre in agguato. Le due ragazze stavano dipingendo la stanza di Lourdes. Avevano scelto una tinta color glicine, bellissima, e ora la stavano stendendo sulle pareti con due grossi pennelli. Ksenia le aveva proposto di scambiarsi i gusti musicali e cosí si alternavano nel far ascoltare l'una all'altra i loro brani preferiti. Ksenia aveva messo su un Cd delle t.A.T.u., il duo lesbico che aveva fatto scalpore anni prima in Russia, e stava cantando un verso che in inglese diceva: «Mi sta facendo impazzire, mi sta facendo andare fuori di testa». A Luz quel tipo di pop non piaceva, preferiva la salsa, ma questo non le impediva di stendere la vernice muovendo il pennello in sincrono con la musica. Si sentiva di buon umore, anche perché era appena tornata dall'ospedale dove Felix le aveva comunicato che Angelica era fuori pericolo. Il cubano l'aveva persino fatta ridere raccontandole che sotto la vecchia casa d'appuntamento continuava un via vai di clienti delusi che non si rassegnavano all'idea che Luz avesse abbandonato la professione.

– E vuoi sapere chi è il piú testardo?

– L'Uomo Pesce? – chiese Ksenia.

– No, Mister Spread.

– Quello tutto elegante, con la borsa di cuoio?

– Proprio lui. Quello stronzo precisino che prima si faceva inchiappettare con il suo strap-on personale e poi, quando ne aveva avuto abbastanza, mi guardava pure con disprezzo, lo snob del cazzo. L'unica cosa che gli invidiavo era la lingerie da urlo che indossava sotto la grisaglia. Certi coordinati di seta beige o lilla... Era tutto pizzi e ricami, roba da *haute couture*.

Ksenia rise divertita alla descrizione di Luz. Era felice che la sua compagna avesse lo spirito di scherzare su qualcuno che l'aveva fatta soffrire. Avrebbe voluto essere come lei, ma non ci riusciva. Cosí come faticava a mentirle, a fingere. Sara l'aveva costretta al sotterfugio e questo le costava moltissimo. Sapeva però che non era ancora arrivato il momento di parlarle liberamente, di raccontarle tutto. Luz non avrebbe approvato la sfida che aveva lanciato a quella squilibrata di Assunta. Del resto, se le avesse detto della camera di tortura che la sorella di Antonino le aveva preparato, la sua compagna avrebbe perso il sonno. No, Sara purtroppo aveva ragione.

Non era giusto coinvolgere Luz, la piccola Lourdes e Felix in quella storia schifosa. L'unica possibilità per vivere tanti giorni esaltanti come quello era assecondare il piano di Sara e liberarsi una volta per tutte della maledizione dei Barone.

Quello stesso giorno, Sara si alzò di buon'ora. Ginnastica, un quarto d'ora di accanimento, piú che allenamento, con serie di pugni e calci al sacco, colazione, doccia. Poi si travestí da Monica. Mentre indossava una maglietta che le scopriva la pancia e un piercing sull'ombelico, si esercitò a raddoppiare le esse e le bi, e a caricare le zeta per recuperare la parlata del personaggio che si era scelto, immaginando di chiacchierare a mezza voce con interlocutori inesistenti.

Poco dopo le undici era pronta. Prese il cellulare e chiamò il *Desirè*. Il sor Mario era reduce da una notte infernale. La sera a cena aveva annunciato alla figlia e al genero che dovevano sganciare cinquantamila euro per non farsi stritolare dalla banda Barone, ed era scoppiato un putiferio. La figlia, incinta, era finita al pronto soccorso. Il genero gli aveva messo le mani addosso e sua moglie lo aveva buttato fuori di casa. Aveva dormito nel retro del bar, su una branda.

Appena udí la voce della sua ex barista andò in escandescenze e Monica dovette attendere che si calmasse.

– Voglio parlare con la signora Assunta Barone.

– Non ci sta. C'è il geometra Marani, se vuoi.

– No, non mi interessa. Piuttosto, me faccia parla' con il capo di quelli nuovi, ha capito chi intendo, sor Mario, vero?

L'uomo sospirò, appoggiò la cornetta sul bancone e raggiunse il tavolino dove Egisto Ingegneri stava leggendo il «Corriere dello Sport».

– C'è Monica che le vuole parlare, – annunciò indicando il telefono.

– E chi cazzo è?

Il sor Mario, imbarazzato, si schiarí la voce. – Ecco, lavorava qui, poi s'è comportata male, i fratelli Fattacci le hanno dato una ripassata, lei s'è vendicata, ha rapito Terminator, il cane loro...

L'ex vigile alzò una mano per interromperlo. – Ma che me stai a racconta'?

Il barista allargò le braccia. – È al telefono, se preferisce le dico che nun ce vole parla'.

– Ma questa Monica ha chiesto proprio di me?

– Come no? Ha detto: fammi parlare con il capo di quelli nuovi.

– Cosí ha detto?

– Sí.

Incuriosito, Ingegneri si alzò e andò al telefono.

– Hai uno strano modo di esprimerti, regazzi', – disse. – Vuoi farmi credere che la sai lunga.

– Magari so solo le cose giuste.

– Per esempio?

– So qualcosa che può interessare Assunta Barone, e tu puoi convincerla ad ascoltarmi.

– A che proposito?

– A proposito di quello che è successo al fratello.

– Lo sappiamo già.

– No. Tu non sai un cazzo, – ringhiò Monica. – Dille che ho visto il libretto nero bordato di rosso, cosí capisce che non me sto a inventa' gnente.

– Va bene. Riferirò.

– Tra due ore esatte al centro commerciale *Porta di Roma*, c'è un bar al pianoterra. Deve veni' da sola e mi deve portare la liquidazione. Con gli interessi.

Monica interruppe la telefonata. Si guardò allo specchio e si dedicò un sorriso. Era andata bene. Scese in garage, si infilò un casco rosa e montò su una Vespa dello stesso colore, adattissimo al ruolo di Monica la coattella.

Ingegneri non si precipitò a telefonare ad Assunta. Era un uomo cauto e non voleva fare passi falsi. Fece un cenno a Marani e lo invitò a sedersi al suo tavolino.

– Sto facendo i conti della settimana, – disse l'esattore per darsi un tono.

L'altro lo ignorò. – Che mi dici di questa Monica?

Con una maggiore dovizia di particolari, Sereno raccontò la storia confusamente accennata dal sor Mario. L'ex vigile decise che era il caso di disturbare il capo.

All'inizio Assunta sottovalutò la faccenda, liquidandola come il tentativo di spillare un po' di soldi, ma il particolare del libretto nero con il bordo rosso le fece subito cambiare idea.

– Dove ha detto che è l'appuntamento? – domandò.

– Al centro commerciale *Porta di Roma*. Dice di farsi trovare al bar. Ha scelto un posto molto frequentato, la ragazza non vuole sorprese ma siamo in grado di fregarla comunque.

– No. Andrò sola.

– Come preferisce.

– Tu e i tuoi uomini aspetterete all'esterno e poi la seguirete. Di quella stronzetta non sappiamo come si chiama e nemmeno dove abita.

Assunta andò in bagno e si tolse le fasciature. Le mani erano conciate male. Strangolare l'ex fidanzata di Antonino e trasportare la valigia col denaro non aveva migliorato la situazione. Cosparse le ustioni di pomata e tentò di ricoprirle con garze sottili per riuscire a infilare un paio di guanti neri in pizzo, ma erano troppo stretti e dovette rassegnarsi a farsi vedere con le bende. D'altronde ne valeva la pena. Quella Monica doveva essere a conoscenza almeno di una parte della verità. Il particolare del quaderno era inequivocabile.

Un Sms l'avvertí che Ingegneri era arrivato e l'attendeva sotto casa. Assunta finí di truccarsi e prima di uscire prese cinquantamila euro dalla valigia. Era certa che la ragazza si sarebbe accontentata di molto meno, ma non voleva rischiare di dover organizzare un nuovo incontro per mancanza di contanti.

Rocco Spina, l'amico di Sara, vide Assunta che usciva e saliva sull'auto con Ingegneri. Gli altri due scagnozzi erano arrivati in scooter. Iniziò a pedinarli con grande cautela. Il suo compito era assicurarsi che la Barone entrasse da sola.

E fu cosí che andò. Gli ex vigili parcheggiarono auto e moto e si misero a fumare e a chiacchierare.

– Stai attenta, – si raccomandò Rocco al cellulare.

– Andrà tutto bene, – rispose Monica, che stava bighellonando nel reparto fitness al piano superiore. Scendendo con la scala mobile vide che Assunta si era già seduta e stava ordinando.

– Io voglio un caffè, – disse la ragazza al cameriere che si stava allontanando. – Si è fatta male? – chiese invece alla donna, indicando le mani fasciate.

Era la stessa domanda che le aveva fatto Ingegneri appena era salita in auto. Lei aveva raffazzonato una balla, e le era sembrato di scorgere un accenno di scherno sul volto dell'uomo. In realtà si sbagliava, ma la vergogna che provava per quanto era accaduto in casa del fratello continuava a turbarla.

– Sembra che tu abbia delle cose da raccontarmi, – disse Assunta, notando il casco rosa di Monica, particolare da riferire a Ingegneri.

– Sí, – rispose la ragazza. – E lei pensa che siano importanti, altrimenti non sarebbe qui.

– Forse sono solo curiosa.

– E in quella borsa quanti soldi ci sono per soddisfare la curiosità?

– Cinquemila.

Monica si alzò e fece per andarsene.

– Smettiamola con le sceneggiate, – tagliò corto Assunta. – I soldi non sono un problema per me. Racconta quello che sai e non rimarrai delusa.

La ragazza tornò a sedersi. Versò mezza bustina di zucchero nella tazzina e mescolò con calma. Poi la svuotò in un unico sorso.

– Mi sono decisa solo adesso perché i fratelli Fattacci sono in galera e non possono farmi piú niente.

– Perché, che ti hanno fatto?

– Lo sa benissimo. Mi hanno violentata e pure menata per farmi stare zitta.

– A me risulta un'altra storia. Che ti hanno dato una ripassata perché avevi parlato a sproposito.

Monica fu convincente nel mostrarsi sorpresa. – Io? Ma non è vero. Loro non si erano accorti che ero ancora nel locale perché ero chiusa in bagno a lavare gli stracci, e quando sono uscita li ho visti che si dividevano i soldi e i gioielli.

Assunta si irrigidí. – Loro chi?

– I fratelli Fattacci e il geometra Marani. Il sor Mario stava a guardare da dietro al bancone.

– Ne sei sicura?

– E come no! Facevano i mucchietti con i quattrini e i brillocchi, – rispose, preparandosi a tirare la stoccata finale. – I fratelli Fattacci, per l'esattezza. Invece Marani sfogliava un quaderno nero con il bordo rosso che poi si è infilato in saccoccia. E ci stava pure un'agenda, di quelle fiche con la copertina di pelle. Calcola che pure quella se l'è presa Marani. A quel punto il cane m'ha sentito e si è messo a abbaia'…

– Basta cosí. Ho capito, – la interruppe Assunta. Il volto era una maschera di ghiaccio.

Ma Monica non mollò la presa. – Ma come? Non le interessa sapere come m'hanno fatto il servizio? Anche lei è una donna, lo dovrebbe capi' quello che ho passato.

– Zitta! – sibilò infuriata la Barone. – Non me ne frega un cazzo, e comunque basta guardarti in faccia per capire che ti piace prenderlo in tutti i modi.

Infilò la mano nella borsa, prese una mazzetta di banconote e gliela mise tra le mani. – Prendi 'sti soldi e levati dai coglioni.

Monica le afferrò l'avambraccio. – So' pochi.

– Fatteli bastare.

La ragazza non mollò la presa. – Non credo proprio. Se non cacci gli euri giusti io me metto a strilla' li cazzi tua qui davanti a tutti.

– Non credo che ne avresti il coraggio.

– E dàje, mettime alla prova. E nun credere che me fai paura, te e i tuoi pizzardoni del cazzo. Sei te che ce devi d'ave' paura, perché te de me nun sai gnente, nemmanco come me chiamo.

Assunta si convinse che la ragazza non stava bluffando e che tutti avevano sempre sbagliato a considerarla tonta e inoffensiva. E poi quello che aveva raccontato non aveva prezzo. Finalmente sapeva chi aveva fottuto suo fratello. Tirò fuori il resto dei soldi e si allontanò, frugando all'interno della borsa alla ricerca del cellulare.

– È in motorino, – avvertí. – Ha un casco rosa.

I due con gli scooter si piazzarono nel posto giusto e poco dopo la videro uscire a bordo della Vespa rosa. La seguirono per qualche chilometro. Monica teneva un'andatura regolare e tranquilla. A un certo punto imboccò la discesa che conduceva al parcheggio sotterraneo di un altro centro commerciale e li seminò senza alcuna fatica.

Il loro capo non fu affatto contento della notizia. – Ma come cazzo avete fatto a perderla? Che vor di' «è sparita»? Siete due imbecilli, ecco che siete.

– Mi pare di capire che i tuoi uomini hanno fallito, – commentò sarcastica Assunta, che sedeva al suo fianco.

Ingegneri grugní per il disappunto.

– Non è un bell'inizio, – infierí la donna.

– È solo un incidente. Noi siamo i migliori sulla piazza.

– Lo spero, dato che dovrete prelevare Marani e il sor Mario e portarli nel posto che i fratelli Fattacci avevano allestito per la siberiana.

– A quanto sembra questa Monica ha raccontato cose interessanti. È sicura che sono vere?

– Sicurissima. Mi ha dato un paio di particolari che non può aver inventato.

– Dovremo fare un lavoro pulito. Attirarli fuori zona con una scusa, cosí non ci sgama nessuno.

– Fate quello per cui siete pagati nel migliore dei modi, – sentenziò Assunta, per nulla interessata ai dettagli operativi. – E adesso portami al cimitero.

Assunta aveva deciso di perdonare Antonino, qualunque cosa avesse fatto con Clelia. Gli confidò che c'era rimasta tanto male, non avrebbe dovuto nasconderle la sua relazione. Ma era sicura che lui se ne fosse pentito subito e che avesse continuato a occuparsi di lei soltanto per carità cristiana. E per convenienza, ovviamente. L'idea di nascondere il tesoro dalla pazza era stata geniale.

– Tu però, Antonino mio, devi ammettere che ho fatto bene a toglierla di mezzo, – disse a un certo punto. – Senza di te che vita avrebbe fatto? Sarebbe finita in qualche istituto dove trattano 'sti pazzerelli come bestie –. Poi lo mise al corrente delle ultime novità. – Certo, Pittalis non c'entrava nulla, ma tanto si era condannato da solo per aver dato ascolto a quella troia di tua moglie. Dopo aver regolato i conti con i tuoi assassini, sistemerò anche lei. Ho certe ideuzze che ti piaceranno assai. Perché se te la devo dire tutta, Antonino mio, la siberiana è la persona che odio di piú al mondo, però ci ha fatto godere come pazzi. Non è vero, amore mio?

Appena la città venne avvolta dal buio, Assunta tornò nell'appartamento di Teresa con un grande e robusto trolley in cui stipò il resto delle banconote. Prima di uscire aprí il frigorifero e fissò a lungo il cadavere della donna.

Sara era tornata a casa e, dopo aver messo a riposo il personaggio di Monica, aveva raggiunto l'appartamentino preso in affitto per tenere d'occhio il bar *Desirè*. Non aveva dubbi sul fatto che la Barone avesse già preso provvedimenti per Marani e il sor Mario, e che presto gli ex vigili sarebbero entrati in azione. Quel giorno non accadde nulla. Ingegneri e i suoi uomini non si fecero vedere.

L'indomani mattina nemmeno. La giornata scivolò via tranquilla fino all'ora dell'aperitivo serale. Non potendo bere alcolici a causa della gastrite, di solito a quell'ora Sereno rientrava a casa a piedi. Quella volta invece rimase ad aspettare che il sor Mario chiudesse il bar, cosí se ne sarebbero andati insieme con la sua auto.

Sara capí che erano partiti per il loro ultimo viaggio e chiamò Ksenia.

– Credo che stia succedendo qualcosa, – disse cauta. – Sei sempre dell'idea di vedere come va a finire?

– Sí, – rispose la siberiana.

– Allora passo a prenderti fra cinque minuti.

Ksenia chiuse la comunicazione e tornò in cucina. Luz stava preparando la cena.

– Devo uscire, – annunciò.

La colombiana appoggiò il mestolo e si voltò a guardarla.

– *Devi* uscire?

– Sí.

– E dove *devi* andare?

– Non posso dirtelo.

– Ancora con questi misteri?

– Luz, non voglio mentirti ed è meglio che tu non sappia.

– C'entra ancora la donna della Mini?

– Sí.

Luz sospirò e si lasciò cadere su una sedia. – Quanto andrà avanti questa storia?

– Fino a quando non sarà finita, – rispose Ksenia spiccia, prendendo giacca e borsa.

– A volte sei cosí dura.

– Tutta questa storia lo è. E tu non fai nulla per rendere piú semplici le cose. Ti comporti in modo infantile.

– Vuoi litigare?

– No. Sono solo nervosa.

– Stai attenta.

Ksenia non rispose. Le diede un bacio sulla fronte e uscí.

Sara indossava una tuta nera e scarponcini dello stesso colore. Ksenia non aveva pensato a cambiarsi. Si era fatta bella per Luz, a cui piaceva in gonna e camicetta. – Forse non ho l'abbigliamento adatto.

Sara alzò le spalle. – Quantomeno non porti i tacchi –. Mise al corrente la siberiana degli ultimi sviluppi. – Penso che porteranno i due stronzi alla palestra dove i Fattacci avevano allestito quella bella stanzetta per te.

Ksenia rabbrividí. – Sempre se non li ammazzano prima.

– Non credo. Assunta vuole un sacco di risposte da Marani.

– Perché hai messo in mezzo anche il barista?

– Poteva salvarmi dallo stupro e si è guardato bene dal farlo, – rispose Sara in tono duro.

La siberiana non ribatté e rimasero in silenzio fino a quando non giunsero alla palestra.

– Non c'è ancora nessuno, – disse Sara.

Non dovettero attendere a lungo. Una decina di minuti piú tardi arrivarono due auto. Nella prima c'erano Manlio Boccia e Saverio Cossa, i due ex vigili. Nell'altra Marani e il sor Mario.

– Chissà che razza di balla gli hanno raccontato per convincerli a seguirli fin qui, – si chiese Sara.

– Non vedo Assunta, – disse Ksenia.

– Arriverà tra poco, vedrai, – ribatté l'altra. – Il tempo di preparare i due fessi all'interrogatorio e si materializzerà come la strega delle favole.

– E noi cosa facciamo?

– Aspettiamo.

– Non è il caso di avvertire la polizia?

– Non è ancora successo niente e non hanno commesso nessun reato, – rispose Sara. – Dobbiamo attendere gli sviluppi della situazione.

Ma Ksenia non era tranquilla. Quel luogo, l'idea di due persone prigioniere di uomini violenti, l'attesa dell'arrivo di Assunta le provocavano un'inquietudine profonda, difficile da tenere a bada. Nonostante quello che aveva subito e i suoi propositi di vendetta, in quel momento avrebbe voluto trovarsi altrove. A casa con Luz. Perché quello era il suo posto.

La Barone arrivò poco dopo con Ingegneri.

– Ora comincia la festa, – sussurrò Sara.

In effetti tutto era pronto. Sereno Marani era nudo e incatenato alla sedia imbullonata al pavimento, mentre il sor

Mario stava attaccato alla parete come un prigioniero nel Medioevo. I due pensavano di andare a visitare la nuova sede operativa della banda e al sor Mario era stato offerto di lavorare gratis come aiuto di Marani in cambio della riduzione del debito. Invece appena entrati si erano ritrovati a fissare le canne di due pistole. Da quel momento si erano disperati, avevano pianto, pregato, tempestato di domande i due aguzzini, ma questi si erano ben guardati dal rispondere. Il silenzio era una vecchia e collaudata tecnica per ammorbidire i prigionieri prima dell'interrogatorio. Dopo averli legati, avevano preparato l'attrezzatura e sintonizzato una radio sulle frequenze della polizia, giusto per stare tranquilli.

Quando si spalancò la porta e il capo fece il suo ingresso, Marani ebbe la certezza che non si trattava di un equivoco o di un colpo di mano ordito dagli ex vigili. Era stata proprio Assunta a ordinare il loro sequestro.

– Perché? – gridò.

– Perché sei un giuda, – rispose la donna. – Hai tradito e assassinato Antonino che ti aveva sempre dato fiducia.

E con l'ardore di un pubblico ministero nell'arringa finale, riportò le confidenze di Monica.

– E siete stati cosí stupidi, – concluse, – da pensare che violentarla sarebbe stato sufficiente a farla stare zitta. Invece quella al momento giusto vi ha fottuti.

Sereno, per una volta nella sua vita, tirò fuori le palle.

– E invece la stupida sei tu che ti sei fatta pigliare per il culo da quella stronzetta. Ti ha raccontato un sacco di fregnacce e tu ci hai pure creduto.

Assunta, in un impeto di rabbia, si scagliò addosso all'esattore e lo colpí in pieno viso con un ceffone che le procurò una fitta alla mano ustionata.

Ingegneri la fermò. – Ci pensiamo noi, – disse. E per Marani e il sor Mario si spalancarono le porte dell'inferno.

Ksenia e Sara, che nel frattempo avevano scavalcato il cancello e si erano avvicinate alla palestra, udirono perfettamente le grida di dolore. La siberiana afferrò il braccio dell'altra.

– Chiama la polizia, – sussurrò.

– Non è ancora il momento.

– Ma sei impazzita? Non senti cosa gli stanno facendo?

– Devi capire due cose, Ksenia, – sibilò Sara. – La prima è che meritano di soffrire, la seconda è che piú tardi arrivano gli sbirri, piú gravi sono i reati di cui verranno accusati.

Un urlo agghiacciante squarciò la notte. Boccia aveva iniziato a strappare le unghie dalla mano destra del sor Mario.

Ksenia afferrò il cellulare. – Basta. Chiamo io.

Sara glielo strappò di mano. – Assunta non li lascerà in vita. E si prenderà l'ergastolo.

– Ma io non voglio essere complice.

– Dopo tutto quello che ti hanno fatto hai ancora di questi scrupoli? La vendetta ha il suo prezzo, ti avevo avvertita.

– Io me ne vado, – annunciò Ksenia. – E fermo la prima macchina che passa per strada.

Sara si arrese. – D'accordo. Torniamo all'auto e mentre ci allontaniamo lancio l'allarme.

Mantenne la promessa. Poi si rivolse con rabbia alla siberiana. – È stato un errore coinvolgerti.

– Stai diventando come loro.

Sara le tirò un ceffone forte e cattivo. – Non ti permettere di dire certe stronzate. Scendi. E non farti piú vedere! – ordinò secca, spingendo la siberiana fuori dalla macchina.

Ksenia rimase in piedi a massaggiarsi la guancia mentre i fanalini della Mini Cooper diventavano sempre piú piccoli. La Casilina vecchia, a quell'ora, era buia e deserta.

Assunta assisteva allo strazio di quei due corpi con la certezza che Marani aveva detto la verità: si era fatta menare per il naso da Monica, che le aveva spillato cinquantamila euro per fornirle informazioni false con l'obiettivo di costringerla ad agire contro la sua stessa organizzazione. Un piano basato su dettagli, come quello del quaderno nero, che solo una persona coinvolta poteva conoscere. Eppure non poteva essere stata la ragazza ad assassinare Antonino e a ripulire la cassaforte, perché mentre suo fratello moriva, Monica veniva violentata dai Fattacci. I conti non tornavano. Il problema vero era che della ragazza non sapeva nulla e non sarebbe stato facile trovarla. Cosa l'aveva spinta a fottere Marani e il sor Mario? Qual era il suo vero scopo? La risposta arrivò dalla radio sintonizzata sulle volanti della polizia. Dalla centrale operativa fu diramato l'ordine alle pattuglie di convergere all'indirizzo della palestra.

– Gli sbirri! Stanno arrivando, – gridò Cossa.

Ingegneri estrasse la pistola e fulminò il sor Mario. Un colpo alla testa. Poi sparò a Marani. Sul petto spuntò un foro da cui uscí un fiotto di sangue, e il geometra si accasciò sulla sedia. L'ex vigile non perse tempo a dargli il colpo di grazia perché calibro e proiettile a frammentazione garantivano sempre il risultato. Gli altri scagnozzi si occuparono di Assunta, spingendola senza tanti complimenti fino all'auto.

Quando sulla Tuscolana incrociarono due pattuglie che provenivano in senso opposto a sirene spiegate, Ingegneri tirò un sospiro di sollievo.

– Un paio di minuti di ritardo e ci avrebbero beccati.

– Ma com'è successo? – sbottò Boccia. – Non è che qualcuno ci ha tirato l'inculata?

– No, – disse il capo. – Il posto non era sicuro, tutto qui. Ci siamo fidati della valutazione di due teste di cazzo come i Fattacci e abbiamo sbagliato.

Assunta Barone rimase in silenzio. Per la prima volta era veramente terrorizzata. Il pericolo che aveva corso era stato enorme e si chiese come avesse potuto cacciarsi nella trappola di Monica. Si rese conto di non essere adatta a portare sulle spalle il peso del comando di una banda come quella. I suoi errori l'avevano di fatto distrutta. Ma avrebbe imparato. Lo doveva a sé stessa e a suo fratello. Il regno dei Barone sarebbe risorto.

Gli agenti delle volanti, per colpa del buio, tardarono alcuni minuti a trovare la palestra ma Sereno Marani, miracolosamente, era ancora vivo. Il proiettile non aveva fatto il suo dovere. Insieme all'ambulanza arrivarono anche gli uomini della scientifica e della squadra mobile. Roma era diventata una città che riservava molte sorprese, ma non capitava tutti i giorni di incappare in una camera delle torture.

Il tempo di dare un'occhiata e tutti si attaccarono ai cellulari per avvertire gli amici giornalisti.

Sette

Dopo essere stata piantata da Sara, Ksenia si ritrovò a camminare per un paio di chilometri lungo via Casilina vecchia. Mentre allungava rabbiosamente la falcata ignorò le macchine che rallentavano. Ignorò il buio che l'avvolgeva e che avrebbe dovuto impensierirla se la sua mente non fosse stata completamente assorbita dall'unica persona che l'aveva davvero spaventata in quell'orribile notte: Sara e la sua cinica determinazione nel colpire senza pietà. Si chiese da dove venisse tutto quell'odio. La guancia colpita dal violento schiaffo le bruciava ancora e in bocca aveva il sapore ferroso del sangue. Si sciacquò il viso a una fontanella e bevve con avidità. Cercando di orientarsi notò un flusso di ragazzi e ragazze, rilassati e sereni, che si inoltravano in una stradina stretta fra due muri di pietra.

Le sembrò incredibile che a poca distanza due uomini fossero stati seviziati a morte. Seguí i giovani senza un motivo preciso e si ritrovò davanti a un'ex officina trasformata in un locale dove quella sera si esibiva Selah Sue. Appena spinse la porta fu investita dalla potenza degli amplificatori. Dentro faceva un caldo soffocante, il pubblico seguiva in piedi l'esibizione di una band guidata da una ragazza con una magnifica massa di capelli biondi che imbracciava una chitarra elettrica. Aveva una voce fantastica, grintosa e sensuale. Ksenia si fece largo tra la folla che stipava la sala e riuscí a portarsi fin sotto il piccolo palco. Rimase incantata a osservare la cantante. Da vicino era ancora piú bella. Non aveva piú di venti, ventidue anni. La sua stessa età. Stava sussurrando nel microfono: «I fear real danger | this world ain't simple | but I'm strong, I know how to get out...»

Ksenia chiuse gli occhi e si uní al canto cercando di cancellare le urla di dolore che avevano squarciato la notte e la sua mente.

Ascoltò un altro paio di brani, poi uscí d'impulso. Trovò un angolo tranquillo in giardino e telefonò a Luz.

– Ciao.

– Dove sei?

– In un locale.

– Con quella?

– No, sono sola. Perché non mi raggiungi?

Luz era indecisa. – Dammi l'indirizzo, – disse dopo un po'.

Mentre aspettava, Ksenia si guardò intorno. Era un altro mondo. Non aveva niente a che fare con certe discoteche di Mosca dove era scappata con un paio di compagne di squadra. Niente luci strobo, niente cubi con ballerine soliste. Solo musica e tanti ragazzi che si divertivano. Alcuni parlavano, altri discutevano. Li osservava riflettendo sulla sua vita e su quella di Luz. Ripensò a Sara che parlava di vendetta e non batteva ciglio nel vedere la gente morire fra atroci sofferenze. Desiderò essere come la musicista bionda che cantava di sentirsi forte abbastanza da sconfiggere la tristezza.

Una mano le sfiorò delicatamente la spalla, si girò e vide il volto della colombiana, bellissimo anche senza trucco. Il suo arrivo la ricondusse alla realtà, la loro realtà. Le chiese di portarla via e appena furono in auto cominciò a raccontarle tutto: Monica la barista che in realtà era Sara la vendicatrice, la devastazione dell'appartamento di Barone, lo scontro con Assunta, la brutta fine di Marani e del sor Mario, il violento litigio con Sara e infine il suo desiderio di mettere la parola fine a tutta quella storia e di progettare un futuro come facevano i ragazzi che aveva incrociato in quel locale.

Luz, la dolce Luz, fu gelida come il ghiaccio. Le disse che aveva sbagliato due volte, prima ad averla tenuta all'oscuro e poi a non aver seguito Sara fino in fondo. – Sarà anche pazza ma non ha torto. Ora Assunta è a piede libero e potrà ancora farci del male.

Ksenia chinò il capo.

– E se ce ne andassimo via, lontano?

– Queste sono frasi da film. Lo sai che non posso, – sbottò Luz, delusa. – Adesso dovrei dirti: vai tu, se vuoi. Ma non senti come suonano false queste parole?

Ksenia annuí. Luz aveva ragione. Glielo fece capire con un bacio e carezzandola dappertutto lungo il tragitto verso la loro nuova casa, dove trascorsero quel che restava della notte a fare l'amore.

Assunta era immersa nella vasca quando ricevette la telefonata di Ingegneri.

– Il geometra è ancora vivo, – annunciò imbarazzato.

– Cosa?

– Però è messo malissimo.

– Muore o non muore?

– Non è chiaro. Comunque ho una persona che mi tiene al corrente, e se si riprende la avverto subito.

– E meno male che eravate i migliori sulla piazza.

L'ex vigile bofonchiò delle scuse ma Assunta tagliò corto.

– Cerca quella Monica, – ordinò.

– Domani mattina faccio controllare da un amico la targa della Vespa.

– Ma prima vai a fare due chiacchiere con la vedova del sor Mario e con la signora Marani. Non vorrei che il dolore le spingesse a dire cose sbagliate.

Assunta si alzò e si asciugò. Osservò a lungo le mani che cominciavano a guarire. Le trovò belle. Antonino non le aveva mai fatto i complimenti per quelle dita affusolate e particolarmente aggraziate. Lui impazziva per le caviglie e le cosce. Indossò una camicia da notte che era appartenuta alla madre e si lasciò cadere sull'inginocchiatoio.

La mente vagò da un fallimento all'altro: poi, quando il dolore alle ginocchia si fece sentire, Assunta si mise a pregare.

Il mattino seguente si svegliò presto per seguire i notiziari sulle emittenti romane. «La camera delle torture» era ovunque la notizia d'apertura. Al di là delle solite chiacchiere, non sapevano nulla. Avevano identificato le vittime ma niente di piú. Gli inquirenti speravano in un miglioramento delle condizioni di Marani ma i medici erano piuttosto pessimisti.

Quando i politici iniziarono la sfilata davanti alle telecamere per i soliti sproloqui sulla sicurezza in città, Assunta spense il televisore.

Dopo la morte di Antonino si era ritrovata sola. Non aveva amici e tantomeno amiche. Il timore che qualcuno potesse sospettare della relazione col fratello l'aveva spinta a coltivare esclusivamente conoscenze legate agli affari, e ora aveva un disperato bisogno di compagnia. E di sesso, qualcosa che senza Antonino sembrava un ricordo del passato. Ogni desiderio e fantasia erano custoditi gelosamente all'interno del loro rapporto. Travolgente e irripetibile. Per fortuna era ricca e avrebbe potuto comprare quello che le serviva, anche se ogni volta che sentiva il desiderio montarle dentro era Ksenia che le appariva. Nuda e inerme.

Si vestí e andò dal parrucchiere. Bevve un aperitivo in un bar di classe guardandosi allo specchio poco convinta del taglio, nonostante le rassicurazioni della cassiera. Poi salí su un taxi e si fece portare in via Gallia, al negozio di articoli per la casa di Carmen Lo Monaco.

Arrivò un attimo prima che la commessa chiudesse per la pausa pranzo.

– Andiamo a mangiare un boccone, – disse Assunta alla proprietaria.

– Decido io dove, però.

– D'accordo.

Camminarono sottobraccio come due vecchie amiche fino a una trattoria di quartiere che non aveva mai cambiato gestori, arredamento e menu.

Carmen ordinò come primo bucatini cacio e pepe, e gli occhi di Assunta si riempirono di lacrime.

– Ci si è soffocato Antonino con la cacio e pepe, e tu vai a ordinarla, – protestò indignata.

– Scusa, non lo sapevo e poi, fija mia, stamo a Roma, mica puoi pretendere che nessuno la mangi piú.

– Hai ragione, è che è proprio un brutto periodo.

– Nun te preoccupa', capisco e sono qui pe' datte una mano. Perché se mi hai invitato a pranzo vuol dire che ci hai diverse cosette da chiedermi –. Con un gesto richiamò l'attenzione del cameriere. – Cacio e pepe anche per l'amica mia, – disse. E sottovoce alla Barone: – Se li magnamo alla memoria. Semo donne de battaglia, no?

Assunta annuí poco convinta. – Quella tizia che mi hai mandato.

– Ma chi? Quell'armadio a due ante de donna?

– La voglio assumere.

– Per quanto tempo?

– Fino a quando mi serve.

La donna la fissò. – T'è piaciuta, eh? Brava, efficiente, sta sempre al posto suo.

– Come si chiama?

– Jadranka. È croata. E sí, si può fare.

– Non al prezzo dell'ultima volta, però.

Carmen ridacchiò e versò del vino a entrambe. – Tra amiche ci si mette sempre d'accordo. Che altro te serve?

– Un posto sicuro.

– Ti sei cacciata nei guai?

– No. Ma voglio stare tranquilla. Molto tranquilla.

– Ci ho un posticino isolato che fa al caso tuo. Lo conosci il K2?

Assunta scosse la testa.

– È una strada che sta su a Monte Mario. La chiamano cosí per quanto è ripida. Quando capita che nevica in città, i regazzini ci vanno a sciare. È silenziosa, isolata e taglia dritto il bosco fino allo stadio Olimpico. E in dieci minuti-un quarto d'ora stai in centro. Di notte una volta ci ho visto una volpe, pensa un po'. Di giorno non passa un'anima. Anni fa ho comprato una casetta di mattoni rossi, proprio per queste emergenze. L'ho arredata a gusto mio. Secondo me è perfetta.

– Quanto mi costa?

– Diecimila al mese.

– D'accordo.

– Non la vuoi vedere, prima?

– E perché? Non ce n'è bisogno, giusto?

– In effetti no. È un gioiellino. In tutti i sensi.

Il cameriere portò i piatti di pasta.

– Senti che profumino, – disse Carmen.

Assunta la osservò mentre masticava con voracità. Le ricordava il fratello. «Quanto ti piacevano, Antonino mio», pensò mentre infilzava i bucatini con la forchetta.

Nel pomeriggio si occupò del *Desirè* affidandolo a una famiglia di abruzzesi legati ai Barone da lunga data. Al posto del sor Mario arrivò il signor Ascenzo Ciocca, accompagnato dalla moglie Lina e dai figli Muzio e Berardino. Gente abituata a faticare, prima nei campi, poi in una latteria al paese e infine a Roma in un bar di proprietà di Antonino, che Assunta aveva venduto per ricambiare un favore a un'agenzia immobiliare.

I Ciocca non si erano lamentati. Stringendo la cinghia e dedicandosi a lavori molto piú umili avevano atteso che i Barone li ritenessero degni della loro attenzione. Ora il momento era arrivato, e tutti e quattro facevano a gara per esprimere riconoscenza e devozione.

Assunta fu chiara su come doveva essere gestito il locale.

– E quando cominciamo? – chiese Ascenzo.

– Adesso, – rispose la Barone. – Aprite le porte e vedrete che i malati di slot arrivano di corsa.

Lei fu la prima a giocare. Muzio, che aveva seguito un corso per diventare barman, le preparò un americano decente.

– Per gli altri clienti fallo un po' piú annacquato, – si raccomandò la donna. – Qui non si fa beneficenza.

Come aveva previsto, i giocatori incalliti si infilarono nel bar alla spicciolata e poi fu il turno dei curiosi. Tutti a vedere chi aveva preso il posto del sor Mario, che non solo non era stato ancora seppellito, ma stava all'obitorio in attesa dell'autopsia. I piú malevoli fecero notare che il *Desirè* avrebbe dovuto osservare un periodo di chiusura per lutto.

– Ma dov'è finita la decenza? – continuava a chiedersi ad alta voce il cavalier De Roberto, vecchio cliente di Antonino.

Assunta decise di intervenire e ordinò ad Ascenzo di fare il simpatico e offrire da bere senza limiti. Da parte sua raccontò alle persone giuste la triste storia della famiglia Ciocca, brava gente colpita da una serie impressionante di tragedie. Era tutto falso, ovviamente, ma l'operazione simpatia riuscí efficacemente a tamponare le linguacce.

A un certo momento arrivò Ingegneri, e non aveva la faccia di uno che portava buone notizie.

– Monica o Marani? Di quale dei due mi devi parlare?

– Della ragazza, – rispose. – Ho fatto verificare la targa della Vespa e ho scoperto che si tratta di una copia.

– Non ti seguo.

– Vuol dire che esiste un'altra Vespa rosa con la stessa targa.

– E allora? – domandò spazientita. Assunta odiava non capire.

– E allora la faccenda non mi piace per niente, – sbuffò l'ex vigile. – Perché è roba da professionisti. Quella si muove a un livello troppo alto per essere una semplice coattella.

– Ma insomma, chi è?

– Non lo so. Una sbirra, o forse è legata ai servizi, – rispose. – Si è fatta assumere da quel coglione del sor Mario e se l'è giocata alla grande.

– Mi sembri preoccupato.

– E infatti lo sono. Quella mi conosce, sa che ora lavoro per lei. Ma soprattutto c'è un dettaglio che mi fa pensare che abbiamo di fronte un nemico pericoloso. Ho saputo come hanno fatto gli sbirri ad arrivare alla palestra dove stavamo interrogando Marani e quell'altro sfigato.

– Una telefonata anonima, – indovinò Assunta.

– Proprio cosí. E l'amico mio m'ha detto che la voce era quella di una giovane donna.

Brando Sisti era un malavitoso che a Rebibbia contava sul serio. Era diventato un «definitivo» nel 2001 e non sarebbe uscito prima del 2023. Una rapina a un furgone portavalori finita male alla Pisana, in periferia. Il colpo era in realtà la trappola di uno sbirro che lo voleva in galera a tutti i costi. E lui c'era cascato. Quando si erano visti circondati, uno dei suoi complici aveva perso la testa e si era messo a sparare. Un poliziotto ci aveva lasciato la pelle e un altro era rimasto gravemente ferito. Si erano barricati in un bar prendendo in ostaggio il proprietario e qualche avventore. Poco dopo erano arrivati i Nocs e avevano troppa voglia di vendicare i colleghi per lasciare qualche spiraglio alle trattative. Cosí Brando aveva costretto i suoi complici ad arrendersi. Si era rassegnato da un pezzo all'idea di uscire all'età di settantatre anni suonati, e non avrebbe mai fatto nulla per accorciare la pena. Tantomeno l'infame. Era un gangster della vecchia guardia, osservava le sue regole e odiava papponi, pedofili e violentatori in egual misura. Era rispettato da tutti e aveva un ottimo rapporto con alcune guardie perché ci trafficava insieme da anni e con reciproca soddisfazione.

Quella sera rimase sorpreso quando venne chiamato a colloquio. Non era il giorno e nemmeno l'orario giusto. La sorpresa aumentò appena si rese conto che avevano imboccato il corridoio che portava alle salette riservate agli incontri con avvocati e giudici, e non al parlatorio.

– Mi devo preoccupare? – chiese all'agente che lo accompagnava.

– No, Sisti. Non mi risulta nulla.

Brando non si sarebbe mai aspettato di trovarsi di fronte a una vecchia conoscenza. Sorrise. – Ciao Sara.

Lei lo abbracciò e lo baciò sulle guance. – Sei sempre un bell'uomo.

– E tu la solita paracula, – ribatté accarezzandole il viso. – A cosa debbo l'onore?

– Devo chiederti un favore.

Il gangster allargò le braccia. – Sai che non posso rifiutarti nulla.

– Da poco sono arrivati due fratelli, Graziano e Fabrizio Fattacci.

– Ho capito chi sono. Stanno sempre in palestra. Due fessi.

– Mi hanno violentata. E hanno abusato pure di altre donne.

Brando Sisti sospirò. – Mi spiace. Cosa vuoi che faccia?
– Li attende un periodo di detenzione piuttosto lungo. Mi piacerebbe che si trasformasse in un incubo.
– Credevo avessi in mente qualcosa di piú definitivo.
– No, ma non voglio che la passino liscia. Per due cosí, scontare la pena non basta.
Sisti annuí. – Stai tranquilla. Pagheranno per quello che ti hanno fatto.
– Grazie.
Si abbracciarono e Sara sgusciò fuori.
– Non voglio sapere cosa vi siete detti, ma chiunque sia è un bel pezzo di fica, – commentò ammirato l'agente.
Il detenuto fece una smorfia. – Bella e pericolosa, – sospirò.
– Addirittura?
– Già. Mai farla incazzare.

Assunta controllò il display della sveglia. Le sette del mattino. Di certo non era la polizia, perché la scampanellata era stata discreta e solitaria, ma non riusciva a immaginare chi potesse essere cosí stronzo da svegliarla a quell'ora.
Era Jadranka. Con un sacco di borse e valigie al seguito.
– Prendo servizio, – annunciò.
La padrona di casa annuí e tornò a letto. Quando uscí dalla stanza un paio di ore piú tardi, la croata aveva preso possesso della casa. Si era scelta una camera, aveva messo a posto le sue cose e preparato una colazione pantagruelica. Assunta ne fu compiaciuta. Le piacevano le persone di buon appetito.
Jadranka si alzò. – Cosa preferisce?
– Un caffè.
– È già pronto, – disse la croata prendendo una tazzina.
Assunta si sedette di fronte a lei e la osservò. Alta, grande e massiccia, senza un filo di grasso come certe contadine delle sue parti. Ogni tanto incrociavano lo sguardo e lei

ne approfittava per scrutarla nel profondo. Sin dal giorno in cui l'aveva aiutata a uscire dall'orribile situazione in cui era stata cacciata da Ksenia, aveva sentito una sorta di affinità nei confronti di quella donna. Ora ne era certa: avevano molto in comune.

– La signora Carmen ti ha spiegato cosa devi fare?

– Non c'era bisogno.

– Che significa?

– Io faccio tutto. Tu mi paghi e io faccio.

– Cosí mi piace! – esclamò la Barone. – Finalmente una con le idee chiare. Ora mi preparo e poi andiamo. Prima andiamo a comprarti qualcosa di decente. Scusa la franchezza, ma vesti davvero in modo orribile.

Assunta tacque per osservare eventuali reazioni, ma non ve ne furono. Tutta l'attenzione di Jadranka era concentrata sulla frittata che stava mangiando.

– Useremo la tua macchina per spostarci. Dà meno nell'occhio.

– Non ho macchina.

– Non è tua quella con cui mi hai accompagnata qualche giorno fa?

– No. Era prestata.

– Ho capito. Per oggi ci arrangeremo.

Assunta ripensò al santino di sant'Alessio che aveva visto nell'auto. – Ma sei comunque ortodossa?

Jadranka scosse vigorosamente la testa. – Cattolica, – chiarí. – Io odio ortodossi, i serbi sono ortodossi e io odio serbi.

– E i siberiani?

– Siberiani come russi e russi come serbi.

La Barone era raggiante. Mentre si vestiva le venne in mente una scena che la eccitò molto. Jadranka e Ksenia. Si stupí della potenza straordinaria della sua fantasia.

La croata si fece rifare il guardaroba senza battere ciglio. Assunta non la consultò e parlò solo con la commessa del negozio *Taglie forti Fiorella*. Però alla fine, provando un completo giacca pantalone, Jadranka dovette ammettere con sé stessa che adesso era molto piú elegante. Non si era mai sentita cosí a suo agio dai tempi in cui aveva indossato la divisa della milizia durante la guerra che aveva dilaniato l'ex Iugoslavia. La signora le piaceva. Anche se non era un uomo sapeva comandare, e per lei ricevere ordini era importante. Tracciavano la rotta lungo la quale far scorrere l'esistenza.

– Ha visto, signora, come è presentabile adesso? – domandò la commessa.

– Almeno posso portarla in giro, – disse Assunta.

Mentre pagava ricevette la telefonata del dottor Savelli, il direttore della banca.

– Avrei bisogno di incontrarla, – disse con un tono che tradiva una certa apprensione.

– Tra un'ora posso essere da lei.

– Le sarei davvero grato.

Assunta lasciò Jadranka al *Desirè*. Il bar aveva ripreso il ritmo normale. Gli infaticabili Ciocca non avevano la minima intenzione di fallire e fu soddisfatta nel vederli determinati a conquistare la clientela e convincerla a spendere.

Una giovane donna, elegante nel suo tailleur blu dal taglio severo, sorseggiava una spremuta chiacchierando con la sora Lina, e dichiarandosi particolarmente contenta che il bar avesse cambiato gestione. Prima era frequentato e mandato avanti da gentaglia. Assunta sorrise pensando che in realtà non sarebbe cambiato nulla e che i Ciocca erano molto peggio del defunto sor Mario. Ma avrebbe avuto ben altri pensieri per la testa se avesse riconosciuto Monica, che ora la stava guardando attraverso le lenti di un grande paio di occhiali da sole.

La segretaria era stata avvisata e fece accomodare immediatamente Assunta nell'ufficio del direttore, che si inchinò un paio di volte nello stringerle la mano.

– Allora, di cosa mi deve parlare? – tagliò corto la Barone. Il dottor Savelli aveva iniziato a decantare la sua amicizia con Antonino e lei non aveva voglia di ascoltarlo.

L'uomo si schiarí la voce. – Mi sono permesso di chiamarla per due motivi: il primo è che ho necessità di sapere a chi devo rivolgermi ora che il povero Marani è tra la vita e la morte.

– A me. Prendo io in carico il settore del geometra. E il secondo motivo?

– Sereno mi aveva avvertito di segnalare movimenti sospetti dei clienti che abbiamo in comune, e proprio ieri la signora D'Angelo, proprietaria della profumeria *Vanità*, è venuta a saldare lo scoperto. In contanti.

– A quanto ammontava la cifra?

– Quarantaduemila euro circa. Ma non si tratta solo di questo. Ho saputo da altri clienti, per lo piú artigiani, che sta investendo un bel po' di capitale nella ristrutturazione del negozio. Mi chiedo dove abbia trovato il denaro.

La verità all'improvviso prese forma in tutta la sua semplicità nella mente di Assunta, che avvertí il bisogno di alzarsi e di avvicinarsi alla finestra. Appoggiò la fronte al vetro e chiuse gli occhi. La siberiana, la puttana e la profumiera. Ecco chi aveva fottuto Antonino. Aveva avuto la verità sotto il naso e non era stata capace di vederla, comprenderla.

– Qualcosa non va, signora Barone? – chiese cauto il direttore.

– Zitto, stronzo. Lasciami pensare.

Il dottor Savelli scivolò fuori dalla stanza in punta di piedi.

Assunta nemmeno se ne accorse. Era impegnata a pescare nella memoria spunti, frammenti, minimi dettagli dell'intera vicenda per sistemarli al posto giusto. E via via che procedeva si sentiva sempre piú stupida e inadeguata.

Era stata cosí certa dell'inferiorità di quelle donne da non prenderle minimamente in considerazione. E anche i suoi complici si erano lasciati infinocchiare, sicuri com'erano di avere a che fare con delle nullità, e invece quelle troiette erano state capaci di usarla come una marionetta per distruggere la sua stessa banda. Prima Pittalis e poi Marani.

E anche Monica faceva parte di quel nido di vipere. Le aveva spillato cinquantamila euro rifilandole informazioni false, poi aveva mandato gli sbirri per farla arrestare con l'accusa di sequestro e omicidio. Ma trovarla non sarebbe stato un problema. Bastava chiederlo alla persona giusta: Ksenia.

«Antonino mio, quanto sono stata cieca».

Prese la borsa e uscí. Il direttore si profuse in un'altra serie di salamelecchi ma lei lo liquidò con un cenno infastidito della mano.

I fratelli Fattacci erano impegnati a interpretare il senso dell'articolo sul «Messaggero» che raccontava quanto accaduto a Sereno Marani e al sor Mario.

– Nun ce sto a capi' 'na mazza, – si arrese Fabrizio. – Ma chi pò esse' stato a fottere il geometra e quello stronzo del barista? E poi, nel posto che avevamo preparato noi per la siberiana.

– Boh? Se deve tratta' de 'na banda nova, de fuori de testa. Coreani, messicani, gente cosí, – rispose Graziano, preso da altri pensieri. – Io sto a pensa' a come usci' de qua. Ci abbiamo bisogno de mettece 'n contatto con donna Assunta, che deve sgancia' li sordi per l'avvocato.

– E pure pe' facce campa' in questo cesso. Me so' rotto de magna' la sbobba del carcere. Ahò, ma te ricordi quanno andavamo nei negozi e ce pijavamo quello che ce pareva?

Lo spioncino della porta blindata si aprí e apparve il volto di un agente penitenziario. – Preparatevi, siete stati trasferiti in un'altra sezione.

– E quale? – chiese sorpreso Graziano.

– Non ne ho idea, – rispose la guardia. – So solo che tra cinque minuti passano a prendervi.

Quando la chiave girò nella serratura con il classico rumore di ferraglia, i Fattacci si trovarono di fronte sei agenti, la tipica squadretta pronta a calmare gli animi in caso di rimostranze.

– Nun me piace pe' gnente, – mormorò Fabrizio.

Carichi dei loro effetti personali, percorsero il corridoio della sezione accompagnati dagli sguardi di scherno dei detenuti. Alla rotonda dove si affacciavano le altre sezioni vennero accolti da un brigadiere particolarmente divertito, che si uní al gruppo.

Alla fine raggiunsero l'ultimo cancello, quello del nuovo reparto a cui erano destinati.

– Ma questa non è la sezione dei trans? – chiese Fabrizio.

Graziano non rispose. Con un balzo si aggrappò alle sbarre e cominciò a urlare.

Le guardie ebbero il loro daffare per convincerli a entrare. In mezzo al corridoio, a braccia conserte, li attendeva Manola, trans brasiliana che stava scontando una pena di ventiquattro anni di reclusione per aver pugnalato a morte il suo amante.

Era lei la regina della sezione, e si era conquistata il comando grazie a una buona dose di carisma, intelligenza, diplomazia e all'abilità nell'uso di ogni tipo di lama che ci si poteva procurare in quel carcere.

Alle sue spalle le altre trans. Una ventina. E le espressioni dei loro visi non erano affatto amichevoli.

– In ginocchio, – ordinò Manola.

Graziano e Fabrizio, spaventati, obbedirono.

– Siete le nostre nuove cameriere. Vi occuperete delle pulizie di tutte le celle e del bucato. E di ogni altro nostro desiderio, ovviamente. D'accordo?

I fratelli Fattacci si scambiarono un'occhiata disperata ma si affrettarono ad annuire.

Manola sorrise. Indicò sé stessa e le sue compagne. – In questa sezione si indossano esclusivamente abiti femminili.

Fabrizio fissò smarrito il fratello e si rivolse alla brasiliana. – Che hai detto? Scusa, non ho capito bene.

Assunta tornò al *Desirè* e bruciò una cinquantina di euro sfidando una slot che era stata programmata per non perdere. Aveva bisogno di riflettere, e quei numeri che giravano al ritmo di musichette e altri effetti sonori elettronici erano perfetti per far funzionare il cervello.

Il giovane Muzio le portò un paio di aperitivi, che lei trangugiò senza sentirne il sapore. A un certo punto fece segno a Jadranka di avvicinarsi.

– Qui vicino c'è una concessionaria di macchine usate. Va' e scegli quella che vuoi, basta che non sia esagerata, – spiegò. – Non mi tornare con la macchina dei tuoi sogni perché adesso la guardia di finanza sta attenta alle auto costose e a quelle con autista. Il mio ho dovuto licenziarlo, tanto ora ci sei tu, giusto?

– E i soldi?

– Ma quali soldi? Tu di' al proprietario che ti mando io, – sbottò Assunta. – Quello stronzo è indietro con le rate.

Poi chiamò Ingegneri. Era arrivato il momento di preparare un piano, ma non come aveva fatto finora. Tutto doveva essere valutato con estrema attenzione.

L'ex vigile arrivò in scooter insieme ai suoi uomini. Gli avventori del *Desirè* non furono contenti di vederli ma nessuno si permise di muovere un muscolo. D'altronde lo sapevano che i Barone non avrebbero mollato l'osso. Era solo cambiato il personale.

– So come trovare Monica, – disse Assunta.

– Questa è una buona notizia.

– Ksenia, la siberiana che mio fratello si era sposato, è sua complice.

L'uomo la guardò dritto negli occhi domandandosi se fosse impazzita. – Mi scusi, credo di non capire.

La Barone ghignò. – Nemmeno io avevo capito. Ma ora è tutto chiaro.

Raccontò solo quello che poteva, ma fu sufficiente a convincere Ingegneri che la siberiana era il tramite per arrivare a mettere le mani su Monica.

– Allora Marani e il sor Mario non c'entravano una mazza, – fece notare Ingegneri.

– Rimorsi? – domandò Assunta in tono glaciale.

– Mai, – rispose prontamente l'altro. – Sono incidenti del mestiere, ci hanno coglionati.

Le labbra di Assunta accennarono un sorriso crudele.

– Quei due non valevano un cazzo. Abbiamo solo fatto pulizia.

Ingegneri annuí. E pensò che quella donna doveva essere aiutata e consigliata per il bene suo e della banda.

La croata tornò con una monovolume giapponese. Sobria e discreta. Rientrarono a casa, dove Assunta divise «il tesoro del barone» in alcune borse, ne preparò altre con indumenti e biancheria e ordinò a Jadranka di caricare in macchina l'inseparabile inginocchiatoio.

Attraversarono la città da sud a nord alla volta del rifugio che Carmen Lo Monaco le aveva affittato a caro prezzo. Il posto era proprio come l'aveva descritto Carmen. Discreto e isolato, ma a metà strada fra due quartieri perfettamente organizzati.

L'interno era arredato in modo pacchiano, come del resto Assunta si aspettava, ben conoscendo i gusti della padrona di casa.

Controllò ogni singolo mobile e compilò una lunga lista di cose che mancavano. La consegnò a Jadranka.

La croata lesse con attenzione ogni voce per essere certa di non sbagliare. Poi si allontanò in silenzio. Assunta notò che la virago non faceva mai rumore. Grande e grossa com'era, si muoveva con la leggerezza di un fantasma.

Uscí a fare due passi nel bosco e si sedette sotto un albero secolare. Quel posto la inquietava e il suo appartamento le sarebbe mancato, ma aveva deciso di abbandonarlo fino a quando non si fosse liberata del gruppo di sciacquette che la stava sfidando. Poi c'era Marani che non si decideva a morire. Infine il tesoro che aveva bisogno di un luogo sicuro. E quell'appartamento lo era. Porta blindata, finestre antisfondamento, allarme, telecamera all'ingresso.

Cautela. Doveva stare attenta ed essere pronta a ogni evenienza. Un rifugio sconosciuto anche ai complici, dall'altra parte della città, era un punto di partenza fondamentale.

Rientrò e si ritirò nello studiolo a contare e suddividere i soldi del tesoro. Era giunto il momento di restituire il prestito a quel bastardo di Giorgio Manfellotti.

Scelse due borse eleganti per il trasporto ma poi cambiò idea. Scoppiò a ridere e corse in cucina. Sotto il lavello trovò un rotolo di sacchi della spazzatura formato condominiale. Due furono sufficienti a contenere i dieci milioni di euro in tagli vari. Scelse con cura i vestiti e si truccò come non faceva da tempo.

Il tassista dimostrò di avere una grande dimestichezza col sarcasmo romano quando dovette caricare «la monnezza» nel baule, e la segretaria del costruttore spalancò la boccuccia in una smorfia di stupore quando la vide entrare.

– Mi annunci all'ingegnere, – ordinò Assunta. – E no, non ho appuntamento.

La ragazza, continuando a tenere d'occhio i sacchi neri, entrò nell'ufficio di Manfellotti e un attimo dopo le fece segno di accomodarsi.

Il costruttore non alzò la testa dalle carte che stava consultando.

– È sempre un piacere ricevere una tua visita, cara Assunta, – mentí senza preoccuparsi di nasconderlo.

Con una certa fatica la donna depositò il denaro sulla scrivania.

– Cos'è 'sta roba? – chiese l'ingegnere.

– Dieci milioni di euro.

– Complimenti per lo stile.

– Mi è parso adeguato alla tua persona.

Finalmente si decise a guardarla. – Avrei scommesso che non ce l'avresti fatta a saldare il debito, e confesso che avevo già iniziato a pensare a come piazzare i tuoi immobili.

Assunta sorrise e tirò fuori dalla borsa una cartellina. – E invece adesso metti una bella firmetta e tutto ritorna nelle mani della legittima proprietaria.

Manfellotti controllò le carte e prese dal taschino un'elegante stilografica.

– Non li conti? – chiese stupita Assunta.

– Mi fido.

– Sbagli, – ridacchiò sciogliendo i nodi dei sacchi e rovesciando il contenuto sul tappeto.

L'ingegnere scattò in piedi. – Non ti permettere mai piú queste buffonate con me, – sibilò furioso.

– Era solo uno scherzo, – si giustificò la Barone. – D'altronde noi siamo sempre stati buoni amici e ottimi soci in affari, e ora torneremo a esserlo, perché la «Banca Barone» ha riaperto i battenti e funziona che è una meraviglia.

Il costruttore cambiò atteggiamento. – Hai risolto i problemi con i tuoi clienti, allora?

– Certo: gli stessi clienti che attraverso la mia mediazione hanno investito nei tuoi affari quei venticinque milioni che hai tentato di fottermi, approfittando di un momento di crisi dovuto alla morte di mio fratello.

Manfellotti allargò le braccia e si esibí in uno sfacciato sorriso da squalo. – Lo sai anche tu come vanno queste cose. Niente di personale, solo affari.

– Hai ragione. Ed è per questo che dimenticherò quello che hai detto su Antonino e la nostra famiglia.

Il tono sembrava sincero ma lo sguardo suggeriva l'esatto contrario. Assunta voleva che il messaggio arrivasse forte e chiaro, ma Giorgio Manfellotti non era abituato a farsi intimidire e continuando a sfoggiare un sorriso smagliante la accompagnò alla porta.

– Ti chiamo presto per metterti al corrente dello sviluppo dei nostri progetti comuni, – disse in tono zuccheroso.

Le prese la mano e, anziché sfiorarla con le labbra come imponeva l'etichetta, le stampò un bacio umido. Era il suo modo per comunicarle tutto il suo disprezzo.

Assunta non si scompose e si avvicinò alla scrivania della segretaria, dove prese un fazzolettino di carta e si pulí il dorso della mano. Lo appallottolò e lo gettò nel cestino.

Appena uscita si concesse un paio di coppe di champagne da *Corsetti*, l'unico bar decente in zona. Venne avvicinata da un bell'uomo sui trentacinque anni, elegante, simpatico, che aveva scritto in faccia: «Gigolò».

Lo fece parlare per un paio di minuti e poi gli chiese a bruciapelo: – Sei solo o hai anche una mignottella a portata di mano?

– No, lavoro solo.

– E allora smamma.

Il tizio si allontanò e lei provò una fitta di nostalgia per Antonino. Ma si riprese subito. Nulla le avrebbe rovinato il piacere di aver dato una lezione a quello stronzo di Manfellotti.

Tornò a casa, verificò con piglio da padrona che Jadranka avesse acquistato tutti gli oggetti della lista e la portò a mangiare una pizza. Era da parecchio che non lo faceva, e a lei la pizza piaceva tanto. Anche alla croata, che ne divorò due accompagnandole con altrettante bottiglie di birra.

Assunta invece ordinò vino rosso e spiegò alla virago che, come le aveva insegnato Antonino, era la sola bevanda giusta per la pizza.

Jadranka alzò le spalle. – Vino, non birra. D'accordo, – grugní con la bocca piena. Non capiva perché la signora si fosse impuntata in quel modo ma per lei non era certo un problema. Avrebbe bevuto quello che desiderava Assunta. L'importante era riempire la pancia, e poi era la Barone che pagava.

Assunta non riusciva a dormire. Le acciughe e i peperoni erano da evitare, la sera. E poi non aveva voluto pregare perché si sentiva troppo euforica, e aveva dimenticato di dire a Jadranka di comprare un televisore per la stanza da letto. Si alzò per andare a bere un bicchiere d'acqua in cucina. Passando davanti alla porta della croata udí dei gemiti soffocati. Si fermò ad ascoltare per esserne certa. Poi aprí la porta. La virago era nuda, in ginocchio, e si percuoteva la schiena possente con un flagello. La Barone osservò la scena per qualche istante, poi si avvicinò alla penitente e impugnò il manico dello strumento del suo dolore.

– Ci penso io, – sussurrò impossessandosene.

Si portò alle sue spalle e passò piano le code lungo la spina dorsale e sull'enorme sedere.

– I pensieri impuri mi tormentano, – singhiozzò Jadranka prima di iniziare a pregare nella sua lingua.

– Ti libero io dal peccato, – bestemmiò la Barone. Si godette fino in fondo il momento di assoluto potere e poi iniziò a colpire.

La moglie scosse la spalla del commissario Mattioli. – Eddài, Paolo, rispondi.

Con movimenti consumati dall'abitudine, il poliziotto protese il braccio per accendere l'abat-jour, sbirciare il quadrante dell'orologio che segnava le 3,20 del mattino e sollevare la cornetta. Il cellulare lo spegneva prima di coricarsi e l'accordo con i colleghi era di svegliarlo solo in casi eccezionali, che però capitavano ormai regolarmente.

– Pronto.

– Sono Giannoccaro. Sto coordinando la protezione di Marani.

– Che è successo?

– È uscito dal coma e fa discorsi strani.

– Hai svegliato il poliziotto sbagliato. Non sono io il titolare dell'indagine.

– Dice delle cose sulla morte di Barone, sulla sorella. Dovresti venire ad ascoltare.

– A quest'ora?

– Non ci sta nessuno e soprattutto non c'è la moglie, che è peggio di un cane da guardia, e poi che te devo di', quello ci ha voglia di parlare adesso.

Mattioli pensò che la notte era il momento ideale per le confessioni. Gli era capitato piú di una volta di avere a che fare con delinquenti che la notte manifestavano il desiderio di parlare e poi al mattino cambiavano idea. Tutta colpa della luce, che scacciava i demoni.

– In quanti siamo a saperlo?

– Tu e io.

– E come mai, Gianno'? Che cazzo succede?

– Nulla. È che al momento preferisco cosí.

– D'accordo. Dove sei?

– Al San Giovanni.

Mattioli chiuse la telefonata e si alzò.

– Spegni, sennò non mi riaddormento, – borbottò la moglie.

Il commissario infilò le pantofole e andò in bagno. Dieci minuti dopo era già in macchina. Era stanco, il sonno lo avvolgeva come una cappa opprimente. Era anche consapevole del rischio di cacciarsi in una di quelle vicende dove qualcuno si incazzava per essere stato scavalcato, se la legava al dito e la carriera finiva per risentirne. Però non avrebbe mai rinunciato a un'occasione simile, perché Marani voleva evidentemente raccontare qualcosa a proposito della morte di Barone, che lui aveva dovuto archiviare in fretta. E non era mai stato convinto di aver fatto la cosa giusta.

Giannoccaro lo aspettava appena fuori dall'ingresso del pronto soccorso. Fumava ascoltando le chiacchiere dei vigilantes e degli autisti delle ambulanze. Quando lo vide gli fece segno di seguirlo. Lo ringraziò mentre salivano in ascensore.

– Scusa se ti ho chiamato, – aggiunse mentre percorrevano il corridoio del reparto, – ma sei l'unico di cui mi fido.

Due giovani agenti montavano di guardia davanti a una porta chiusa, ciondolando assonnati.

– Andate a prendervi un caffè, – disse piano Giannoccaro. – Qui ci pensiamo noi.

Sereno Marani era il ritratto di un uomo appena uscito dal coma. Un sopravvissuto. Le luci delle macchine che gli avevano permesso di sconfiggere la morte mettevano in risalto il pallore del volto e delle mani.

– Commissario Paolo Mattioli, – fece le presentazioni Giannoccaro. – Con lui puoi parlare.

Il paziente lo invitò a sedersi accanto al letto con un gesto.

– I tre che ci hanno torturato e sparato non lo so come si chiamano, – attaccò a raccontare con uno sforzo enorme. – Ma chi ha organizzato tutto è quella puttana di Assunta Barone.

– La sorella di Antonino, lo strozzino.

– Proprio lei, – disse Marani, ma le parole gli morirono in gola. Lo sforzo lo stava esaurendo.

– Torno un'altra volta, – disse il commissario. – Quando starà meglio.

Il geometra scosse la testa e gli fece segno di restare. Trascorsero alcuni minuti prima che riuscisse a dire qualche altra parola.

– Assunta ha ammazzato di persona un amico mio, Lello Pittalis, con la complicità di Fabrizio e Graziano Fattacci, – mentí con disinvoltura.

Mattioli frugò nella memoria e ricordò una donna che era venuta diverse volte in ufficio a chiedere un maggiore impegno della squadra mobile per cercare il marito scomparso, tale Pittalis, appunto. – A noi risulta scomparso.

– Io le faccio trovare il cadavere.

I due poliziotti si scambiarono un'occhiata. – E dove sta?

Il geometra forní tutte le indicazioni necessarie, poi si accasciò stremato.

Il commissario Mattioli si alzò e avvicinò il volto a quello di Marani, coperto da un velo di sudore. – Se io vado a cercare il morto e lo trovo, – sussurrò, – poi devo mettere di mezzo un sacco di altri colleghi e magistrati e allora dovrai parlare e tanto. Te la senti?

– Sí.

– E poi te ne devi anna' da Roma, lo sai questo?

– Commissario, io non sono un infame di natura, ma quella mi ci ha spinto, – disse mostrando le dita delle mani senza unghie. – La deve pagare. Io non avevo fatto niente di male. Ho servito la famiglia Barone tutta la vita.

– E a lui che è successo? Un incidente o l'hanno ammazzato?

– La storia è lunga, commissario, e io ora non gliela faccio.

Mattioli uscí dalla stanza seguito da Giannoccaro. – E adesso che fai? – chiese quest'ultimo.

– Vado a casa a farmi una doccia e alle otto in punto rovino la giornata al capo.

Lungo il corridoio incontrarono un infermiere che usciva da una stanza dopo aver sostituito la flebo a un paziente. Nessuno dei due ci fece caso. Lui invece li sbirciò per bene. Un collega del turno di giorno, a cui doveva dei favori, gli aveva promesso un paio di banconote da cinquanta euro se avesse notato «gente strana» che andava a trovare Marani e lo avesse avvertito. Gli aveva raccontato di essere in contatto con un giornalista a caccia di scoop. L'infermiere terminò il giro e si avvicinò ai poliziotti di guardia.

– Mi pareva di conoscerlo, quello che stava insieme al capo vostro, – buttò lí, preparando la terapia per Marani.

– È il commissario Mattioli, della mobile.

– Ho capito chi è, – mentí. – È venuto qui altre volte.

Entrò nella stanza, controllò la temperatura del geometra e gli diede le medicine. L'uomo cadde subito in un sonno profondo. L'infermiere prese il cellulare e inviò un Sms al collega. «Ore 4,30, visita commissario Mattioli».

Il messaggio fu inoltrato a Ingegneri, che attese le sette e un quarto per svegliare Assunta Barone.

Alle 8,45 i poliziotti bussarono alla porta di casa sua, poi la cercarono al *Desirè*.

Ascenzo Ciocca l'avvertí subito dopo. – Si è presentato un commissario, un certo Mattioli. Mi ha detto che le deve parlare.

– E basta?

– Sí, ma io non mi fiderei, signora. Erano troppi per una semplice chiacchierata, e hanno lasciato un paio di poliziotti di guardia fuori dal bar.

«Marani sta collaborando», pensò con sgomento la Barone.

Egisto Ingegneri aveva le idee piú chiare ed era convinto che il geometra avesse solo manifestato la volontà di arruolarsi nell'esercito degli infami, ma che non ci fosse stato il tempo materiale per raccogliere deposizioni utili a spiccare gli ordini di cattura.

– Allora è vero che questo Mattioli vuole solo parlarmi, – disse Assunta.

– Secondo me il poliziotto la vuole agganciare, intimidire e starle addosso fino a quando Marani non avrà deposto in forma ufficiale, davanti a un giudice. Evidentemente ha molto da raccontare.

– Su questo non c'è dubbio.

– Sereno Marani non conosce me e tantomeno i miei ragazzi, – aggiunse l'ex vigile. – Ma fintanto che quella Monica è in circolazione noi siamo in pericolo.

La donna si guardò attorno. Si trovavano nella saletta interna di una pasticceria in un quartiere dove nessuno dei due era conosciuto. Le altre persone presenti, quasi tutte signore di una certa età, erano occupate a chiacchierare di fronte a caffè e cappuccini.

– Te l'ho già detto, – ripeté stancamente. – Bisogna prendere Ksenia e costringerla a dire tutto. E poi eliminarle. Lei, Monica, la colombiana e la profumiera.

– E Marani, – aggiunse Ingegneri.

– Marani è già morto.

In quel momento entrò Cossa e puntò dritto verso di loro.

– Lo sai che non puoi rompere li cojoni mentre sto parlando con donna Assunta, – lo redarguí il suo capo.

– Riguarda proprio la signora, – si giustificò l'uomo. – Alla radio hanno detto che in un cantiere alla Bufalotta hanno trovato il cadavere di un certo Lello Pittalis, che risultava scomparso da un po' di tempo. Se non sbaglio lavorava per Antonino Barone, per questo mi sono permesso di disturbare.

Ingegneri fissò Assunta, che era impallidita. – Quanto è grave la notizia?

– Marani ha appena fornito la prova di essere un teste affidabile, – rispose la donna. – Ma il piano non cambia. Ne va della sopravvivenza di tutti.

Cossa si ritirò e Assunta e Ingegneri rimasero una buona mezz'ora a organizzare piani e accordarsi sugli incontri e le comunicazioni. La banda da quel momento doveva operare nella piú totale clandestinità.

Il commissario Mattioli era stanco. Piú del solito. Da quando era stato chiamato in ospedale ad ascoltare le prime rivelazioni di Marani non si era piú fermato. Prima dal questore, poi dal procuratore e infine in quel cantiere a dissotterrare Pittalis. Il geometra era stato troppo preciso sull'ubicazione del cadavere per essere uno che sosteneva di aver raccolto le confidenze dei fratelli Fattacci. Ma questo faceva parte dei giochi: i pentiti tendevano sempre ad alleggerire la loro posizione scaricando le colpe sui complici. D'altronde in quei casi non si poteva andare per il sottile, soprattutto se il collaboratore di giustizia era in grado di smantellare bande di spessore criminale come quella fondata da Antonino Barone.

Mentre il questore era in conferenza stampa a inventarsi qualcosa che stuzzicasse la penna dei giornalisti, lui era stato spedito a Rebibbia a parlare con i Fattacci. Un colloquio informale per avvertirli che sarebbero stati incriminati per concorso in omicidio volontario aggravato e occultamento di cadavere, un reato da ergastolo, e che non avevano molto tempo per decidere se volevano marcire in galera o approfittare del carro su cui era saltato il geometra.

All'entrata un maresciallo lo aveva avvertito che Graziano e Fabrizio erano finiti nella sezione dei trans per punizione e lo aveva invitato, senza tanti giri di parole, a non mettersi in mezzo.

Il commissario era rimasto impassibile. Aveva imparato da un pezzo che le logiche carcerarie appartenevano a un altro pianeta e gli estranei dovevano comportarsi come turisti.

Attese a lungo prima di vederli entrare nella sala interrogatori. Entrambi indossavano tute sportive ma camminavano in modo strano a causa degli zatteroni che avevano ai piedi. A Mattioli non sfuggí il particolare delle unghie smaltate, sia delle mani che dei piedi.

Sbuffò infastidito e andò subito al punto.

– Se esistono due che hanno urgenza di uscire di qui, siete voi.

– E allora scarcerateci, – disse supplichevole Fabrizio.

– Non è cosí facile, – fece notare il poliziotto. – Domani viene il giudice e vi incrimina per l'omicidio di Lello Pittalis.

– Mica semo stati noialtri.

– Marani dice il contrario. Vi accusa di avere scavato la fossa e di averci buttato dentro il corpo dopo che Assunta Barone l'aveva riempito di proiettili.

I fratellini si scambiarono un'occhiata veloce. – Siamo innocenti e nun ci abbiamo nulla da raccontà', – si affrettò a chiarire Graziano.

Mattioli fu altrettanto chiaro. – Se scontate l'ergastolo con i trans io sono solo contento perché due come voi devono stare in galera, ma mi è stato ordinato di trasmettere il messaggio e ho dovuto obbedire.

Bussò alla porta e uscí senza degnarli di uno sguardo.

– Io parlo, – sussurrò Fabrizio. – Non gliela faccio piú.

– Non esiste, – tenne duro Graziano.

– Ma se nun semo nemmeno piú omini, – ribatté l'altro. – Guarda come semo conciati. Me faccio schifo.

– E te credi che parlando col giudice torniamo quelli di prima?

– E allora che famo?

– Non lo so, – rispose sconsolato il fratello. – Quando ci stava Antonino era tutto piú semplice. Aveva una risposta per tutto e con lui vivo nun ce saremmo mai trovati in 'sta situazione de merda.

– Ma l'hai capito o no che Marani ce sta a infama', ed è stato proprio lui ad ammazza' Pittalis?

– L'ho capito, e noi dobbiamo di' che nun c'entramo e che nun c'eravamo.

– E dove stavamo?

– Boh, e chi se lo ricorda. So solo che stasera ci ho da fa' il massaggio a Jennifer.

– Ma hai visto che batacchio che ci ha?

– L'ho visto sí. È da paura.

Poco dopo la chiusura serale, Assunta, seguita da Jadranka, spinse la porta del negozio di articoli per la casa di Carmen Lo Monaco.

La donna la abbracciò e la baciò sulle guance.

– Figlia mia, stai proprio inguaiata ma vedrai che ne verrai fuori, – disse accompagnandola nel retro, dove l'attendeva una parrucchiera che aveva già preparato tutta l'attrezzatura. – Fammela diversa ma fammela bella, – si raccomandò Carmen.

– Ho lavorato vent'anni a Cinecittà, – ribatté l'altra con un forte accento emiliano. – Non vi preoccupate, farò un bel lavoro. E poi le darò anche qualche buon consiglio per il trucco.

Assunta si sedette di fronte al grande specchio e osservò con attenzione ogni movimento della donna, convincendosi subito che si stava affidando a una vera professionista. Carmen si faceva pagare ma trovava sempre le persone giuste. Come Jadranka. Peccato che la natura fosse stata cosí spietata nel negarle anche il minimo accenno di bellezza, altrimenti sarebbe stata perfetta. La sera prima, dopo averle inflitto la penitenza, avevano pregato insieme e poi la croata si era addormentata ai piedi del suo letto. Devota, affidabile e capace. Le sarebbe stata d'aiuto per superare quel momento cosí difficile.

La parrucchiera terminò di tagliare i capelli e accese una sigaretta senza smettere di osservare testa e viso di Assunta.

– Sono indecisa sul colore, – spiegò.

– Falla mora, – disse Carmen.

La donna buttò la cicca e ricominciò a lavorare. A notte fonda Assunta era irriconoscibile.

– Niente male, davvero, – commentò Carmen sbadigliando.

La Barone pagò la parrucchiera, poi ci ripensò e le allungò altri cinquecento euro di mancia. – Brava, – disse.

– Allora ce l'ha la voce, – scherzò l'altra.

Poi Assunta seguí la proprietaria nel suo ufficio. Da un cassetto la Lo Monaco tirò fuori una macchina fotografica e le scattò una serie di foto.

– Servono per i tuoi nuovi documenti, – spiegò Carmen. – Carta d'identità e patente. Tutta roba di prima qualità, vedrai. Ti ho scelto un bel nome: Marinella Nigro. Ti piace?

– Suona bene.

– Gli altri erano troppo burini, ma burini da vergognarsi. Questo invece è di classe.

– E quanto mi costa? – chiese Assunta tirando fuori una mazzetta di banconote dalla borsa.

– Come sto? – si rivolse a Jadranka una volta in macchina.

– Bene. Un'altra donna ma sempre bella, – rispose la croata, continuando a guardare la strada.

Assunta prese il cellulare e svegliò Ascenzo Ciocca, il nuovo gestore del *Desirè*. Gli indicò un bar aperto tutta la notte. Era frequentato anche da sbirri e malavitosi ma era certa che nessuno l'avrebbe riconosciuta. Nemmeno Ciocca. Infatti dovette avvicinarsi e mettergli una mano sul braccio.

– Ascenzo, sono io.

– Mamma mia, come siete cambiata, signora Assunta.

– Ordinami un cappuccino e un cornetto e raggiungimi al tavolo.

La Barone lo mise a suo agio chiedendogli notizie del *Desirè* e della famiglia. Poi arrivò al dunque. – Vi occuperete voi della riscossione dei crediti nel quartiere –. Prese dalla borsa l'agenda di Marani con la lista degli strozzati. – Oggi stesso manderai i tuoi figli in giro a riscuotere.

Ciocca si mosse a disagio sulla sedia ma non aprí bocca. La donna sapeva quello che l'uomo stava pensando e che non aveva il coraggio di chiedere. Decise di toglierlo dall'imbarazzo.

– Ovviamente riceverete una percentuale, e se dimostrate di essere all'altezza non avrò la minima difficoltà a lasciarvi gestire l'attività anche in futuro.

Il volto di Ascenzo si illuminò. – Sapete bene, signora, che di noi potete fidarvi. Servi vostri in tutto e per tutto.

Assunta si alzò. – E tieni le orecchie ben aperte, – ordinò. – Usa i nostri clienti come informatori e fai capire che i Barone non hanno abbandonato il quartiere.

Diverse ore piú tardi il commissario Mattioli accompagnò in ospedale il sostituto procuratore, un cancelliere e l'avvocato difensore, a raccogliere la deposizione di Sereno Marani.

Egisto Ingegneri lo venne a sapere immediatamente e fece la sua mossa: avvertí i giornalisti, che impiegarono ben poco a mettere sotto assedio il reparto dove era in corso l'interrogatorio.

Mattioli lo aveva predetto. Aveva avvertito tutti della possibile presenza di informatori della banda, perché Assunta Barone era scomparsa a tempo con la sua visita al geometra. Non gli avevano dato ascolto per il semplice motivo che non vedevano l'ora di finire sui giornali come protagonisti di un'inchiesta eclatante. E poco importava se andava tutto a puttane e i colpevoli sparivano dalla circolazione.

La deposizione terminò nel tardo pomeriggio per le continue pause dovute alle condizioni fisiche del collaboratore, il quale, comunque, tendeva a centellinare e a ridimensionare le informazioni che lo coinvolgevano direttamente. Il segreto istruttorio resse fino ai telegiornali della sera. Le foto di Antonino e Assunta Barone, di Lello Pittalis, di Sereno Marani, del sor Mario e dei fratelli Fattacci vennero mostrate decine e decine di volte. Secondo le notizie trapelate erano accusati di una lunga lista di reati, dall'omicidio al sequestro di persona.

Nonostante il parere contrario del commissario, Graziano e Fabrizio Fattacci furono trasferiti in isolamento. Il sostituto procuratore era convinto di spaventarli e ammorbidirli, senza capire che essere allontanati dalla sezione trans era ciò che desideravano piú ardentemente.

Infatti l'interrogatorio notturno non diede alcun frutto. I fratelli recitarono la parte dei duri limitandosi a sostenere la loro innocenza e a insultare Marani.

Eva D'Angelo non ce la fece ad aspettare che Ksenia e Luz la raggiungessero in profumeria. Sapeva che non avevano l'abitudine di leggere i giornali o di guardare i notiziari in Tv: in questo rimanevano due straniere poco interessate a quello che succedeva in Italia. Di sicuro non avevano ancora letto la notizia. Si precipitò a casa delle ragazze e scampanellò senza riguardo. Sull'uscio le apparve il volto assonnato della colombiana che, nella prospettiva futura di accompagnare Lourdes a scuola e di essere puntuale all'apertura del negozio, stava cercando di svegliarsi dieci minuti prima ogni mattina.

– È morto! – la travolse Eva sventolandole l'edizione romana della «Repubblica» davanti agli occhi.

La colombiana la fece entrare, controllando che non vi fosse nessuno sul pianerottolo.

– Chi è morto? – domandò mentre si chiudeva la porta alle spalle.

– Lello Pittalis. Sono stati Assunta e i Fattacci. Tieni. Leggi.

Titolo a effetto e nomi bene in evidenza. C'era anche una foto che mostrava la fossa in cui era stato ritrovato il cadavere.

Luz corse in camera da letto, seguita da Eva che non voleva perdersi la reazione della siberiana.

Ksenia lesse e rilesse la notizia, poi lasciò cadere il giornale sul letto. L'emozione le impediva di parlare. L'uomo che l'aveva ingannata e poi ricattata, che aveva minacciato di sterminarle la famiglia, di fare a pezzi sua madre, le sue sorelle e sua nonna non poteva piú farle del male. Un'altra parte dell'incubo era finita.

Luz l'abbracciò a lungo sotto lo sguardo commosso di Eva.

– Scusa, – bofonchiò la siberiana. – Scusatemi, devo fare una cosa.

S'infilò le prime cose che le vennero a tiro e uscí senza dire altro.

Appena fu in strada, raggiunse a passo svelto uno dei tanti phone center che punteggiavano le vie del quartiere, un negozietto da cui era possibile telefonare all'estero a prezzi scontati. Quattro cabine e, in vetrina, un tariffario a lettere cubitali con indicati i nomi di città lontane e dal nome esotico, e accanto i prezzi di chiamata al minuto. In fondo al negozio il gestore, un filippino, se ne stava dietro il bancone con un paio di cuffie, in attesa di passare la linea a una cliente africana.

Ksenia scrisse su un foglio il numero che voleva chiamare. Il gestore le indicò la cabina numero 2.

Qualche minuto dopo le fece segno di alzare la cornetta.

La voce di sua madre le giunse ovattata ma riconoscibile. Ksenia la salutò in russo, la lingua che non parlava da piú di un anno. Fu accolta da urla di gioia e richiami alle altre parenti che erano in casa, la sorellina piccola e sua nonna. Tutte le si rivolsero con sfilze di vezzeggiativi che non udiva da tanto, troppo tempo. Ksenia fu altrettanto affettuosa, si accertò che stessero tutte bene, promise che il giorno successivo avrebbe spedito loro dei soldi e che cosí avrebbe fatto ogni mese, finché non fosse riuscita ad andare a trovarle. Le rassicurò che tutto procedeva per il meglio, che nessuno avrebbe fatto loro del male e le rassicurò che sí, lei stava bene ed era felice, tanto felice.

Assunta si svegliò poco dopo le undici del mattino e lesse i giornali a letto dopo aver consumato una colazione frugale. Al momento si sentiva al sicuro, ma questa volta era nei guai sul serio. Doveva trovare il modo di aggiustare le cose. Poco dopo ricevette una telefonata di Natale D'Auria.

– Se hai bisogno di qualsiasi cosa noi siamo a disposizione, – disse. – Ma dobbiamo essere certi che i nostri risparmi sono e saranno al sicuro, qualsiasi cosa succeda.

– Ho già provveduto, – mentí Assunta. – Dovete stare tranquilli.

– Non basta la tua parola, – ribatté D'Auria. – Dopo la morte del povero Antonino abbiamo avuto pazienza e comprensione, ma ora dobbiamo incontrarci e affrontare la situazione in modo diverso.

– D'accordo. Ora mi organizzo e vi faccio sapere.

– Assunta?

– Sí?

– Preparati all'eventualità di doverci restituire tutto. Non ci sembri piú nella posizione di gestire il nostro patrimonio.

– Vi dimostrerò il contrario, – azzardò cercando di essere convincente.

– E noi saremo pronti ad ascoltarti, ma non ti aspettare molto. La tua situazione è sempre piú delicata.

Riattaccò furiosa, anche se sapeva che D'Auria aveva ragione. Si ripeté che da quando Antonino era stato accolto tra gli angeli, lei aveva iniziato a precipitare all'inferno.

Ora doveva trovare un socio che le fornisse garanzie sufficienti per continuare a tenere aperta la «Banca Barone». Anche perché lei quel denaro non poteva restituirlo: altrimenti, se le cose fossero andate male e si fosse ritrovata con un ergastolo sul groppone, come avrebbe potuto permettersi una latitanza dorata all'estero? Non poteva piú contare sul patrimonio immobiliare che aveva appena recuperato da Giorgio Manfellotti, perché i giudici l'avrebbero messo subito sotto sequestro.

«Antonino mio, quante volte mi avevi detto di intestare tutto a qualche testa di legno! Mannaggia a me che non ti ho voluto dare ascolto».

Andò all'inginocchiatoio per chiedere perdono e consiglio al fratello. Recitò il rosario che, come aveva imparato dalle suore in paese, terminava sempre con «Sub tuum præsidium».

Quando pronunciò: – Sotto la tua protezione cerchiamo rifugio, – si interruppe di colpo e masticò la frase tra i denti piú volte.

Si alzò di scatto e afferrò il cellulare, cercando un nome nella rubrica.

– Don Carmine, sono Assunta. Ho bisogno di parlarti.

L'ultima volta che aveva visto don Carmine Botta era stato ai funerali di Antonino. Spesso le tornava alla mente la sua omelia, cosí sincera e appassionata. Tra il prelato e la famiglia Barone l'amicizia era di lunga data. Era originario di un paese distante pochi chilometri da quello dove erano nati e cresciuti i due fratelli. Carmine e Antonino si erano conosciuti e frequentati da ragazzi, e fin da quando Carmine era stato ordinato sacerdote, Barone aveva mosso le sue conoscenze per farlo arrivare a Roma perché, come diceva sempre, «noi dobbiamo avere il nostro prete personale».

Come confessore di entrambi, custodiva i segreti piú oscuri di Assunta e del fratello. Ma anche loro erano a conoscenza di una lunga lista di peccati che pesavano sulla coscienza del prete. Era stato un pessimo soggetto fin da ragazzo e il seminario era stato un mezzo per risparmiargli il carcere. Era corrotto e gli piacevano maledettamente il denaro e le donne. Ma erano state queste ultime a cacciarlo nei guai e a costringere piú di un vescovo a trasferirlo come vicario in provincia. Da tempo però aveva messo la testa a posto e non molestava piú le parrocchiane, avvalendosi esclusivamente di un giro fidato di professioniste che gli aveva procurato Antonino.

Assunta sapeva che il fratello lo usava come prestanome per alcuni investimenti, e la percentuale che il prete si portava a casa era quella imposta dal mercato. Don Carmine assolveva dai peccati ma non faceva sconti sui guadagni. Era stato abile a ricavarsi un ruolo di pubbliche relazioni nel vicariato romano, che gli permetteva di muoversi liberamente senza essere costretto a un'attività pastorale vera e propria. Era sempre impeccabile e aveva un debole per le scarpe di lusso.

Ultimamente aveva ottenuto un'elegante sede in un palazzetto seicentesco di Trastevere, un tempo appartenuto a un banchiere fiorentino e successivamente alla regina Cristina di Svezia durante il suo esilio romano. Il giardino e la corte interna erano stati all'epoca adibiti alle rappresentazioni teatrali e ai momenti conviviali. Stanca della moda barocca, la regina aveva scelto uno stile piú sobrio che si rifaceva all'Arcadia. Don Carmine vi si trovava particolarmente a proprio agio. Per rendere piú funzionale l'ambiente si era rivolto a un architetto specializzato in vescovi e cardinali.

Quando Assunta fu introdotta in quel luogo silenzioso e ovattato, il prelato stentò a riconoscerla ma poi si alzò e l'abbracciò a lungo.

– Devi avere fede, mia cara, vedrai che il Signore troverà il modo di illuminare le coscienze dei giudici che ora ti stanno perseguitando.

La donna ringraziò con un sorriso triste.

– Cosa posso fare per te? – chiese il prelato. – Oltre a offrirti tutto l'aiuto spirituale di cui hai bisogno.

– Devo parlarti di cose molto importanti.

– Ti ascolto.

– Preferirei farlo nel vincolo della confessione.

– Certo, è ovvio. Inginocchiati.

Assunta girò intorno alla scrivania, si coprí il capo con un foulard di Hermès e si inginocchiò dinanzi al prete che, rimanendo seduto sulla poltroncina da ufficio, pronunciò la formula di rito descrivendo in aria con l'indice e il medio della mano destra il segno della croce.

Assunta parlò per piú di un'ora. Raccontò tutto quello che era accaduto mettendo in fila i fatti in ordine cronologico. Si liberò la coscienza anche dell'omicidio involontario di Clelia, l'ex fidanzata di Antonino, scoprendo che don Botta era a conoscenza della relazione e della generosità del fratello nel non averla abbandonata in balia del disagio mentale.

Quando Assunta ebbe terminato, il sacerdote giunse le mani davanti al viso, chiuse gli occhi e si raccolse in meditazione per qualche secondo.

Dopo un profondo sospiro si rivolse alla peccatrice inginocchiata davanti a lui.

– Figlia mia, in questo momento io non sono un giudice ma un medico. Il medico della tua anima. Tu hai commesso peccati che solo il santo padre potrebbe rimetterti. Ti sei macchiata dei quattro che gridano vendetta al cospetto di nostro Signore: omicidio volontario, atti impuri contro natura, hai oppresso i poveri e defraudato gli onesti. E, devo dirtelo con franchezza, non avverto in te un serio esame di coscienza e un sincero pentimento. Tuttavia disperare di salvarsi è il peccato piú grave che si possa commettere. E dovere del buon pastore è imporre una dura penitenza. Perché l'assoluzione da sola non basta, non porta rimedio ai disordini che i tuoi peccati hanno causato.

Assunta sospirò. Quante volte aveva ascoltato quelle parole da don Botta. – Per rimediare pensavo di affidarti il tesoro mio e di mio fratello, oltre alla gestione del patrimonio dei D'Auria, che potremmo dividere al cinquanta per cento.

– A quanto ammonta questa donazione che proponi?

La Barone rispose e la cifra provocò un brivido lungo la schiena del sacerdote.

– Ebbene, spiegami meglio come intendi procedere, – disse porgendo l'orecchio ad Assunta, che questa volta fu concisa ma esauriente. – Quindi dovrei anche gestire i rapporti con Giorgio Manfellotti, dato che ci sono venticinque milioni investiti nelle costruzioni, – disse don Carmine, dimostrando di avere ottima memoria per nomi e cifre.

– Allora posso contarci?

– Ho mai negato il mio aiuto ai fratelli Barone?

– No, mai.

Il sacerdote chiuse di nuovo gli occhi e, ripetendo il segno della croce, recitò la formula dell'assoluzione.

Il prete aiutò la donna a rialzarsi. Aspettò che tornasse a sedersi di fronte a lui e che liberasse il capo dal foulard. Libero dai vincoli della liturgia, andò dritto al punto.

– Quando porterai il denaro? – chiese con una certa eccitazione nella voce.

– Quando avrai trovato il posto giusto per custodirlo nella massima sicurezza e avrai organizzato l'incontro con i D'Auria.

– Perché devo farlo io?

– Per la tua insospettabile autorevolezza, – rispose Assunta in tono ambiguo. – E poi perché diventerai il loro referente diretto.

– Forse conviene che ci siano documenti retrodatati in grado di dimostrare che mi hai donato il tuo patrimonio immobiliare, giusto per non lasciarlo in mano ai giudici.

Assunta pensò che il prete ci stava prendendo gusto. Anche troppo.

– Magari piú avanti, se sarà necessario, – disse. – Ma non credo che arriveremo al peggio, perché grazie al tuo aiuto la giustizia riconoscerà presto la mia totale estraneità alle accuse.

Don Carmine sorrise. – Sono solo un povero prete ma farò quello che posso.

Nei successivi venti minuti misero a punto la migliore strategia per scagionare Assunta anche dinanzi alla legge degli uomini.

Paolo Mattioli era un poliziotto serio e coscienzioso. E dato che la piega che avevano preso le indagini non gli piaceva affatto, era andato dritto a lamentarsi dal suo capo.

– Non è modo questo di condurre un'inchiesta cosí delicata.

Il questore versò un'intera bustina di zucchero nella tazzina del caffè. – Cosí vanno le cose, Paolo, fattene una ragione.

– Non ci riesco.

– Non credo che tu abbia alternative.

– E invece sí. Affidami un altro caso.

– Non ci penso proprio, – disse il questore, dopo aver svuotato la tazzina. Quello che posso fare per renderti piú facile la vita è chiudere un occhio sulle tue intemperanze investigative.

– Quando parli cosí non si capisce mai cosa vuoi dire.

– Semplice: ti lascio seguire tutte le piste extra che vuoi ma in cambio tu non abbandoni il circo.

Mattioli sospirò. – E posso fare a modo mio?

– Piú o meno, – rispose il questore con un mezzo sorriso. – Basta che non fai incazzare il titolare dell'inchiesta.

– Per quello è sufficiente stare lontano dai riflettori.

– E allora vai a lavorare. Per oggi ti sei lamentato abbastanza.

Il commissario liberò il suo autista. – Va' a casa, che hai la bimba con la febbre.

– Ma dottore, mancano due ore alla fine del turno.

– Ti copro io, non ti preoccupare. Tanto non devo fare niente di particolare.

Non era esatto. In realtà, qualcosa lo tormentava. Nell'euforia di poter finalmente smantellare una delle tante bande di usurai di alto livello della città, il magistrato e i colleghi avevano perso di vista alcuni aspetti di fondamentale importanza. E ora che aveva ottenuto l'autorizzazione del capo della mobile, era deciso a scoprire la verità. Quella che magari non sarebbe finita sui giornali, ma che restava senz'altro la piú utile per trovare le giuste risposte a tutte le domande.

«Ho sposato lo sbirro piú pignolo del mondo», fingeva sempre di lamentarsi la moglie.

Lui era proprio cosí. Pignolo. E sbirro. Di quelli tutti d'un pezzo.

Parcheggiò la macchina e fumò una sigaretta prima di suonare il campanello. Lo faceva sempre quando doveva raccogliere le idee. Fu Ksenia ad accoglierlo sull'uscio.

– Cercavo proprio lei, – le disse porgendole la mano.

– Prego, si accomodi.

La siberiana lo guidò fino al salotto dove Luz stava leggendo una rivista comodamente sdraiata sul divano. Come vide il poliziotto si mise seduta.

– Stia tranquilla signora, – si affrettò a dire il commissario Mattioli. – Due domande e me ne vado.

– A che proposito? – chiese la siberiana sedendosi a fianco della colombiana.

Il commissario prese una sedia e la piazzò davanti al divano.

– Assunta Barone era sua cognata. In che rapporti eravate?

– L'ho vista un paio di volte dopo la morte di Antonino, – mentí Ksenia sostenendo lo sguardo del poliziotto. – E mio marito non mi aveva mai parlato di lei.

– Invece Lello Pittalis lo conosceva bene.

Ksenia sospirò e prese la mano di Luz con un gesto naturale che non sfuggí a Mattioli. – Purtroppo sí. Era un uomo spregevole che si è approfittato della mia giovinezza e della mia ingenuità per ingannarmi e offrirmi in sposa a un altro uomo spregevole.

Il commissario apprezzò la sincerità. – Deve essere stata dura, vero?

Gli occhi della siberiana si riempirono di lacrime, e riuscí solo ad annuire.

– A questo punto il distintivo mi imporrebbe di dirle che avrebbe dovuto presentarsi in questura e denunciare quei due farabutti, ma so benissimo che lei era prigioniera di un incubo. Invece voglio complimentarmi per il suo coraggio e augurarle che la vita con la sua compagna sia felice e che lei possa dimenticare.

Le due donne si scambiarono un'occhiata. Quel poliziotto sprizzava umanità da tutti i pori e non sembrava avere cattive intenzioni.

– Ho saputo che siete diventate socie della signora D'Angelo, – continuò il commissario. – E anche lei ne ha passate tante, col marito.

Mattioli si zittí come se un pensiero improvviso lo avesse distratto. Poi riprese con le sue domande. – Barone le ha mai parlato di Monica, la barista del *Desirè*? O ha sentito che ne parlava con qualcuno, di persona o al telefono?

– No, mai.

– E lei l'ha conosciuta?

– No, l'ho solo intravista al bar.

Mattioli spostò lo sguardo su Luz, che si limitò a scuotere la testa.

– Pensate che Eva D'Angelo sia in possesso di qualche informazione utile?

– Non lo so, – rispose Ksenia. – Non ne abbiamo mai parlato.

– Allora credo che andrò a fare due chiacchiere anche con lei, – disse Mattioli alzandosi.

Mentre attendeva l'ascensore pensò che Ksenia aveva mentito. Ma non significava nulla. Aveva imparato da un pezzo che le vittime mentono piú dei colpevoli.

Otto

Per la prima volta da mesi Eva era euforica. Il volantinaggio aveva funzionato e anche il passaparola dalle vecchie alle nuove, potenziali clienti. La profumeria continuava a riempirsi, avventori di ogni età facevano la fila al bancone completamente rinnovato per ritirare il kit in omaggio con i campioncini di tutte le nuove fragranze. Il buffet era generoso e di classe, e numerosi passanti avevano vinto l'imbarazzo e si erano affacciati sulla soglia per poi trattenersi, gustando in pari modo prosecco e fragranze, creme pasticcere e creme per il viso. Tutti si rivolgevano a lei identificandola come padrona di casa, ma Eva fu attenta a presentare Ksenia e Luz come le nuove socie. Naturalmente all'inizio i commenti malevoli sulla reputazione di Luz e sulla sospetta associazione con la vedova dello strozzino si erano sprecati, ma la simpatia della colombiana e la dolcezza disarmante della giovane siberiana avevano un po' alla volta spuntato le armi delle pettegole e conquistato del tutto la componente maschile degli astanti. L'inaugurazione della nuova *Vanità* era stata un successo, un piccolo evento che aveva rallegrato per un paio d'ore la monotonia quotidiana del quartiere. Quando finalmente il negozio si fu svuotato, Luz fece una piccola sorpresa alle due socie. Il giorno precedente aveva organizzato un collegamento video tra il computer in dotazione alla profumeria e il suo portatile, che aveva posizionato nella stanza d'ospedale dove era ricoverata Angelica

Simmi. C'erano volute un paio d'ore per spiegare a Felix il facile funzionamento del sistema. L'anziano infermiere era una delle persone piú intelligenti che Luz avesse mai conosciuto, ma in fatto di tecnologia informatica regrediva all'età della pietra. Alla fine era stata Angelica a rassicurare Luz, dimostrandole che almeno lei aveva memorizzato i tre comandi basilari.

Una volta stabilito il collegamento, apparve il faccione scuro di Felix, deformato dall'inquadratura dal basso.

– Qui Felix. Passo. Mi ricevete? Passo, – aveva esordito il vecchio cubano, memore delle sue imprese da guerrigliero.

Le donne della profumeria scoppiarono a ridere senza che il cubano ne capisse il motivo. Fu Luz a spiegargli che bastava semplicemente parlare, come se fossero nella stessa stanza. Vagamente offeso e incredulo, Felix girò il computer in modo da inquadrare Angelica, che salutò muovendo lentamente la mano. Con la testa affossata in due voluminosi cuscini sembrava una bambina.

Ksenia notò che aveva un aspetto migliore rispetto all'ultima volta che le aveva fatto visita.

Angelica fece un cenno a Felix, che prese qualcosa dal comodino: un'elegante confezione di profumo. L'ammalata sussurrò qualcosa che l'infermiere riportò parola per parola.

– Grazie, ma dubito che mi servirà a sedurre questo bell'uomo.

– Non hai bisogno di sedurmi. Io sono già tuo, *querida*.

Eva pensò a quello stronzo di suo marito e si commosse. Ksenia e Luz sorrisero.

Angelica sussurrò ancora qualcosa all'orecchio dell'uomo, che stavolta ebbe un'esitazione prima di riferire: – Felix mi ha detto che il lupo è ancora in libertà. Per favore, state attente.

Luz e Ksenia si strinsero la mano per darsi coraggio e annuirono, di nuovo complici. Angelica socchiuse gli occhi e il cubano capí che era stremata. Salutò le ragazze e sparí in una rapida dissolvenza.

Le tre si trattennero per dare una pulita al negozio. Eva accese lo stereo e mise una canzone di Mina, la sua preferita: «Spegne adagio la luce | la sua bocca sul collo | ha il respiro un po' caldo | ho deciso lo mollo | ma non so se poi farlo | o lasciarlo soffrire | l'importante è finire».

– È cosí che scopavi con Renzo? – la punzecchiò Ksenia.

Eva la ignorò improvvisando un playback sulla voce diffusa dallo stereo.

Mentre le due amiche continuavano a scherzare, Luz si portò le dita alla tempia sinistra. Un dolore improvviso, piú forte del solito. Non si accorse nemmeno di essere uscita per camminare senza una direzione precisa. Dopo una decina di passi Ksenia la raggiunse.

– Non ti senti bene?

Luz non rispose ma continuò a premere le dita sulla tempia.

– Il tuo mal di testa.

Luz annuí, procurandosi una fitta ancora piú acuta.

– Sta succedendo qualcosa di brutto? – le chiese Ksenia.

Luz le rivolse uno sguardo che esprimeva smarrimento. E un'inspiegabile paura.

– Luz!

Era la voce di Eva che la chiamava dalla soglia della profumeria. La colombiana e Ksenia si voltarono.

– Il tuo cellulare. Ha squillato un sacco di volte.

Mentre l'inaugurazione della nuova *Vanità* era in pieno svolgimento, Egisto Ingegneri e i suoi uomini si erano presentati al collegio delle Ancelle misericordiose del divino insegnamento. Il capo era in borghese e aveva esibito un tesserino che lo qualificava come funzionario del tribunale dei minori di Roma. I suoi scagnozzi indossavano divise della polizia di stato. A una stupita e infastidita madre Josephina, l'ex vigile aveva spiegato che doveva accompagnare la piccola Lourdes Hurtado a un colloquio con assistenti sociali e psicologi, per la relazione che il giudice attendeva prima di concedere il nullaosta definitivo al ricongiungimento con la madre.

– Di solito vengono qui, – aveva detto la suora. – Anche per non turbare le bambine portandole in ambienti sconosciuti.

– Ha ragione, madre, ma a forza di tagliare i fondi non ci sono piú i soldi per le trasferte, – aveva spiegato sconsolato Ingegneri.

– E poi, c'era bisogno di farla accompagnare dalla polizia? – si era lamentata indicando con il mento Manlio Boccia e Saverio Cossa.

– È una disposizione del presidente del tribunale. È capitato che alcuni minori siano fuggiti e adesso la regola vale per tutti, – aveva risposto Egisto per poi aggiungere, sorridendo: – Comunque, almeno la macchina è in borghese.

Madre Josephina aveva mandato a chiamare Lourdes.

– Devi andare in tribunale a fare due chiacchiere con delle persone simpaticissime che vogliono sapere se sei contenta di tornare a vivere con la tua mamma.

La bambina aveva annuito senza smettere di fissare con diffidenza gli estranei, soprattutto i due poliziotti. Sapeva che sua madre aveva avuto dei fastidi con le «divise», come le chiamava. La suora se ne era accorta.

– Questi signori sono la tua scorta d'onore. Solo le principesse e le bambine molto buone e brave ne hanno diritto.

Lourdes le aveva sorriso rassicurata, sussurrandole qualcosa all'orecchio.

– Ma certo, – aveva detto madre Josephina a voce alta. – In tribunale ti offriranno un bel panino con il succo di frutta, vero?

Ingegneri aveva accarezzato i capelli della bambina. – Eccome no. Abbiamo pure dei tramezzini da leccarsi i baffi.

– Io non ho i baffi, – aveva fatto notare Lourdes. – Sono una femmina.

Una volta arrivati alla macchina, la bambina era stata fatta accomodare tra i due scagnozzi. Il capo si era messo alla guida, e a un centinaio di metri dal portone del convitto Cossa aveva narcotizzato Lourdes con un batuffolo intriso di cloroformio.

Avevano attraversato la Balduina per raggiungere Primavalle. L'auto si era infilata nell'angusto giardinetto di un villino bifamiliare. Erano attesi da una donna che aveva fatto cenno di seguirla in cantina dove, in una stanzetta cieca, era stata allestita una prigione per la piccola sequestrata.

Cossa l'aveva deposta sul letto e la tizia si era affrettata ad assicurarle alla caviglia destra, con un pesante lucchetto, una catena lunga abbastanza da permetterle di muoversi un po'. Poi gli adulti erano usciti abbandonandola priva di sensi.

– Non fatela lunga, – si era raccomandata la donna.

Ingegneri le aveva messo in mano una busta. – Sei pagata bene, non cominciare a rompere i coglioni.

– Non fatela lunga lo stesso, – aveva insistito la carceriera. – Nun me piace fa' 'sta cosa.

Ingegneri l'aveva liquidata bruscamente ed erano risaliti in macchina.

– Se tutto va a puttane, io non la ammazzo, – aveva messo in chiaro Boccia.

– Nemmeno io, – aveva aggiunto Cossa.

– Ci penso io, – aveva tagliato corto Ingegneri. – Ma voi la fate sparire, cosí siete complici e se c'è da pagare si paga uguale, perché i bambini costano l'ergastolo.

Nell'auto calò un silenzio carico di tensione. Il capo ghignò. – Ma non succederà perché stavolta andrà tutto alla grande.

La bambina si era svegliata quasi subito e si era trovata di fronte la sua carceriera con il volto nascosto da un foulard.

– Prima che te metti a frigna', che è giusto che lo fai perché sei una creatura e poi lo fanno tutti, pure i grandi, ascolta e impara, – aveva detto tutto d'un fiato. Indicando una serie di oggetti e una porta aveva spiegato a Lourdes come regolarsi. – Lí c'è il bagno, quello è il televisore, sul cuscino ci hai il telecomando e qui te puoi guarda' tutti i cartoni che vuoi. Io vengo tre volte al giorno a portarti il vassoio con i pasti. Questo è tutto, adesso puoi piangere.

Lourdes aveva guardato la donna uscire e poi si era sciolta in lacrime, ma non per molto. La novità di un televisore tutto suo era comunque troppo ghiotta per non distrarsi un po'.

Madre Josephina non aveva digerito la storia di Lourdes perché i patti con il tribunale dei minori erano stati sempre molto chiari: bisognava evitare in ogni modo traumi ai bambini. E poiché era una che non le mandava a dire, aveva chiamato direttamente il presidente, la dottoressa Pandolfo.

In un primo momento la giudice era caduta dalle nuvole, poi aveva gelato il sangue alla suora. – Madre, si è fatta rapire una bambina sotto il naso. Ora chiamo il capo della squadra mobile. Nel frattempo avverta la madre. E nessun altro, mi raccomando.

Tutto questo era accaduto durante la festosa inaugurazione della rinnovata profumeria *Vanità*. Ora, con le mani che tremavano per l'agitazione, madre Josephina compose nuovamente il numero di cellulare di Luz Hurtado, pregando con tutte le forze che rispondesse.

– È successo qualcosa a Lourdes? – chiese la colombiana quando riconobbe la voce della suora.

Intanto il capo della mobile era al telefono con Mattioli.

– Mio malgrado ti devo accontentare, – disse. – Sono costretto a distaccarti a un altro caso. Pare che abbiano rapito una bambina da un collegio di monache.

– Perché proprio io? Hai degli ottimi poliziotti specializzati nei sequestri.

– Certo, ma qui ci sono di mezzo la chiesa e il tribunale dei minori, e voglio qualcuno di fiducia sul posto che mi faccia un quadro preciso della situazione, prima di suonare la carica.

Il commissario riattaccò e si infilò la giacca. Claudio Matterazzo, il suo autista, si materializzò al suo fianco.

– Dove andiamo, dottore?

– Te lo dico in macchina.

Appena fu a conoscenza della situazione, Matterazzo chiese stupito: – E siamo solo noi due a smazzarci una rogna di queste dimensioni?

– Pare sia una faccenda molto riservata.

– Ma è la figlia d'un pezzo grosso?

– Ne dubito. Non è certo un posto dove la gente che conta manda i propri figli a studiare.

– E allora?

– E allora non lo so, Claudio. Dobbiamo ancora arrivare e pretendi che sappia già tutto?

– Mi scusi. È che quando ci sono di mezzo i bambini mi viene un'ansia che m'ammazza.

Una decina di minuti piú tardi il commissario, dopo aver interrogato la suora, si chiedeva ancora chi potesse aver rapito la bambina Lourdes Hurtado, figlia di una prostituta colombiana, dispiegando un gruppo operativo con tanto di divise e tesserini falsi, quando vide entrare la madre e la riconobbe subito. Il suo sguardo si concentrò soprattutto sulla sua accompagnatrice, Ksenia Semënova, vedova di Antonino Barone.

Luz venne premurosamente accerchiata da un gruppo di suorine che la misero al corrente del sequestro della bimba.

Il suo urlo lacerò la quiete del collegio. Le religiose la spinsero dolcemente verso l'ufficio della madre superiora impedendo a Ksenia di seguirle.

Mattioli e la siberiana rimasero soli. Ksenia era pallida e rigida come una statua di sale. Mattioli prese il fazzoletto e si deterse del sudore immaginario sul collo.

– Faccio questo mestiere da un sacco di anni, – disse. – E ho imparato a non credere alle coincidenze. Lei ci crede?

La ragazza lo ascoltò appena. Avrebbe voluto essere con la sua compagna per consolarla e aiutarla. Non certo a fare anticamera con quel poliziotto.

– Le ho chiesto se ci crede, – insistette il commissario in tono fermo ma gentile.

La siberiana scosse la testa. – No, non ci credo.

– Nemmeno io. Quando vi ho viste entrare ho capito che non poteva essere una pura coincidenza, che la sequestrata fosse proprio la figlia della compagna della vedova Barone, – continuò a ragionare. Poi cambiò tono. – Chi è stato e cosa vogliono? – domandò a bruciapelo.

La ragazza fissò disperata il commissario: – Le giuro che non lo so.

Sembrava sincera, ma forse era solo sotto shock.

– Secondo me è stata un'idea di Assunta Barone. Perché ce l'ha cosí tanto con voi? Le avete fatto qualche sgarro?

– Non lo so, non lo so, – gridò Ksenia esasperata.

– Un sequestro è un reato complesso e rischioso, – spiegò il commissario. – I criminali rischiano almeno vent'anni di carcere e pur di non correre rischi preferiscono eliminare gli ostaggi.

– Cosí mi terrorizza, – protestò la ragazza.

– Mi scusi, pensavo alla bambina. Provi un attimo a immaginare il terrore che sta provando in questo momento. Sempre se è ancora viva.

– Perché è cosí spietato?

– È il vostro silenzio a esserlo. Io sono qui per aiutare Lourdes a tornare a casa e voi vi concedete il lusso di non essere sincere con l'unica persona che vi è amica.

Ksenia chinò il capo per evitare il suo sguardo.

– Come vuole, – si rassegnò Mattioli. – La notizia del rapimento non verrà divulgata. Almeno per ora.

La siberiana lo guardò allontanarsi, indecisa se richiamarlo indietro e raccontargli tutto. Invece si diresse con passo deciso verso l'ufficio della madre superiora. Dov'era Luz stava anche lei.

Il commissario telefonò al suo capo.

– È un sequestro anomalo, – annunciò, e gli spiegò a grandi linee la situazione.

– Se la faccenda è legata ai Barone, per il bene della piccola è meglio mantenere il massimo riserbo. Te la senti di assumerti la responsabilità di condurre da solo le indagini?

– È tutta mia, questa faccenda?

– A questo punto dovrei mettere in mezzo la sezione antisequestri che, come ben sai, ha le sue procedure.

Mattioli si passò una mano sulla faccia. Era stanco di quei giochetti, ma non era la prima e nemmeno l'ultima volta che gli sarebbe toccato gestire un caso delicato, rischiando carriera e pensione.

– Facciamo a modo mio per qualche giorno, e se non arrivo a nulla, passo la palla, – dichiarò.

Era quello che il dirigente voleva sentirsi dire. Riattaccarono senza aggiungere altro.

Quando il suo cellulare squillò, Ksenia era sotto la doccia. Luz invece era seduta da ore su quello che avrebbe dovuto essere il letto di Lourdes, lo sguardo fisso nel vuoto mentre le mani si contraevano spasmodicamente sul koala di peluche che aveva comprato pochi giorni prima. Il telefonino vibrava sul tavolo di cristallo della stanza accanto e scivolava verso il bordo, quasi volesse raggiungere la colombiana. Solo quando cadde sul parquet Luz ebbe un sussulto e si precipitò a rispondere. Con la caduta gli squilli si erano interrotti. Luz cacciò un'imprecazione di gola, una specie di ruggito: ogni telefonata poteva riguardare Lourdes. Con le mani che le tremavano cercò di far scorrere la protezione di plastica per accertarsi che la batteria e la scheda fossero al loro posto. Armeggiò nervosa con i componenti e prima che riuscisse a far scorrere il coperchio di protezione, il portatile riprese a suonare. Sul display apparve la scritta «Sconosciuto». Luz chiamò Ksenia ad alta voce, quindi si decise a rispondere: – Pronto.

Un attimo di silenzio, poi una voce che Luz non aveva mai sentito ma che riconobbe all'istante: – Sei la colombiana?

– Sí.

Ksenia intanto aveva finito la doccia e si era avvolta in un accappatoio. I piedi umidi disseminarono di orme il parquet mentre si avvicinava a Luz, che le rivolse uno sguardo carico di tensione e con un chiaro movimento delle labbra scandí senza pronunciarlo il nome di Assunta.

– Non rivedrai mai piú tua figlia, e di questo puoi ringraziare la tua amichetta.

Luz cacciò un urlo che raggelò la pelle bagnata di Ksenia, un grido cavernoso che le si strozzò in gola come se qualcosa dentro di lei si fosse spezzato. Luz urlò ancora ma dalla sua bocca non uscí alcun suono.

Ksenia le strappò il telefono di mano, lo strinse fra le dita quasi a frantumarlo: – Sei tu, vero?

Il rumore di fondo le fece capire che Assunta era ancora in linea.

– Non fare niente alla bambina. Lasciala stare! È me che vuoi. Prendi me. Mi hai sentito? Prendi me!

Ancora silenzio.

– Ti supplico.

La voce di Assunta le giunse lontana, fredda. Spietata.

– Ora capirai cosa significa perdere la persona che ami di piú al mondo. Lei ti darà la colpa, ti odierà. E tu non avrai piú pace, mai piú.

– No, io non avrò pace finché non ti avrò ammazzato con le mie mani. Se non lasci la bambina ti giuro che...

Un suono secco sancí la fine della comunicazione. La fine di tutto.

Luz si era lasciata cadere su una sedia e dondolava il busto avanti e indietro, le braccia raccolte a comprimere un dolore che veniva dal ventre. Ksenia accennò una carezza sui suoi capelli ma Luz le colpí il braccio per scacciarla, allontanarla da sé.

La siberiana si portò una mano alla bocca, serrando i denti e facendo oscillare il capo da destra a sinistra, come a negare che Assunta potesse davvero avere vinto.

Dopo aver interrotto la comunicazione, Assunta uscí dalla cabina telefonica, una delle ultime ancora funzionanti in città. Assaporò il trionfo, che dedicò alla memoria di Antonino. Era stata crudelmente ambigua. La bambina poteva essere ancora viva o già morta. Era proprio quello che voleva. L'incertezza le avrebbe divorate, il dolore le avrebbe consumate giorno dopo giorno fino a distruggerle. E Assunta si sarebbe divertita a risvegliare di tanto in tanto la speranza per poi affossarla con un'altra telefonata, o forse con una lettera, oppure recapitando un orecchio della piccola Lourdes. Senza chiedere nulla in cambio, solo per il piacere di procurare altra sofferenza.

Purtroppo il suo piano prevedeva altri sviluppi e la vendetta, in quella fase, non era l'unica cosa di cui occuparsi.

Salí nella monovolume e digitò un indirizzo sul navigatore. – Non è lontano, – disse a Jadranka, che azionò la freccia e si infilò nel traffico.

Don Carmine l'attendeva nella saletta di una libreria religiosa. Quando la donna fece il suo ingresso era assorto nella lettura di un commento catechetico-teologico sulla modernità dei vangeli. Il prete chiuse il libro e lo ripose. – Mi sono presentato in procura, – disse.

– E com'è andata?

– Il giudice è molto vicino alla chiesa, la fede è fonte di ispirazione per la sua esistenza e per il suo lavoro.

– Non ti ho chiesto se va a messa, – lo interruppe Assunta.

Don Botta sorrise paziente. – Volevo solo informarti che non abbiamo a che fare con un ambiente ostile. Anzi. Addirittura il magistrato mi ha dato dei consigli prima di raccogliere la mia deposizione.

– Consigli di che tipo?

– Non essere cosí sicuro sulle date, – rispose. – E dichiarare di essermi presentato a testimoniare in quanto «ragionevolmente convinto» che nel momento in cui venivano commessi gli omicidi di Lello Pittalis e di quel sor Mario, tu eri in mia compagnia in quanto bisognosa di continua assistenza spirituale dopo la tragica morte di tuo fratello.

– Il termine «ragionevolmente sicuro» non ha mai fatto assolvere nessuno in corte d'assise.

Don Carmine intrecciò le dita in una posa studiata. «Mani da femmina», pensò Assunta con disprezzo.

– Non potevi certo pretendere che bastasse farmi dire che eri con me per essere scagionata, – disse. – Io il primo passo l'ho fatto, ma è la mia parola contro quella di Sereno Marani. Appena sarà in condizioni migliori, il giudice procederà a un confronto. Nel frattempo mi ha chiesto di raccogliere ogni informazione possibile a sostegno delle mie dichiarazioni.

– Tu sei un prete, un pilastro della comunità, mentre lui è un delinquente. Crederà senz'altro alla tua versione.

– Non esserne cosí sicura, – ribatté il sacerdote. – La debolezza della mia testimonianza sta nel fatto che sono sempre e solo io a fornirti l'alibi per entrambe le accuse.

La Barone annuí. – Capisco.

– E non è finita, – continuò don Carmine. – Il giudice mi ha fatto notare che, con tutta la buona volontà, non si capisce perché Marani ti abbia accusato con tanta determinazione e con una dovizia di particolari impressionante.

– Ha detto cosí?

– Testuali parole.

– Insomma, Marani potrebbe mettere in forse l'attendibilità della tua testimonianza.

Il prete annuí. – Dal punto di vista dell'esattezza delle date, forse sí.

Sereno Marani. Il geometra aveva rotto il cazzo. Assunta si allontanò pensando che forse era il caso di trovare un modo per fornire al magistrato elementi inoppugnabili che lo convincessero a credere a don Botta.

Chiamò Egisto Ingegneri. – Dobbiamo vederci, – disse. Poi si rivolse a Jadranka. – Hai avuto ancora pensieri impuri, vero?

La croata ebbe un fremito. – Sono sempre tormentata dal demonio.

– Questa notte ti aiuterò a scacciarlo.

– Sí, padrona.

Questa volta toccò ad Assunta essere attraversata da un fremito. Le piaceva quando la chiamavano «padrona».

– *No eres que una puta madre. Puta. No eres que una puta madre.*

Luz non faceva che ripetere queste parole muovendo appena le labbra. Le ripeteva a sé stessa dopo avere ascoltato la sentenza di morte pronunciata da Assunta. Le ripeteva da quando era uscita di casa, nell'unico momento in cui Ksenia l'aveva lasciata sola per andare a vestirsi. Aveva continuato a ripeterle salendo e scendendo a caso dagli autobus e non aveva smesso mentre camminava per ore senza meta e senza dare ascolto alla stanchezza, nonostante le gambe fossero diventate di legno. Un vento contrario, freddo e pungente, le scompigliava i capelli e faceva aderire al corpo l'inadeguato vestitino. Sembrava volesse strapparglielo di dosso. Si era lasciata alle spalle la città e ora camminava incontro alle macchine che sfrecciavano senza sosta lungo la via Salaria, schiaffeggiandola con violente sferzate d'aria gelida.

Di colpo il suo incedere da automa si bloccò, come se una mano invisibile le avesse staccato la corrente.

Non trascorse nemmeno un minuto che una Bmw si accostò. L'uomo alla guida abbassò il finestrino dal lato del passeggero e le chiese: – Quanto vuoi?

Luz non rispose, forse non lo vide nemmeno e il tizio, indispettito, si allontanò.

Quel movimento non era però sfuggito a due ragazze albanesi che battevano la strada da ore in minigonna e top scollato. Già imbestialite dal vento di tramontana che le stava facendo congelare, si misero ad apostrofare quella stronza che si era messa a rubar loro i clienti. Con ampi gesti le fecero segno di sloggiare, ma nel vedere che Luz rimaneva impalata sul ciglio della strada, con il vento che le sollevava il vestito, si avviarono nella sua direzione agitando minacciose le borsette. Giunte a distanza ravvicinata cominciarono a spingerla per farla allontanare ma quella non reagiva, continuava a dire sempre la stessa cosa in spagnolo. Una delle ragazze, che aveva lavorato tre anni a Madrid, fu in grado di capire molto bene: «Non sei che una puttana». Insultandola in albanese le due si misero a colpirla con schiaffi, calci e borsettate, mentre una terza prostituta si attaccava al cellulare. Immediatamente arrivò un Suv che inchiodò a pochi passi dalla zuffa. Ne scesero due magnaccia che urlarono alle prostitute di tornare al lavoro mentre afferravano Luz e la costringevano a salire sul sedile posteriore della macchina. Il fuoristrada fece inversione di marcia al primo semaforo e dopo tre o quattro chilometri svoltò in una strada di campagna.

Quello che sedeva al posto del passeggero la tempestò di domande a cui Luz non rispose. L'uomo la colpí al volto e la colombiana gli sputò in faccia sangue e saliva. Il magnaccia ordinò al compare di accostare. Il Suv si fermò accanto a un cassonetto. Dopo averla trascinata giú dall'auto tirandola per i capelli, completarono il pestaggio con violenti pugni allo stomaco, al costato finché Luz non crollò sulle ginocchia. L'uomo a cui aveva sputato in faccia le sferrò un micidiale destro alla mascella. Il capo di Luz scartò di lato con uno scricchiolio e la donna stramazzò sul ciglio dello sterrato. Convinti di averle spezzato il collo, i due magnaccia sollevarono il corpo inanimato della colombiana e lo gettarono nel cassonetto.

Dopo la scomparsa di Luz, Ksenia era nel panico. Aveva telefonato a tutti, polizia, ospedali e naturalmente a Eva e Felix. La colombiana si era convinta della morte della figlia, ma Ksenia aveva imparato a conoscere Assunta, sapeva quanto fosse crudele ed era sicura che non si sarebbe accontentata di cosí poco. Le avrebbe torturate ancora, magari facendo loro ascoltare la voce della piccola o promettendo uno scambio che non sarebbe avvenuto. Avrebbe giocato con loro, ne era certa. Ma Luz non l'aveva ascoltata: il suo cuore di madre si era spezzato e ora avrebbe potuto commettere qualunque pazzia.

Il commissario Mattioli fu lapidario. – Prima la figlia, ora la madre. Mi chiedo quale prezzo sia disposta a pagare pur di perseverare nel suo silenzio.

– Mi aiuti, – lo implorò la ragazza.

– Vorrei tanto, ma sto vagando nel buio piú completo, – disse. – Io sono un buon poliziotto, mi creda, ma se non ho un indizio a cui aggrapparmi non posso fare il mio lavoro –. Poi fece l'ultimo tentativo. – Mi faccia capire almeno se con il rapimento della bambina c'entra Assunta Barone. Mi basta un impercettibile cenno del capo.

Ksenia, confusa e disperata, lo accontentò. Mattioli girò i tacchi e tornò a dare la caccia alla latitante. Non era uno stupido e da quando Lourdes era stata rapita aveva intensificato le ricerche della Barone, nonostante le dichiarazioni di quel don Carmine Botta che avevano minato la fiducia del sostituto procuratore nei confronti di Sereno Marani. Il teste non era piú cosí attendibile. Non tanto per l'assenza di riscontri ma perché il magistrato proveniva da ambienti cattolici di un certo tipo, che lo avevano aiutato a far carriera. Non era del tutto convinto che i ricordi del prete fossero cosí esatti, ma era evidente che gli sarebbe piaciuto sposare la sua versione.

Eva e Felix, nel frattempo, non si erano mai fermati. Battevano in macchina ogni angolo della città e telefonavano in continuazione al cellulare di Luz. Ksenia sapeva che erano preoccupati anche per lei, e non a torto. La siberiana aveva preso fin da subito la sua decisione. Se a

Luz fosse successo qualcosa di brutto, lei avrebbe ucciso Assunta Barone e poi si sarebbe tolta la vita.

La ragazza aveva ragione: Assunta se la godeva un mondo e avrebbe continuato ancora per parecchio, se Ingegneri non fosse stato prossimo all'esasperazione.

– Adesso basta, – quasi gridò in un bar pieno di gente. Poi abbassò la voce. – Non posso continuare ad aspettare, ho una bambina sequestrata sul groppone e dobbiamo quagliare, signora mia.

– D'accordo. Ora la chiamerò e la costringerò a trattare.

– No, – si oppose Ingegneri sfidandola con lo sguardo. – Tocca a me, lei ha già troppe rogne di cui occuparsi.

L'uomo aveva ragione. Assunta prese il cellulare e gli dettò il numero un tempo appartenuto a suo fratello.

L'ex vigile se ne andò senza salutare, montò sullo scooter e raggiunse la stazione Termini, dove aveva già individuato un telefono pubblico situato in uno dei pochissimi angoli non controllati dalle telecamere. Infilò una scheda e compose il numero datogli da Assunta.

– Pronto? – rispose una voce angosciata di donna.

– La bambina sta bene, – disse Ingegneri.

– Chi sei? Cosa stai dicendo?

– Calmati, – ordinò l'uomo. – Respira a fondo e ascolta: la bambina è in mano mia.

– Lavori per Assunta Barone?

– Non la conosco, e tu mi stai facendo perdere la pazienza con tutte queste interruzioni, – la minacciò. – Guarda che riattacco e butto la bambina nel Tevere.

– Scusa, scusa.

– Per riaverla devi consegnarmi Monica.

– Non la conosco, – rispose d'istinto la ragazza.

– Risposta sbagliata, – sibilò Ingegneri prima di interrompere la telefonata.

Fumò una sigaretta, entrò in un bar a bere un caffè e guardò un paio di vetrine prima di richiamare.

– Sí, la conosco, – ammise d'un fiato la siberiana. – Ma non so come si chiama.

– Fino a un attimo fa non si chiamava Monica?

Ksenia si morse il labbro. – Non è il suo vero nome.

– E che altro sai dirmi?

– Forse so dove abita.

– Forse?

– Una volta mi ha portato a casa sua, ma non ho badato alla strada e non conosco bene Roma. Forse posso ricostruire il percorso, ma ora sono troppo agitata.

Ingegneri era soddisfatto. La donna era crollata ed era certo che stesse dicendo la verità. – Richiamerò tra due giorni esatti e tu mi fornirai l'indirizzo. Nel momento in cui trovo Monica o come cazzo si chiama, libero la bambina.

– Va bene, farò come dice.

Egisto Ingegneri apprezzò che la ragazza avesse iniziato a dargli del lei: significava che si era creata una gerarchia, e nei ricatti quello era un dettaglio fondamentale.

– Tradire non è difficile, – continuò l'ex vigile in tono comprensivo. – Si tratta solo di pronunciare delle parole e poi scordarsele. La cosa piú importante ora è salvare la bambina, giusto?

– Sí.

– Brava. Fai quello che ti ho detto, – disse l'uomo prima di riattaccare. Era soddisfatto. La siberiana gli avrebbe consegnato Monica e poi sarebbe toccato a lei.

Ksenia invece tremava e dovette sedersi per non crollare. Stava sbagliando tutto, ne era certa, ma non sapeva cosa fare. Fu tentata di confidarsi con Mattioli, ma scacciò subito quel pensiero: non era della polizia che aveva bisogno in quel momento. Per un attimo tradire Sara e venderla in cambio di Lourdes le sembrò una possibilità concreta, ma poi l'enormità di quel pensiero la fece piangere di vergogna e di rabbia. Dovette fare uno sforzo tremendo per riprendere il controllo di sé stessa. Quarantotto ore passavano in fretta.

Il camion 2B175 dell'Ama addetto allo smaltimento dei rifiuti nella zona compresa tra via del Monte di Casa e il fosso di Settebagni, per una volta era in perfetto orario. Erano le cinque del mattino e, come da programma, aveva appena agganciato il cassonetto contrassegnato con il numero 48, l'ultimo del suo giro. All'autista, Alessio Biffoli, non restava che azionare la leva che comandava i bracci semoventi, per sollevare il cassonetto e rovesciarne il contenuto nella pancia del camion, quando fu fermato dalla voce stentorea del duce che arringava la folla urlando: «La parola d'ordine è vincere. E VINCEREMO!» Era l'ultima suoneria che aveva scaricato da internet. Rispose: – A quest'ora, Venie'?

– Ahò, te dico fermete! Sto a arriva'. Nun fa' lo stronzo, eh?

Il netturbino vide il polverone sollevato da una macchina che gli veniva incontro a velocità sostenuta. Era la Punto del suo amico e camerata Veniero, che aveva lasciato l'Ama perché, come aveva spiegato nel ritirare la liquidazione, «se proprio devo rovistare nella merda preferisco farlo per far nascere un bel carciofo romano o una zucchina di quelle bone, mica come quei cazzetti di plastica che se troveno al supermercato». Veniero s'era messo a fare il contadino. Aveva preso in affitto un casolare poco distante, e siccome si svegliava all'alba e conosceva a memoria il giro di raccolta, sicuramente gli stava portando l'immondizia di tre o quattro giorni con cui aveva stipato il bagagliaio. Per un attimo Biffoli fu tentato di non aspettarlo, tanto per fargli uno scherzo. Ma poi si impietosí: probabile che quel disgraziato non avesse nemmeno preso il caffè, per portargli in tempo la monnezza. Veniero scese dalla Punto, salutò e promise di offrirgli un cappuccino al bar del chilometro 35. Veniero gettò i primi due sacchi e si girò verso la macchina per prendere gli altri. Dopo due passi si fermò. Aveva scorto qualcosa. Tornò al cassonetto e guardò dentro. Fu allora che vide il corpo di una donna.

– Pronto, – rispose Ksenia con voce tremante dopo aver riconosciuto il numero del commissario Mattioli.

– C'è una donna che è stata ricoverata al policlinico Gemelli. È senza documenti e la descrizione potrebbe coincidere, anche se…

– Anche se? – chiese la ragazza affondando le unghie nel palmo della mano.

– È ridotta molto male. Passo a prenderla fra venti minuti.

Attraverso il vetro che la separava dalla stanza della terapia intensiva in cui Luz era stata sistemata, Ksenia stentò a riconoscerla. Il volto era completamente tumefatto. Il medico le aveva spiegato che le vertebre cervicali erano incrinate, la mascella sinistra e due costole erano fratturate, un frammento aveva perforato un polmone. Stavano aspettando i risultati della Tac per capire se c'era commozione cerebrale. La buona notizia era che avevano appena escluso il pericolo di un'emorragia interna. A Ksenia fu vietato di entrare nella stanza: Luz era in prognosi riservata. La siberiana diede la notizia a Eva e a Felix, che raggiunsero l'ospedale in meno di mezz'ora, quando ormai Ksenia non c'era piú.

Sara aveva visto apparire sul display del telefonino il nome «Ksenia» almeno dieci volte nel giro di cinque minuti, e puntualmente aveva rifiutato la comunicazione. Qualunque cosa la siberiana volesse, con lei aveva chiuso. Aveva un piano, una strategia da seguire e per nessuna ragione si sarebbe fatta distogliere da una ragazzina senza palle e troppo incline al perdono. Quando, un paio d'ore piú tardi, tornò al suo attico, non si stupí piú di tanto nel trovarla davanti al portone.

– Vattene, – le intimò, infilando la chiave nella serratura.

Ksenia le strinse forte il polso. – Avevi ragione tu.

Sara accennò un sorriso ironico e la spinse da parte.

– Luz è in ospedale, forse morirà.

– Cos'è successo? – chiese Sara in tono stanco.

– Assunta e i suoi scagnozzi hanno rapito Lourdes. Luz ha perso la testa e si è fatta massacrare.

– Se non ti fossi persa dietro il tuo buonismo del cazzo, Assunta starebbe in galera insieme a quegli altri bastardi.

– Sí, lo so. È tutta colpa mia, – ammise Ksenia con la voce rotta.

Sara continuò a infierire: – Piangere è tutto quello che ti resta. E forse è la cosa che sai fare meglio.

– Ti sbagli. Ora sono pronta.

– È troppo tardi.

– Smettila di dare lezioni, – sibilò furiosa la siberiana. – Vogliono te in cambio della bambina, e io ho combinato un casino.

Sara cambiò atteggiamento. – Andiamo, questo non è il posto per parlare di certe cose.

Una volta in casa, Ksenia la mise al corrente degli ultimi avvenimenti.

Sara non era affatto contenta. Le sarebbe piaciuto continuare a dare addosso alla siberiana e insultarla senza pietà come meritava, ma la liberazione della bambina aveva la priorità, anche se farsi coinvolgere significava rinunciare per chissà quanto tempo ai suoi piani. La sua vendetta era matura come un frutto succoso. Rinunciare a coglierlo voleva dire rimandare tutto a una nuova stagione e rischiare un raccolto insoddisfacente.

Non era abituata allo sconforto. Non piú, dopo anni di severa disciplina interiore, ma era proprio cosí che si sentiva: triste e avvilita.

– Dobbiamo fare qualcosa, – disse Ksenia in un sussurro.

– Dobbiamo? – replicò Sara. – Intendi tu e io?

– Sí.

– Non sei all'altezza.

– Voglio esserci anch'io.

– Vai dalla tua fidanzata, ha bisogno di te.

– Voglio andare fino in fondo.

– Voglio, voglio… e poi ti fai prendere dagli scrupoli, dalla pietà.

– Questa volta non accadrà.

Sara si alzò di scatto, l'afferrò per le spalle e la scosse con violenza. – Lo fai solo perché se perdi la bambina perdi Luz, e non ti rimane piú niente! – gridò incombendo su di lei.

Ksenia l'allontanò con una spinta. – E tu invece?

Sara scosse la testa. – Io ho perso tutto da un pezzo.

Il silenzio calò fra loro come un macigno.

Sara tornò a sedersi e fissò il pavimento per alcuni, lunghi minuti. Fu lei a parlare per prima, e lo fece accantonando la consueta durezza.

– Devi mostrare rispetto.

– Non ti capisco, – rispose Ksenia, la voce soffocata dalla disperazione.

– Non ti azzardare mai piú a dare giudizi sulle mie azioni, altrimenti sei fuori.

Ksenia si ribellò. – Io voglio solo salvare la bambina, – scandí, fissandola. – Tutto il resto non ha importanza.

Jadranka aveva lavorato come infermiera negli ospedali durante la guerra civile nell'ex Iugoslavia, e sapeva come muoversi. Egisto Ingegneri aveva organizzato il piano con la complicità del paramedico corrotto, e ora la croata sfoggiava un falso tesserino di riconoscimento appuntato sul camice nuovo di zecca. Entrò nel reparto e seguendo le indicazioni della talpa interna prese possesso del carrello delle medicine e iniziò a spingerlo lungo il corridoio. Il medico di guardia dormiva e l'infermiera di turno era stata chiamata con un pretesto al piano di sotto. Aveva giusto una decina di minuti. Puntò alla stanza di Marani sotto lo sguardo incuriosito dei due poliziotti di guardia.

– Mamma mia, che cesso! – commentò uno a voce bassa. – Ma dove cazzo le trovano cosí brutte?

– Zitto, ché ti sente, – lo redarguí l'altro, per poi rivolgersi alla nuova infermiera che si stava avvicinando. – È in anticipo di una buona mezz'ora.

Jadranka sorrise. – Sono nuova. Vuole che torni dopo?

– Non importa. Mi faccia solo vedere il tesserino.

La croata lo staccò e glielo porse. Il giovane agente diede un'occhiata superficiale al nome straniero e alla foto. I timbri sembravano a posto. Il caposcorta si era raccomandato mille volte di fare attenzione, ma quella era una donna e pure cicciona. Non aveva l'aria pericolosa. Le persone bisognava guardarle dritto negli occhi per cogliere in loro la classica nota stonata: tensione, paura, aggressività. In quelli dell'infermiera c'erano solo stanchezza e routine. Il collega invece aveva tutt'altro per la testa. Stava riflettendo su come era cambiato il mondo. Quando da ragazzetto si era rotto il femore cadendo dal motorino, si era consumato il pisello a forza di seghe, sognando di mettere le mani sotto le gonne delle infermiere di ortopedia. Se si fosse trovato davanti quel mostro la sua vita sessuale sarebbe rimasta irrimediabilmente compromessa.

L'agente restituí il documento e Jadranka entrò nella stanza. Marani stava dormendo. Si avvicinò senza fare il minimo rumore e iniettò nel deflussore un'intera siringa di farmaco digitalico, che goccia dopo goccia si sarebbe mescolato al liquido della flebo. Nel giro di un paio d'ore l'intossicazione acuta avrebbe provocato aritmia cardiaca, accompagnata da una lunga serie di altri disturbi che avrebbero condotto il paziente alla morte.

Jadranka non provò la minima emozione. Portò a termine il suo compito e si allontanò senza fretta, seguita dallo sguardo assonnato dei due agenti di guardia.

Circa tre quarti d'ora dopo si presentò la vera infermiera.

– È già passata la sua collega, – disse quello che aveva controllato il tesserino.

– Quale? – domandò la donna sorpresa.

– La buzzicona, – rispose l'altro.

– Sí, la straniera.

La donna li guardò perplessa. – Sono l'unica autorizzata a seguire il paziente. C'è scritto nelle note di reparto.

Poi entrò a passo deciso e le fu sufficiente un'occhiata per lanciare l'allarme. Ma era troppo tardi. Nonostante gli sforzi dell'équipe medica, il cuore di Sereno Marani cessò di battere alle 5,52 del mattino.

Giannoccaro, il caposcorta, schiumò di rabbia e annunciò ai due agenti la fine della loro carriera, quindi avvertí Mattioli.

Il commissario ascoltò la notizia e si girò dall'altra parte.

– Che fai? Non ti alzi? – chiese la moglie stupita.

– Ci hanno fatti fessi un'altra volta, – rispose. – Conviene dormire ancora un po', ché sarà una giornata difficile alla mobile.

Quella mattina se la prese comoda rispetto alle sue abitudini, e arrivò in ufficio con dieci minuti di ritardo. Le urla del dirigente si sentivano per tutto il corridoio.

Mattioli attese che si calmasse e infilò la testa nella stanza.

– Chiama i ragazzi dell'antisequestri, io passo.

– E che farai?

– Continuo a dare la caccia ad Assunta Barone. Magari la pizzico prima che il giudice la scagioni, – rispose con amarezza.

Ksenia si svegliò verso le nove e per un attimo non riconobbe la casa. Poi realizzò che si trovava da Sara. Si alzò e la cercò nelle stanze del vasto appartamento. La trovò alla scrivania che studiava i fascicoli di Egisto Ingegneri e dei suoi scagnozzi. Non erano dei microcefali come i fratelli Fattacci, erano pericolosi e feroci. E avevano in mano la piccola Lourdes. Sara spiegò a una Ksenia ancora offuscata da una notte quasi insonne che per riportare la bambina a casa sarebbero occorse una serie di mosse complicate, che avrebbero richiesto del tempo.

– Quanto? – chiese la siberiana.

– Una settimana, due forse.

– Cosí Luz muore.

– Non c'è altro modo. Dobbiamo riuscire a chiudere tutta questa storia, che è iniziata con la morte di Antonino Barone.

Ksenia le rivolse un'occhiata interrogativa.

Sara rinunciò a darle altre spiegazioni. Era troppo complicato.

– Ora l'importante è impedire che Ingegneri faccia del male alla bambina.

– E come farai?

– Questa è la cosa piú semplice. Vestiti, andiamo a fare un giro in Vespa.

Sara era in cucina a preparare la colazione quando il giornale radio trasmise la notizia della morte misteriosa di Sereno Marani.

«E brava Assunta», pensò mentre armeggiava con i tasti per mettere in connessione il volume della radio con le casse distribuite nel resto dell'attico.

La siberiana arrivò di corsa, il viso stravolto dalla tensione.

– È un brutto colpo per la polizia e i magistrati, ma non per noi, – la tranquillizzò Sara. – Assunta ha eliminato il testimone chiave dell'inchiesta per farsi scagionare, e potrebbe riuscirci, ora che quel don Botta si è fatto avanti fornendole un alibi. Ma noi due sappiamo che è stata Assunta a far torturare Marani e uccidere il sor Mario. Comunque, ora dobbiamo occuparci di Ingegneri. È lui che ha la bambina.

Salirono sulla Vespa e si diressero verso l'abitazione dell'ex vigile a San Giovanni. Lo scooter e la macchina dell'uomo erano parcheggiati in bella vista nel giardino di un villino a due piani dei primi del Novecento. Sara pensò che l'uomo volesse far sapere a tutti che si trovava in casa e che non si era mosso dalla sera prima, giusto per dissipare ogni possibile sospetto su un suo coinvolgimento nell'omicidio di Marani. Oppure, piú semplicemente, non aveva la necessità di svegliarsi presto dato che le sue molteplici attività criminali non lo obbligavano a timbrare il cartellino.

Sara fermò la Vespa dall'altra parte della strada, lasciò il motore acceso e chiamò Ingegneri.

– Ciao, Egisto, sono Monica.

L'uomo imprecò. – Quella stronza della siberiana ha fatto male a parlare.

È qui con me. Se apri la finestra ci vedi.

Un attimo dopo si spalancò un'imposta e apparve il volto dell'ex vigile ricoperto di schiuma da barba. Sara non gli lasciò il tempo di reagire.

– Sei solo in casa? La signora è già uscita? – domandò in tono ambiguo.

L'uomo ridacchiò sarcastico. – Nun me fai paura.

– E invece mi sa tanto che non sei felice di vederci sotto le tue finestre, – disse Sara in tono deciso. – Ora stammi a sentire: preoccupati solo che la bambina stia bene e vedrai che troveremo un accordo.

Ingegneri rilanciò. – Io non credo che andrà in questo modo.

– E invece sí, perché tu non conti un cazzo in questa partita, sei solo il raccattapalle a bordo campo. Ora parlo con chi comanda e vedrai che la piccola torna dalla sua mamma.

– Continua a sognare, bella, – ribatté l'uomo cercando faticosamente di sembrare convincente.

– Senti un po', stronzo, – sibilò Sara incattivita. – Tu non mi interessi, io ti posso fregare quando voglio ma è un piacere a cui rinuncio volentieri. Tratta bene la bambina e lascia fare agli adulti.

Chiuse la comunicazione, gli mostrò il medio e diede gas. L'ex vigile tornò bestemmiando davanti allo specchio per terminare di radersi, ma si accorse che gli tremava la mano. In pochi conoscevano il suo indirizzo. Dopo essere stato espulso dal corpo aveva cambiato quartiere ma aveva mantenuto la residenza nella vecchia casa e un profilo basso, proprio per evitare brutte sorprese. E invece quella troia gli era venuta a rompere i coglioni sotto le finestre. Pur sapendo che era una tosta, l'aveva sottovalutata un'altra volta e lei lo aveva messo con le spalle al muro. La bambina ormai era solo un peso: il ricatto era fallito. Liberarla senza contropartita avrebbe significato la resa totale, e Monica o come cazzo si chiamava ne avrebbe approfittato per farlo a pezzi. L'unica soluzione rimaneva la trattativa.

Si guardò allo specchio.

– Bella inculata, – si disse a voce alta, e maledisse il giorno in cui si era messo al servizio di Assunta Barone. Quella donna lo stava portando alla rovina.

Da alcuni giorni Luz aveva ripreso conoscenza e la prognosi era stata sciolta. Ci sarebbero voluti mesi per una guarigione completa ma il pericolo di vita era scongiurato. Cionondimeno i medici erano molto preoccupati. La paziente rifiutava il cibo e piú di una volta aveva cercato di staccarsi la flebo. Dal suo risveglio non aveva detto una parola, e non per il dolore alla mascella fratturata.

Il commissario Mattioli si era affacciato un paio di volte nel tentativo di ricostruire cosa le fosse accaduto e chiarire le circostanze dell'aggressione. Ma a ogni domanda la colombiana lo fissava senza espressione, e alla fine aveva chiuso gli occhi, ignorandolo del tutto.

Il primario del reparto aveva chiesto il consulto di una psicologa, che aveva tracciato un primo quadro clinico evidenziando una pericolosa pulsione autodistruttiva. La paziente avrebbe dovuto essere tenuta sotto continua sorveglianza, ma il personale paramedico dell'ospedale non poteva garantire un'assistenza ventiquattr'ore su ventiquattro, e cosí Eva e Felix erano stati autorizzati ad alternarsi giorno e notte al capezzale della colombiana.

Di giorno la D'Angelo teneva aperta la profumeria mentre il cubano rimaneva al capezzale di Luz.

Di notte Eva dormiva su una poltroncina accanto al letto mentre Felix cambiava ospedale per occuparsi di Angelica. Erano ritmi insostenibili, ma nessuno dei due se ne lamentava.

Una volta soltanto, al cambio di turno, Eva era crollata tra le braccia del vecchio cubano.

– È tutta colpa mia, – aveva sussurrato singhiozzando. – Se non fossi andata da Barone, se avessi tenuto i soldi nascosti dove avevi suggerito tu, invece di restituirli alla banca e mettermi a ristrutturare la profumeria...

Felix l'aveva stretta forte. – La colpa è di chi presta i soldi a strozzo, di chi pretende il pizzo, dei direttori di banca corrotti, di chi rapisce i bambini, di tuo marito che ti ha ingannata. Tu, Luz e Ksenia vi siete solo ribellate e state pagando un prezzo troppo alto per questo. Non devi sentirti in colpa per aver cercato un po' di giustizia. Non è sbagliato provare a vivere come esseri umani.

Eva si era sciolta dall'abbraccio, accennando un mezzo sorriso.

– Scusami, sono una stupida. Lei come sta?

Felix aveva scosso malinconicamente il capo: – Sta.

– Ha mangiato qualcosa?

Il silenzio del cubano era stato piú che eloquente.

Eva aveva annuito ed era entrata nella stanza della madre ferita.

Cosí trascorrevano i giorni di Eva e Felix: rinunciando a dormire di notte o a riposare di giorno, addormentandosi di colpo al bancone della profumeria o crollando con il capo appoggiato sul letto di Angelica, sempre in lotta contro il disperato desiderio di morire di Luz.

Ksenia era perfettamente consapevole di quel drammatico stato di cose. Eppure non si era fatta piú vedere in ospedale.

Telefonava a Felix o a Eva anche dieci volte al giorno per tenersi aggiornata sulle condizioni della sua amata, ma aveva giurato a sé stessa che sarebbe tornata in ospedale solo per riportarle Lourdes sana e salva. Quel pomeriggio però la sua volontà stava vacillando, e il desiderio di correre da Luz la faceva impazzire. Da ore aspettava il ritorno di Sara da uno dei suoi misteriosi giri di ricognizione, come li chiamava. Quando sentí il rumore della chiave che girava nella serratura, Ksenia si alzò per andarle incontro.

– Ci sono novità? – chiese senza nemmeno darle il tempo di entrare.

– Non ancora, – rispose Sara chiudendosi la porta alle spalle.

– Ma cosa stiamo aspettando?

– Informazioni su questo don Carmine Botta. Voglio capire perché ha testimoniato il falso per fornire un alibi ad Assunta Barone.

– Allora mentre aspetti vado da Luz.

– Mi dispiace, ma devi restare qui.

– E perché? – domandò Ksenia con voce strozzata.

– Motivi di sicurezza. Ormai Ingegneri ci ha viste insieme e tu non puoi piú andartene in giro da sola. E ora scusami, sto aspettando una email.

Inflessibile, Sara andò a chiudersi nello studio.

Tormentandosi le mani, Ksenia decise di telefonare a Eva. Sapeva che c'era lei di turno in ospedale.

– Come sta?

– Ha bisogno di te, della tua presenza.

Ksenia riuscí a rispondere mantenendo la fermezza che si era imposta.

– No. Ha bisogno di sapere che sua figlia è viva e che io la troverò. È questo che dovete dirle, è questo che vuole sentirsi dire.

Rimasero a lungo in silenzio prima di riagganciare. Eva tornò a sedersi vicino al letto in cui Luz si agitava.

L'effetto del sedativo si stava esaurendo. Eva la vide allungare un braccio nell'ennesimo tentativo di strapparsi la flebo. Si chinò su di lei e tenendola ferma la baciò su una guancia, dicendole con infinita dolcezza: – Stai tranquilla, tesoro. Lourdes è viva e Ksenia la riporterà a casa.

Terminata la telefonata con Eva, Ksenia scoppiò a piangere senza piú riuscire a dominarsi. Non si accorse subito di Sara che se ne stava già da un po' in piedi davanti a lei, insensibile alle sue lacrime.

– Un uccellino mi ha detto che Assunta ha appena ordinato un piatto di linguine con gli scampi in un ristorante dei Parioli. L'abbiamo riagganciata.

Venti minuti dopo la Mini Cooper parcheggiò in doppia fila davanti al ristorante *Da Celestina*.

Senza che Ksenia se ne accorgesse, Sara scambiò un cenno di saluto con Rocco Spina, che salí su un'auto parcheggiata poco lontano.

Attraverso la vetrata videro Assunta che parlava fitto con un bell'uomo in giacca e cravatta.

– Quello è Giorgio Manfellotti, un costruttore molto importante, socio in affari dei Barone. Era in cima alla lista dei miei desideri prima che arrivassi tu con la notizia che Lourdes era stata rapita. Tenendo d'occhio lui siamo arrivati ad Assunta.

– Si può sapere chi sei?

– Solo una che la sa lunga. Tu non preoccuparti di questo. Il punto è che sotto i nostri occhi c'è una latitante accusata di omicidio e altri reati. Mezzo corpo di polizia dovrebbe essere sulle sue tracce e invece eccola lí in pieno giorno, in un ristorante di lusso. E sai perché?

– Ora che è morto Marani, daranno ascolto al prete e lei tornerà libera, – ipotizzò Ksenia.

– Vedo che cominci a capire. Non credi che questa faccenda gridi vendetta?

– Sí, Assunta deve pagare. Cos'hai in mente?

– Una visita pastorale.

Jadranka osservava le due giovani donne dall'interno della monovolume parcheggiata a pochi metri dal ristorante. Riconobbe la siberiana dalla descrizione della sua padrona e la chiamò al cellulare. La Barone si voltò di scatto verso la vetrina e fissò negli occhi per un lungo attimo le due donne che piú odiava al mondo. La siberiana rimase ipnotizzata da quello sguardo gelido e furibondo finché Sara non l'afferrò per un braccio e la trascinò via.

Assunta si alzò di scatto. – Scusa, Giorgio, ma ora devo proprio andare, – disse dirigendosi verso la cucina e un'uscita secondaria.

Spina perse cosí il contatto con la Barone e si rassegnò a tenere sotto osservazione Giorgio Manfellotti, il quale proseguí il pranzo come se nulla fosse accaduto. Gli era sempre piaciuto mangiare da solo al ristorante: provava un senso di pace e tranquillità che gli permetteva di concentrarsi sui pensieri piú intimi. Ora che Assunta lo aveva liberato della sua ingombrante presenza, poté concentrarsi sulla sua segretaria. Gli sembrava giunto il momento di portarsela a letto e cominciò a elaborare la strategia piú efficace per far sí che la ragazza gli si offrisse spontaneamente, e non per banale sudditanza. Una volta ottenuto lo scopo, avrebbero dato vita a una relazione non piú lunga di un anno. Era la sua regola: alla scadenza, la relazione finiva insieme al rapporto di lavoro. Alle ragazze rimaneva un bel ricordo e un mini appartamento nuovo di zecca in qualche periferia romana. Nemmeno per un attimo fu sfiorato dall'idea che la segretaria non fosse interessata a scopare con lui. Perché era cosí che andava il mondo. Il suo mondo.

Assunta era stata recuperata da Jadranka e si stava lamentando al telefono con Egisto Ingegneri.

– Me le sono trovate davanti, capisci? Come hanno fatto a rintracciarmi?

L'ex vigile si guardò bene dall'ammettere che poche ore prima avevano fatto visita anche a lui. Aveva deciso di sganciarsi e abbandonare la Barone al suo destino.

– Forse è il caso di trattare e trovare una soluzione, – disse, facendo propria la proposta di Monica.

– Parli come uno che si trova nella posizione piú debole, – sbottò la donna. – Ma abbiamo la bambina, quindi siamo noi ad avere il coltello dalla parte del manico.

– Se l'hanno trovata, vuol dire che il ricatto con quelle non funziona.

– Allora sbarazziamoci della piccola bastarda, – lo provocò Assunta.

– Si vendicherebbero, e la prossima volta non si accontenterebbero di guardarla attraverso la vetrina di un ristorante.

– E quindi? Cosa proponi?

– Niente. Il capo è lei.

Assunta riattaccò con la netta sensazione che Ingegneri le stesse mentendo. E aveva ragione da vendere.

L'ex vigile chiamò Ksenia. – Passami Monica, – ordinò.

La siberiana obbedí. – Non mi aspettavo di avere tue notizie cosí presto, – disse Sara. – Come tutti i bravi topini hai deciso di abbandonare la nave che affonda.

– Eri seria quando hai detto che non ti interesso?

– Se ti comporti bene e Lourdes torna a casa sana e salva mi dimenticherò della tua esistenza.

– Ho bisogno di garanzie.

– Anch'io.

– La bambina sta bene.

– Tutto qui?

– Fidati.

– Allora anche tu dovrai accontentarti delle mie chiacchiere, ma se le succede qualcosa noi non avremo pietà. La famiglia Ingegneri verrà cancellata dalla faccia della terra.

L'ex vigile riattaccò e Sara notò che Ksenia la stava fissando inorridita. – Che c'è?

– È la stessa minaccia che fecero a me.

Sara capí cosa intendesse la siberiana e si affrettò a rassicurarla.

– Non credere a tutto quello che dico. Se necessario ucciderei solo lui, – disse scandendo le parole. – Ma è un criminale e capisce solo un certo tipo di linguaggio. È un problema di chiarezza. Tutto qui.

Ksenia continuò a fissarla con sospetto, e Sara sbottò, esasperata.

– Cazzo, Ksenia, ma per chi mi hai preso?

– Non lo so. Scusa, ma proprio non ti capisco.

L'altra scalò la marcia e pigiò l'acceleratore con un gesto nervoso. – Andiamo a parlare con 'sto prete, ché è meglio.

Don Carmine Botta si fece negare ma il giovane seminarista tornò a bussare alla porta del suo ufficio.

– La ragazza piú giovane dice che è la vedova di Antonino Barone e che lei ne ha officiato il funerale.

– E con ciò? Che torni un'altra volta, ora non ho tempo.

– Mi hanno detto di consegnarle questo, – sbuffò il giovane, non capendo perché il sacerdote si comportasse in quel modo.

Il biglietto era piegato in quattro. La scrittura di Sara era ampia e chiara. «Sei un bugiardo», lesse mentalmente don Carmine.

– Falle accomodare, – si arrese.

– Lei è Ksenia, – disse Sara tagliando corto sulle presentazioni. – Io mi chiamo Monica.

– Perché venite qui a insultarmi?

– Perché noi abbiamo visto Assunta entrare in quella ex palestra con Egisto Ingegneri e i suoi uomini, – rispose secca Sara. – Sono stata io a chiamare la polizia.

La bocca del prete si spalancò per la sorpresa. Il dettaglio dei nomi dei complici di Assunta era una prova inoppugnabile che la donna stava dicendo la verità.

– E allora perché non siete andate alla polizia?

– La domanda giusta è: perché ci sei andato tu, a raccontare tutte quelle stronzate?

Toccò a Ksenia parlare. – Assunta ha fatto rapire Lourdes, la figlia della mia compagna.

– Io non ne so nulla, – mise le mani avanti don Carmine.

– Se sei suo complice nel fornirle gli alibi, – continuò la siberiana, – lo sei anche per gli altri reati.

– Questo deve giudicarlo la magistratura, – obiettò il prete.

Sara decise che era arrivato il momento di stenderlo al tappeto.

– Sappiamo tutto dei tuoi rapporti con i Barone, fin da quando eri ragazzino. Se noi parliamo, tu finisci dritto in galera.

– Cosa volete?

– La bambina, ovviamente, – rispose Sara infilando la mano nella borsa. – E siccome siamo ragazze ragionevoli, offriamo un segno della nostra buona volontà.

Il sacerdote si ritrovò fra le mani alcune fotocopie. Le osservò senza capire.

– Provengono da un libretto con la copertina nera e il bordo rosso, – spiegò Sara. – Contiene la contabilità della «Banca Barone». Assunta lo sta cercando da quando è morto Antonino.

Il sacerdote annuí. Non provò nemmeno a negare di esserne a conoscenza.

– Le parlerò. Troveremo senz'altro una soluzione.

Sara si fermò sulla porta e si voltò per lanciare l'ultimo messaggio. Una mossa voluta e meditata. – Assunta Barone non è piú la favorita di questa corsa.

Don Carmine sostenne il suo sguardo ma aveva lo stomaco annodato dalla paura. Quella Monica era certamente posseduta dal demonio, e affidarla alle cure del padre esorcista Gabriele Amorth sarebbe stato suo dovere di sacerdote e di cristiano, ma ora aveva altre priorità di cui occuparsi.

Ksenia attese che fossero a bordo della Mini per porre una domanda che le bruciava dentro. – Perché gli hai offerto il libretto nero? Non ce n'era bisogno. Cosí Assunta diventerà ancora piú forte.

Sara le accarezzò il viso con un gesto rude ma affettuoso. – Io sono convinta del contrario, – spiegò. – Secondo me non aveva detto a nessuno che non era piú in possesso della contabilità della «Banca Barone», e il prete ora si farà portatore di questo messaggio di verità.

Due giorni piú tardi, nel mezzo di un pomeriggio piovoso, Assunta Barone spinse il cancello di una villetta che dava sulla spiaggia del Salto di Fondi. Le era stato espressamente chiesto di venire sola, per questo aveva dovuto lasciare a casa Jadranka e mettersi alla guida, cosa che non amava particolarmente, soprattutto con il brutto tempo.

Le aprí Natale D'Auria. – Vieni, cara, vieni, – la invitò a entrare con un ampio sorriso. La baciò sulle guance e la condusse nel salotto, dove trovarono don Carmine seduto su una poltrona. Il sacerdote si alzò e la abbracciò.

– Mi dispiace non potervi offrire nulla, ma questa casa viene usata solo d'estate, – si scusò D'Auria prima di rivolgersi ad Assunta. – Don Carmine è venuto da me e mi ha spiegato la situazione. Io ho parlato con i miei e abbiamo deciso di accettare la proposta: gestirete assieme il nostro patrimonio.

– Non ce ne sarà bisogno. Posso farlo da sola senza disturbare don Botta, – ribatté la donna. – Ho parlato con il mio avvocato e nel giro di qualche giorno verrò ufficialmente scagionata dalle accuse che mi aveva mosso quell'ingrato di Sereno Marani.

Natale scosse la testa. – Lo sappiamo, ma per noi il coinvolgimento di don Carmine è la prima, essenziale condizione per continuare a lavorare con te. La seconda è che liberi subito la bambina.

Assunta scoccò un'occhiata malevola al prete. Non avrebbe mai creduto che potesse tradire il sacramento della confessione.

– È venuta la vedova di tuo fratello insieme a quella Monica, per chiedermi di intercedere, – spiegò don Botta. – Non potevo tacere al signor D'Auria una situazione cosí delicata.

– Ma cosa ti è venuto in mente di ingaggiare gentaglia come Egisto Ingegneri e organizzare un sequestro di persona senza pensare alle possibili conseguenze per il nostro denaro? – la rimproverò aspramente D'Auria.

– Era al sicuro, – si difese la donna.

– Balle! Non hai fatto altro che mentire con chi ti aveva dato fiducia. Perché non ci hai detto che la siberiana e la barista erano in possesso della nostra contabilità?

– Ero certa di riuscire a gestire la situazione, – si giustificò.

– Ora con don Carmine le cose cambieranno, – comunicò D'Auria. – Lui prenderà il posto di Antonino e tu tornerai a occuparti del settore immobiliare.

– E con quelle due troie e le loro amichette come la mettiamo? – chiese Assunta con un filo di voce. – Sanno troppe cose.

– Per colpa tua, – infierí Natale. – Comunque se ne sta già occupando il nostro don Carmine. L'unica cosa che devi fare ora è chiamare Ingegneri e ordinargli di liberare la piccola domani mattina al massimo.

Assunta Barone annuí. – D'accordo.

Don Botta le mise le mani sulle spalle e iniziò a spingerla verso il basso. – Ora chiedi perdono al signor D'Auria, – sussurrò costringendola a inginocchiarsi.

– Ti chiedo perdono, – disse a bassa voce la donna. – Se ho commesso errori è stato per difendere la nostra amicizia.

Natale D'Auria le accarezzò affettuosamente la testa.

– Lo so. Non hai agito con disonestà. La tua disgrazia è stata la scomparsa di Antonino, ma sei stata presuntuosa a credere di poterti prendere in carico faccende da uomini.

Assunta passeggiò per qualche minuto sulla riva, incurante delle onde che le inzuppavano le scarpe. Il sogno di prendere il posto di Antonino era fallito miseramente. La «Banca Barone» non esisteva piú. Era triste ma comunque grata a Natale D'Auria per averle permesso di continuare a occuparsi del settore immobiliare.

Ripartí con la monovolume alla volta di Roma. Quando giunse a casa rimase piacevolmente sorpresa dalla visita di Carmen Lo Monaco. La trovò in cucina indaffarata ai fornelli.

– Bella mia, sono venuta a festeggiare la dipartita di quell'infame di Marani, – disse. – E stasera cucino io come si fa tra amiche, giusto?

– Giusto, – sussurrò commossa Assunta, dandole un bacio su una guancia.

Jadranka la fece sedere sullo sgabello, le cambiò le scarpe e le calze bagnate. A Carmen non sfuggí il piacere e la profonda devozione della croata nel servirla. Pensò che era davvero un peccato che si fosse legata cosí ad Assunta:

una professionista non avrebbe dovuto farsi coinvolgere in quel modo.

Dopo un paio di aperitivi si sedettero a tavola. *Scrippelle 'mbusse*, crêpe rustiche in brodo, in omaggio alle origini abruzzesi di Assunta, coratella con i carciofi e tiramisú. E vino, chiacchiere e ricordi.

– Ma te ricordi quella vorta che semo andati alla festa per l'elezione de coso, come se chiamava quell'onorevole su a Vigna Clara? – chiese Carmen riempiendo i bicchierini di Amaro Ciociaro. – Che quando ha visto tuo fratello 'n altro po' se buttava in ginocchio per ringraziarlo de tutti i voti che j'aveva portato?

– Mi ricordo, sí.

– E che sfarzo, che lusso, – continuò la Lo Monaco. – Con Antonino se semo sempre divertite 'na cifra. Quanno entrava lui, tutti giú a scappellarsi.

– Bei tempi che non torneranno piú, – commentò la Barone.

– Hai detto bene. La morte di Antonino tuo è stata 'na disgrazia troppo grande per te.

– È quello che mi ha detto oggi anche Natale D'Auria, – si lasciò sfuggire Assunta. Aveva mangiato e bevuto troppo. Mai quanto la croata, che aveva ingurgitato una quantità impressionante di cibo e vino. Al punto che Carmen era dovuta intervenire per difendere il dolce. Si era impossessata del vassoio e aveva preparato un bis abbondante per Assunta. – Sennò se lo magna tutto 'sta scofanata, – aveva detto indicando col mento Jadranka.

Era stata una bella serata, pensò Assunta: peccato che ora Carmen la stesse guastando con quei discorsi tristi.

– Che te posso di', – continuò imperterrita l'amica. – Il fatto che non te sei sposata t'ha reso troppo dipendente da tu' fratello.

«Se sapessi cosa c'era tra noi, – pensò la Barone. – Antonino era tutto per me».

Fu in quel momento che Jadranka scivolò dalla sedia e si accasciò a terra. – S'è ubriacata, – sghignazzò Assunta.

– No, sta a mori', – ribatté Carmen in tono discorsivo.

– Come?

– Non avrei voluto perché era 'na brava donna, ma s'era attaccata troppo a te. E cosí v'ho messo l'antigelo, quello delle macchine, nel tiramisú, – ammise con la massima tranquillità. – Essendo che è dorce de sapore, è perfetto coi dessert al cucchiaio.

– Ci hai avvelenate?

– Sí.

– Siamo amiche da una vita.

– E perciò ho voluto farlo io, con questa bella cenetta d'addio.

– Ma perché?

– Hai voluto fa' la capetta e hai combinato un sacco de casini, te sei messa a gioca' coi sordi dell'artri. Te sei comportata come 'na matta. Che te credevi d'esse', Al Capone?

– Ma tu che c'entri?

– Insieme ai quattrini dei D'Auria ce stanno pure i risparmi miei.

– Quando ho incontrato Natale oggi, era già tutto deciso, vero?

– E pe' forza. Da quanno c'è stata la certezza de pote' recupera' il gruzzolo.

La Barone fece un sorrisetto. – Però i milioni investiti nelle costruzioni Manfellotti, quelli se li sono scordati e se li scorderanno.

– Svejate, Assunta. So' tornati a casa subito, il bel costruttore è corso dai D'Auria ad accordarsi. Ti ha ridato solo carta straccia.

Assunta ebbe un capogiro e dovette aggrapparsi al tavolo.
– Aiutami, ti prego, – supplicò prima di cadere a terra.

– Fija mia, nun posso, e comunque è troppo tardi. Co' quello che ve siete magnate, nemmeno padre Pio ve sarva –. Carmen Lo Monaco si alzò e andò a recuperare il «tesoro del barone». – Domattina manno qualcuno a fa' pulizia, – annunciò prima di uscire.

Assunta cercò di rialzarsi e poi di vomitare. Non voleva morire, ma presto, troppo presto, fu preda di una sonnolenza implacabile.

Si svegliò diverse ore dopo. Si sentiva malissimo ma ebbe la forza di rimettersi in piedi. Si diresse verso la porta, prese la borsetta e scese in strada, dove fermò un taxi.

– Che ha, signora, si sente male? – chiese il conducente.

Lei scosse la testa. – Mi porti al cimitero, per favore.

Lungo il tragitto si assopí. Entrati al Verano, il tassista dovette girarsi e scrollarla per farsi dare le indicazioni giuste nell'intrico dei viali alberati. Giunti ai piedi della Scogliera Vecchia del Pincetto, la collinetta dove era situata la tomba di Antonino, la donna pagò la corsa e chiese la cortesia di essere sorretta su per la breve salita da fare a piedi.

L'uomo cercò di convincerla a chiamare un'ambulanza ma lei fu irremovibile. Un passo alla volta, impiegarono estenuanti minuti prima che Assunta potesse inginocchiarsi nella terra umida dinanzi alla tomba del fratello.

– Signora, – la esortò il tassista incerto.

Assunta tese la mano tremante sulla fotografia di Antonino. – Eccomi, – sospirò prima di crollare a faccia in giú sulla lastra di marmo. Quando iniziarono le convulsioni, il conducente si decise a chiamare i soccorsi. Ma ormai era troppo tardi.

Trentasei minuti dopo, dall'altra parte della città, un'auto scaricava una bambina di fronte al collegio delle Ancelle misericordiose del divino insegnamento e ripartiva a tutta velocità. La piccola si alzò sulle punte e suonò il campanello. Fu madre Giannina ad aprire, e come riconobbe Lourdes crollò seduta. La bambina passò accanto alla suora senza scomporsi ed entrò, puntando dritto all'ufficio di madre Josephina.

– Sono tornata, – annunciò con espressione seria.

L'auto di servizio guidata da un agente superò il cancello d'ingresso del policlinico Gemelli, e dopo un paio di tornanti infilò il vialetto che conduceva al reparto di Chirurgia ortopedica. Il commissario Mattioli si girò verso Lourdes, seduta sul sedile posteriore accanto a Ksenia, che era stata subito avvertita della liberazione della bambina.

– Siamo arrivati, – disse lasciandosi sfuggire un sorriso che voleva essere incoraggiante, ma che tradí il suo imbarazzo. Il funzionario non sapeva come comportarsi con una bambina che era stata rapita e che stava per ricongiungersi con la madre in una stanza di ospedale. Per un istante si sorprese a pensare di essere stato fortunato a non avere avuto figli. Lourdes diede il primo segno di nervosismo quando cercò di aprire lo sportello che, come su tutte le auto della polizia, era bloccato. Cominciò a tirare con forza la maniglia e a spingerlo con la spalla. Ksenia le spiegò con dolcezza che il commissario le avrebbe aperto dall'esterno. Una volta entrati, la piccola si impose un contegno terribilmente serio, tenne il passo spedito del commissario fino all'ascensore e di nuovo nel corridoio che conduceva al reparto. Ksenia notò che respirava a un ritmo sempre piú accelerato e le cinse le spalle per tranquillizzarla. Lourdes si divincolò e accelerò per evitare quel contatto.

Il commissario le indicò una porta e la bambina entrò nella stanza dove la sua mamma l'aspettava distesa nel letto, il volto deturpato dalla frattura alla mascella, dai lividi e dai punti di sutura.

Ora Lourdes era in piedi al centro della stanza e guardava sua madre senza osare muovere un passo.

Luz scostò il lenzuolo e le fece segno di avvicinarsi. La bimba si avvicinò timidamente al letto. Senza una parola si tolse le scarpine e si infilò sotto le coperte. Posò il capo sulla spalla di Luz e le accarezzò delicatamente i capelli con la punta delle dita. Rimasero cosí per qualche minuto finché chiusero entrambe gli occhi, sopraffatte dalla stanchezza.

Eva e Felix uscirono dalla stanza. Ksenia rimase un attimo ancora, poi si chiuse la porta alle spalle.

– E ora non ci resta che convincere i medici a far dormire qui la bambina, – disse Eva.

– Vado a prendere le sue cose al collegio, – disse Ksenia, che non aveva mai sorriso.

Eva la fermò trattenendola per un braccio: – Guarda che Luz ti vuole bene, devi solo darle tempo.

La siberiana si limitò ad annuire prima di allontanarsi verso l'ascensore.

Madre Josephina aveva preparato tutto personalmente: i vestitini, i giochi, i libri e i quaderni, il portamatite e le caramelle che piacevano tanto a Lourdes.

Abbracciò Ksenia con un trasporto che sorprese la siberiana e si disse disposta, non appena Lourdes si fosse sentita pronta, a darle lezioni private per non farle perdere l'anno scolastico. Era ben poca cosa rispetto a quello che la bambina e sua madre avevano subito, ma il ritorno alla normalità le avrebbe aiutate a lasciarsi alle spalle tutto quel dolore.

Ksenia ascoltò distratta le parole della religiosa. Consegnò la delega firmata da Luz e si fece dare la valigia e lo zainetto della bambina.

Fuori dal collegio c'era Sara ad aspettarla, a bordo della Mini Cooper. Stava parlando al cellulare. Ksenia aprí il bagagliaio e infilò le cose di Lourdes. Poi salí a bordo.

– Questa è la giornata delle buone notizie, – annunciò soddisfatta Sara mettendo in moto. – È morta Assunta Barone.

Ksenia credette di svenire. Poi respirò a fondo.

– Uccisa?

– Sí, avvelenata. I soci non devono aver gradito il suo modo di condurre gli affari.

– Tu lo sapevi che sarebbe andata cosí, vero?

– Diciamo che lo speravo e che ho mosso qualche pedina in questa direzione.

– Allora è finita.

– Quasi. Oggi devo consegnare il famoso libretto nero a don Carmine e la trattativa si conclude. Nessuno vi farà piú del male.

– E tu cosa farai?

– Mi dedicherò all'arte della vendetta.

Due mesi piú tardi, tutti i commercianti segnati sulla lista degli strozzati di Antonino Barone, nell'alzare le saracinesche per iniziare una nuova giornata di lavoro, trovarono una busta contenente i gioielli che avevano dovuto dare in pegno. L'elenco era lungo, mezzo quartiere aveva dovuto bussare alla porta dello strozzino. Stringendo nel palmo la collana di perle di sua moglie, Aldo, il proprietario del negozio *Moda comoda*, specializzato in pantofole per anziani, si guardò intorno ma vide solo due quindicenni ritardatari che correvano, zaino in spalle, verso l'istituto tecnico.

Manuela, la moglie del panettiere Sergio, s'infilò la busta nella tasca del grembiule senza farsi notare dal marito, che stava allestendo il bancone. Ancora non gli aveva perdonato di avere impegnato l'anello col rubino che le aveva regalato per le nozze d'argento.

Michele l'orologiaio, sempre diffidente, riabbassò la saracinesca e alla luce della lampada da lavoro controllò che il Rolex Daytona fosse proprio quello che i Fattacci gli avevano strappato dal polso a compensazione di due rate mancate.

Gio' il parrucchiere lanciò un urletto di felicità nel ritrovarsi tra le mani il collier di diamanti di sua madre. Ripose la busta in cassa e si precipitò al telefono per darle l'incredibile notizia.

Nessuno aprí bocca. I piú religiosi pensarono al miracolo. I giocatori d'azzardo, mentendo a sé stessi, giurarono che non ci sarebbero mai piú ricascati. Gli altri gettarono un'occhiata fuggevole alla Passat di Eva D'Angelo che aveva appena trovato parcheggio davanti alla profumeria. Non succedeva da mesi, era proprio un giorno fortunato. Nel sollevare la saracinesca, Eva non trovò nessuna busta, come d'altronde ben sapeva. Ma forse qualcuno, quel giorno, le avrebbe offerto un cappuccino al bar *Desirè*, gestito ora dalla vedova del sor Mario.

Luz, ormai completamente rimessa, era rimasta a casa con la bambina, che il giorno prima s'era presa un raffreddore giocando nel giardinetto della nuova scuola. Dopo aver convinto Lourdes a ingoiare il cucchiaio di sciroppo per la tosse, telefonò a Ksenia che era uscita da una mezz'oretta.

– Lourdes ha ancora qualche linea di febbre e io la sto accudendo. Grazie a te, tesoro.

Il volto di Ksenia si distese in un sorriso. Ripose il cellulare nella tasca del giubbotto sportivo e riprese a camminare.

Quella mattina non aveva voglia di andarsi a chiudere subito in profumeria. Mentre decideva in quale direzione proseguire la passeggiata, notò l'ingresso di una palestra. L'insegna pubblicizzava le varie discipline che vi si praticavano. Le parole «Ginnastica artistica» la convinsero a entrare.

All'ingresso non c'era nessuno, ma dall'interno proveniva la tipica eco di un'istruttrice che dettava alle allieve il ritmo di un esercizio.

Nell'affacciarsi in palestra, Ksenia annusò l'odore di legno e sudore che aveva accompagnato tutta la sua adolescenza. Si tolse soprabito e scarpe, prese la rincorsa e si lanciò in una rondata con flick, atterrando a piedi uniti con un salto carpiato all'indietro. Un esercizio eseguito alla perfezione, privilegio delle atlete che possono godere di un equilibrio psicofisico quasi perfetto. Nel caso di Ksenia si trattava solo di serenità. Nella palestra calò un silenzio ammirato. La sua acrobazia aveva catalizzato sguardi colmi di sorpresa e apprezzamento.

L'istruttrice, un'atletica cinquantenne che indossava una tuta nera aderente, le andò incontro sorridendo.

– Lei è un fenomeno.

– Grazie.

– Ma dove ha imparato?

– In Siberia.

– Ah, be', voi dell'Est siete le migliori.

Era la prima volta che un'estranea le rivolgeva un complimento.

Passeggiò fino alla profumeria pensando a Lourdes. Non era sua figlia, la conosceva appena e non voleva commettere errori. Quella bimba deliziosa doveva dimenticare e crescere con la testa piena di sogni e non di brutti ricordi.

Venne accolta dal sorriso di Eva che stava già servendo la prima cliente. Si girò verso la vetrina, guardò il traffico, i passanti, e pensò che negli anni a venire quella sarebbe stata la sua vita.

A mezza voce augurò in russo buona fortuna alla nuova sposa siberiana che quel giorno sarebbe arrivata in Italia.

E al trafficante di donne che l'accompagnava, augurò la vendetta delle sue vittime.

Fonti delle canzoni citate nel testo.

I versi a p. 82 sono tratti dalla canzone di Mary J. Blige *PMS*, interpretata da Mary J. Blige, in *No More Drama*, © MCA 2001, Interscope 2002.

I versi a p. 188 sono tratti dalla canzone di Mary J. Blige *No More Drama*, interpretata da Mary J. Blige, in *No More Drama*, © MCA 2001, Interscope 2002, Geffen 2002.

I versi a p. 206 sono tratti dalla canzone di Sanne Putseys, Pieter Jan Seaux, Louis Favre e Joachim Saerens *This World*, interpretata da Selah Sue, in *Selah Sue*, © Because Music 2011.

I versi a p. 273 sono tratti dalla canzone di Cristiano Malgioglio e Alberto Anelli *L'importante è finire*, interpretata da Mina, in *La Mina*, © Pdu 1975.

Stampato per conto della Casa editrice Einaudi
presso ELCOGRAF S.p.A. - Stabilimento di Cles (Tn)
nel mese di settembre 2014

C.L. 22371

Edizione							Anno			
1	2	3	4	5	6	7	2014	2015	2016	2017

DS 0003316077
F2435
VENDICATRICI
KSENIA
CARLOTTO MASS
VIDETTA MARCO
1°ED. SUP ET
EINAUDI